天皇の短歌は何を語るのか

現代短歌と天皇制

内野光子

御茶の水書房

天皇の短歌は何を語るのか

目次

目次

コラム

表

天皇の短歌は何を語るのか

現代短歌と天皇制

Ⅰ

天皇の短歌は何を語るのか――その政治的メッセージ性

1　昭和天皇の短歌は何が変ったのか

はじめに

近現代において、天皇の短歌に政治的メッセージが潜んでいることは、これまでの二著でも触れてきた。一九四五年八月以降の昭和天皇の短歌作品が日本の戦後政治史とどのような関係を持ったかをたどりたい。天皇の数少ない直接的な発信手段とみなされる「短歌」がその時々の政治権力とどのように呼応しあったのかについて考えることになろう。

昭和天皇の短歌を読むには、生前に刊行された、天皇の歌集『みやまきりしま』（毎日新聞社　一九五一年）、天皇・皇后の合同歌集『あけぼの集』（読売新聞社　一九七四年）、『昭和の御製集成』（毎日新聞社　一九八七年）がある。ついで、鑑賞、解説の書も刊行されるにいたった(1)。

昭和天皇の短歌は、公表されたものをふくめて没後に『昭和天皇御製集おほうなばら』（宮内庁侍従職編　読売新聞社　一九九〇年）に集大成されており、その歌数八六五首である。そのうち、一九二一年（大正一〇）以降一九四五年八月までの敗戦前の作品は、毎年歌会始の作品だけの二四首にすぎない。歌集収録のほとんどが敗戦後の作品である。実際に、昭和天皇が何首の短歌を残したかはさだかではない。

敗戦前の昭和天皇の短歌を評して、岡野弘彦は、「調べと内容の大きさが自然に象徴性を感じさせる」伝統的な歌風と「常に世を思い民を思う」「幽暗で晦冥な感じ」を指摘する。敗戦後の短歌については、「明るく力強く」「大柄な風景の中に繊細な心の動きがからまって」いるといった解説をしている。[2] また、加藤克巳は、「おおらかで、しずかに澄んで、あたたかい人の心というものが素直に表現されている」と評し、[3]「おおらか」「あたたかい」「明るい」「素直」などの批評語が定着しているようである。[4]

一方、昭和天皇は自身の作歌態度について「私はできるだけ気持ちを率直に表したいと思っているが、そういう精神で歌をこれからも勉強したい」と述べている。[5]

新憲法下の昭和天皇の短歌は、通常、新聞を通じて年二回発表される。一月一日新聞において天皇一家の写真や近況とともに、旧年の作品が、天皇、皇后ともども数首ずつ発表される。さらに、歌会始当日の各紙の夕刊には歌会始の一首が、他の皇族、召人、選者、入選者の作品とともに報道される。

では、まず昭和天皇の作品を遡り、発表当時の背景とその後の読まれ方ないし政治的利用の経緯を探ってみよう。

一　天皇の歌が山形「県民の歌」に

①広き野をながれゆけども最上川海に入るまでにごらざりけり　（一九二六年歌会始「河水清」）

一九二六年一二月に大正天皇が亡くなるので、摂政時代最後の作品である。山形県提供の資料によれば、「昭和五年にいたって、宮内庁の許可を得て、東京音楽学校の島崎赤太郎教授が作曲し、以来、県民に親しまれてきている。昭和五七年三月三一日『県民の歌』に制定した」とあり、戦前は県内の小・中学校で歌われたという。ここで注目しなければならないのは、この作品が県民の歌「最上川」として制定されたのが、まさに昭和晩年にあたる一九八二年だったという事実である。[6] その年は、前年より教科書問題や閣僚の靖国神社参拝が大きくクローズアップされた年でもあった。

大正期の歌会始の一首に曲がつけられ、学校教育の現場で歌われてきたという戦前期からの定着、それが昭和晩年に「県民の歌」となった推移は、「御製」一首が初めて公表されたときの意味と背景を超えて、後年、異なる利用のされ方がなされた例ではないだろうか。

二　天皇は平和主義者だったのか

②あめつちの神にぞいのる朝なぎの海のごとくに波たたぬ世を　（一九三三年歌会始「朝海」）

③峰つづきおほふむら雲ふく風のはやくはらへとただいのるなり　（一九四二年歌会始「連峰雲」）

②の作成年一九三二年は、一九三一年の満州事変に続き、一九三二年三月には満州国建国宣言がなされ、血盟団事件、五・一五事件が起きている。かろうじて続いていた政党政治に終止符が打たれ、一九三三年に、日本は国際連盟を脱退、時を同じくしてドイツではヒットラー政権が成立していた。②③の解説としては、次の④⑤などをあげた上で、「一首一首にこもる痛切な平和へのお祈りも遂にむなしく、昭和十六年十二月八日、日本は世界的大動乱の渦にまきこまれて、対米英開戦となってしまった」（夜久正雄『歌人今上天皇（増補改訂）』日本教文社　一九七六年）というものがある。

④ふる雪にこころきよめて安らけき世をこそいのれ神のひろまへ　（一九三一年歌会始「社頭雪」）
⑤静かなる神のみそのの朝ぼらけ世のありさまもかかれとぞ思ふ　（一九三八年歌会始「神苑朝」）

③については岡野弘彦はつぎのような読み方をしている。「ところが太平洋戦争がはじまり、戦時中の一九四二年〈昭和十七年〉のお題〈連峰雲〉の御製では、戦争が早く終わって平和になるようにとお望みになっていた」と解説する（前掲『おほうなばら』解題　一九九〇年）。また、一九八九年、これらの短歌をめぐっての昭和天皇追悼記事を見てみよう。

「平和への願い、戦時下での苦悩、復興の喜び、国民の生活を思うお気持ち、そして自然への愛情……と堅苦しい〈お言葉〉では表しつくせない率直な感情を、おおらかにそして生き生きと、ときどきの歌に託されてきた」（「ご感慨おおらかに　お歌（七八首）」『朝日新聞』一九八九年一月八日）

「沈痛きわまりない感情の表白というべきか。そして陛下が、あの激越な戦争中、ただ祈りつづけてこられたことに気付かせられる。陛下にとっての「昭和史」とは、ことごとに志に反し、ひたすら祈念の時代であったということなのだろうか」（下馬郁郎「御製にみる陛下の〝平和への祈り〟」『文芸春秋――大いなる昭和』特別号一九八九年三月）

これらを典型とする「平和への願い」や「祈り」を強調する記事が氾濫し、以降も、昭和天皇の平和的イメージをアピールするために「幾度となく」これらの短歌が繰り返し引用されてきた。とくに、昭和天皇死去時に氾濫したこのような読解や鑑賞の手法の背景には、後述の極東軍事裁判での天皇免責論とは無縁ではない天皇擁護論があった。[7]
昭和天皇の短歌を後年、前述のような手法によって読み解く効果は、すでに戦争を知らない世代にとってはなおさらのこと、さらに「短歌」そのものへの関心が薄くなってきている人々にもたらされる効果は微々たるものであろう。しかし、皇室イベントの折に種々のメディアにより繰り返されることによるアナウンス効果は無視できないのではないか。

三　敗戦直後天皇が詠んだ四首の行方

⑥爆弾にたふれゆく民の上をおもひいくさとめけり身はいかならむとも
⑦海の外の陸に小島にのこる民のうへ安かれとただいのるなり

⑥⑦は、『おほうなばら』に「終戦時の感想二首」として収録されている。が、それまでに公刊されていた、いわば宮内庁お墨付きの『みやまきりしま』、『あけぼの集』には見当たらない作品である。これらの公刊歌集に採択掲載されなかった理由が不明瞭ながらも、昭和天皇の「自己証明ないし自己正当化のための『私歌』であったかもしれない」とする考察もある。[8] しかも、終戦時に詠んだ歌は、これだけではなかった。敗戦直後一九四五年一〇月から翌年五月まで侍従次長を務めた木下道雄の日誌のなか、一九四五年一二月一五日の記述によれば、この二首のほかに⑧⑨という二首も記録され、上記⑦は、改作前と思われる、⑦の形で載せられていた。さらに、木下は「御製を宣伝

表I-1 敗戦時の昭和天皇の短歌四首の収録状況一覧

収録文献	刊行年	収録短歌作品	備考
元旦新聞報道	1946年	⑦	「人間宣言」と同時発表
『みやまきりしま』(毎日新聞社)	1951年	なし	
『宮中見聞録』(新小説社)	1968年	⑥⑦´⑧⑨	木下道雄(元侍従次長)著
『あけぼの集』(読売新聞社)	1974年	なし	
『昭和の御製集成』(毎日新聞社)	1987年	⑦	写真集
1989年1月7日昭和天皇没			
「側近日誌」『文芸春秋』四月号	1989年	⑥⑦´⑧⑨	木下道雄(元侍従次長)著
『おほうなばら』(読売新聞社)	1990年	⑥⑦	
『昭和天皇御製集』(講談社)	1992年	⑦	
『昭和天皇のおほみうた』(不二歌道会)	1995年	⑥⑦⑧⑨	

的にならぬ方法にて世上に洩らすこと御許しを得たり」ともある。[9]

⑦´外国と離れ小島にのこる民のうへやすかれとたたいのるなり
⑧みはいかになるともいくさととめけりたたふれゆく民をおもひて
⑨国からをたた守らんといはら道すすみゆくともいくさとめけり

さらに、同年一二月二九日の宮内記者会で、元旦用に紹介された作品は⑦の一首のみであった。

「終戦時の天皇の短歌四首」の去就を時系列で追ってみると〈表I−1〉「敗戦時の昭和天皇の短歌四首の収録状況一覧」のようになる。⑥⑧⑨の三首を国民が知り得るのは、一九六八年になってからの木下道雄の著作(『宮中見聞録』 新小説社)であった。さらに広く知れわたるのは、昭和天皇没後の『文芸春秋』発表後だった。作歌時から四三年後のことである。⑥「身はいかならむとも」の字句が意味することのなまなましさ、⑧⑨の自己弁護的な内容に鑑み公表を控えたものが、後年、天皇の心情はここにあったとする「心情吐露的」な解釈によって流布される現実を目の当りにすることになった。同じ短歌作品が作歌時とは別の役割が付与された例といえるのではないか。天皇の短歌が、天皇の作歌時の側近ないし宮内庁サイドの長期間に及ぶ操作の対象になっていたことはつぎの資料でも確かになった。

一九三六年昭和天皇の侍従となり、後、一九六九年侍従次長、一九八五年侍従長となった徳川義寛は、前記木下の日誌の記述は、天皇の草稿をそのまま写している点を責めながら、⑧について、「これはいけない」、「『みはいかになるとも』が初めに来てはいけない」、⑨について「（発表）をやめた歌」という主旨の記録を残している。[10]

四　昭和天皇の「松上雪」をめぐって

⑩ふりつもるみ雪にたへていろかへぬ松ぞををしき人もかくあれ　（一九四六年歌会始「松上雪」）

敗戦の年に詠まれ、翌年の歌会始の儀式は催されなかったが、御製として発表された作品である。占領期ながら、御歌所が廃止になるのはこの年の四月だから、まだ御歌所が機能していたわけである。お題「松上雪」の発表は、例年の八月一日より遅れて前年一九四五年一〇月二二日であり、翌日の新聞報道によれば、御歌所長（三条公輝）は「お題」につき、つぎのように説明している。

「（前略）緑濃き松が枝にしづしづと積もれる雪、一面洵に平和の象徴とも見るべく、また積雪を冒していよいよ清節を開く有様は、他面に現下国民の苦難に耐へつつ勇往邁進する姿も見られて、そぞろに感深き御題と拝察するのであります」（「平和と苦難へ　畏き大御心、三条御歌所所長謹話」『朝日新聞』一九四五年一〇月二三日）

うのか」と記す。(11)

この記事を読んだ、沈没した戦艦武蔵から奇跡的に生還した元少年兵渡辺清は「国民のほとんどが食うや食わずのこの混乱期に、そしてまだ戦争の責任をとってはいないのに」「〈松上雪〉でなにもかも覆いかくしてしまおうというのか」と記す。(11)

⑪冬枯のさびしき庭の松ひと木色かへぬをぞかがみとはせむ　（一九四八年一月一日　折にふれて）
⑫潮風のあらきにたふる浜松のををしきさまにならへ人々　（同右）

時代はくだって、昭和天皇追悼記事では、これらの作品は、占領政策下において日本古来の伝統を守る覚悟を国民に発信している、という鑑賞が流布した。ジョン・ダワーも『敗北を抱きしめて』下巻（三浦陽一ほか訳　岩波書店二〇〇一年）において、「松上雪」の一首について「忍耐の美しい姿を表す古典的なイメージ」を作り上げ、「（天皇の）反抗の意を絶妙に表現したものである」とする（六六～六七頁）。

さらに今世紀に入って、二〇〇二年二月四日、小泉純一郎首相の施政方針演説の「むすび」の部分で、この作品が引用され、問題となったことは記憶に新しい。首相は演説において、⑩を紹介の後、つぎのように続けている。

「終戦後、半年も経たない時に皇居の松 を眺めて詠まれたものと思われます。雪の降る厳しい冬の寒さに耐えて、青々と成長する松のように、人々も雄々しくかくありたいとの願いを込めたものと思います。明治維新の激動の中から近代国家を築き上げ、第二次大戦の国土の荒廃に屈することなく祖国再建に立ち上がった先人たちの献身的努力に思いを致しながら、われわれも現下の難局に雄々しく立ち向かっていこうではありませんか。明日の発展のために。子どもたちの未来のために。」

この演説の直後、昭和天皇の歌の引用は皇室の政治利用ではないかとする、野党である民主党、自由党からの批判が出て、自由党は、衆議院議院運営委員会理事会で議事録からの削除を要求したという(『日本経済新聞』『朝日新聞』いずれも二〇〇二年二月五日)。

小泉首相は、儒学者の言葉や故事にまつわる教訓などを引用するのが趣味のようである。首相の演説といえども、官僚の作文にすぎず、ただ読み上げるだけという指摘はよく聞くところである、この小泉演説も「むすび」の部分だけが唯一自筆の〝なま〟の声ではないかとの憶測もある。新世紀に入って、半世紀以上前の「御製」引用では、説得力もなく、時代錯誤が突出しただけではなかったか。

五　貞明皇太后の短歌が皇后の歌集に

一九四六年歌会始(お題「松上雪」)の新聞報道によれば、例年の三分の一にあたる一万四二六二首の「詠進歌」、応募作品から五首が選ばれたとして発表され、皇族の歌では、天皇の⑩と皇太后(節子大正天皇皇后、貞明皇太后)の作「よのちりをしづめてふりししら雪をかざしてたてる松のけだかさ」の二首が発表されただけだった(『朝日新聞』一九四六年一月二三日)。この年、良子皇后は服喪のため歌を出していないと記事にある。ところが、最近、田所泉の指摘により、この節子皇太后の歌が昭和天皇・皇后の合同歌集『あけぼの集』に良子皇后の作品として収録されていることがわかった[12]。念のため私も新聞記事、『あけぼの集』をあらためて確認、宮内庁に問い合わせてみると、「よのちりを……」は「貞明皇太后の作品です」と、しごく簡明な回答が返ってきた。このミスは、宮内庁・出版社両サイドから訂正されることもなく今日にいたっている。良子皇后の短歌として引用されることも多い。いまとなっては貞明皇太后であろうと、香淳皇后(昭和天皇の皇后の諡名)であろうと、もうどちらの作でもいいということになりはしないか。さかのぼって責任問題になることを避けてでもいるのだろうか。読者サイドからいえば気づかないほど没個性的な作品だったといえるのかもしれない。天皇の作品だったらどうだったのか。皇后の作品だから黙認しているのか。

六　昭和天皇退位をめぐる状況の推移

⑬国をおこすもとゐとみえてなりはひにいそしむ民の姿たのもし　（一九四六年一〇月三〇日宮内省発表）
⑭わざはひをわすれてわれを出むかふる民の心をうれしとぞ思ふ　（一九四六年一〇月三〇日宮内省発表）
⑮たのもしく夜はあけそめぬ水戸の町うつ槌の音も高くきこえて　（一九四七年歌会始「あけぼの」）
⑯うれしくも国の掟のさだまりてあけゆく空のごとくもあるかな　（一九四七年　初出不明）

⑬⑭は、地方長官会議の後、参内地方長官を前に宮内省が発表した三首の内の二首である。一九四六年二月一九・二〇日の神奈川県にはじまった一連の行幸を通じて、「わざはひ」を受けた民を見舞う天皇と天皇を思う民の心が通い合うかのような演出を垣間見る。⑮は、その年の行幸終盤、一一月一八・一九日の茨城県下水戸の復興の姿を詠んだもので、内容的にもかなりの自信と余裕を見せる表現となっている。この時期の背景として見落とすこと

ができないのは、天皇の退位問題であり、憲法改正による天皇の地位と極東軍事裁判の行方であった。

〈表I－2〉「天皇退位問題と憲法・極東軍事裁判略年表」を作成してみると連合国同士、GHQと日本政府との攻防の実態がよくわかる。極東軍事裁判の大きな流れを見てみると、一九四五年九月一一日にGHQは戦犯逮捕指令を出しているが、一九四六年一月一九日には極東軍事裁判所条令が出され、天皇誕生日には東條英機らA級戦犯を起訴し、五月三日には開廷、一九四八年の皇太子誕生日、一二月二三日に刑を執行していることがわかる。一九四七年歌会始の一首⑮を整える一九四六年の年末には、すでに一九四六年六月キーナン首席検事が天皇を訴追せずとの記者会見発表をしており、象徴天皇制をうたった新憲法も両院で議決・成立していたので、「天皇訴追」の流れは薄れていた。政府は、一九四六年一〇月二九日に天皇の署名、翌年の天皇誕生日四月二九日施行を目論んだが、現実には、一一月三日公布、前年軍事裁判開廷日の一九四七年五月三日施行となる。⑯の作も新憲法公布後と思われ、天皇は自らの行く末についてもやや安堵感を覚えた時期ではなかったか。

さらに、つぎの二首⑰⑱が一九四七年元旦の『朝日新聞』の「青鉛筆」で紹介されたということは、天皇側近によるメディアへのリークという情報操作の結果の一つであろう。一部の国民による奉仕を天皇が安心感をもって受容する様子が伺える、これらの作品は、「天皇退位」からの距離を占領軍や国民にアピールしたかったのだろう。この二首は、『おほうなばら』においては昭和二〇年の作品として「皇居内の勤労奉仕」の題のもと掲載されている。

⑰戦ひにやぶれしあとのいまもなほ民のよりきてここに草とる　（一九四七年一月一日）

⑱をちこちの民のまゐきてうれしくぞ宮居のうちにけふもまたあふ　（同右）

一九四七年、組閣の遅れから行幸は六月に始まったが、前年にまして一〇泊以上の大規模な長期にわたるものが多く、東北から中国地方までの各地に及んだ。

一九四七年一〇月、キーナン首席検事は記者インタビューで天皇の戦争責任なし、訴追せずなどの発言があったものの、極東軍事裁判における東條英機の証言が、一九四七年一二月三一日には「天皇の開戦責任あり」としていたものが、翌一月六日には「天皇の開戦責任なし」と一転したこともある。天皇の戦争責任問題、戦犯としての裁きを受けるか否かについては、敗戦直後の一九四五年八月二九日の時点で、連合国の一つ、オーストラリアのチフリー首相の声明「日本の降服」では、天皇にあっても戦争犯罪の責任を逃れられず、との主張がなされている。しかし、敗戦・占領後の天皇の処遇については、太平洋戦争開始直後の一九四二年当時より、すでに占領政策の一環として、アメリカでは検討されていたことが、さまざまな公文書から明らかになってきている。

当時の日本は知る由もなかったのだが、最も早い公文書に、一九四二年六月三日、OSS（戦略情報局）文書、陸軍省軍事情報部心理戦争課ソルバート大佐作成「日本計画」がある。そこには「象徴天皇制利用構想」が打ち出されていた（加藤哲郎『象徴天皇制の起源』平凡社　二〇〇五年）。また、一九四四年五月九日、PWC（戦後計画委員会）「日本・政治問題・天皇制」勧告は、天皇制を包括的に述べた初期の公文書といえる。直接軍政策、天皇への代表権能全面付与策、代表権能一部付与策の内の第三の道が天皇を管理機構として利用しうる賢明な方法であるとし、具体的な方策として側近を置いた上、たとえば葉山御用邸に軟禁することまで提案している。一九四五年二月頃からSWNCC（国務・陸軍・海軍・三省調整委員会）、一九四五年六月アメリカのギャラップ世論調査（処刑三三％、裁判で決定一七％、終身禁錮一一％、流刑九％、その他）、一九四五年一月SWNCC内に発足したSFE（極東小委員会）でのやり取りなどを背景に、九月六日にはSWNCCから天皇の取扱いを含むアメリカの「初期占領方針」が大統領に示され承認、九月二二日に公表されている。九月一一日にGHQから東條英機ら三九人の戦争犯罪人の逮捕命令が出されたが、天皇は含まれていない。そして、九月二七日、天皇はマッカーサー元帥を訪問、両人が並んだ写真が新聞発表された。ちなみに、九月二九日、内務省は写真掲載新聞を不敬として発禁としたが、GHQにより直ちに解禁されている。

その後、天皇訴追については、アメリカの占領政策決定機構、構成メンバーの軍人や政治家をはじめ研究者、外交官らの意見の相違、連合国内での調整を経て、一九四六年四月三日極東委員会は「天皇不起訴」を決定する。これを日本が知るにいたるのは一九四九年。天皇の戦争責任論、退位論は、国内・国外において活発に展開されることになる。

やや前後するが、ここで国内の天皇退位論の推移を、武田清子『天皇観の相剋』（岩波書店　二〇〇一年、初版一九七三年）、奥平康弘『〈万世一系〉の研究』（岩波書店　二〇〇五年）、ネット上公開の「日本国憲法の誕生」（国立国会図書館作成）の年表などから作成した〈表Ⅰ－2〉でたどっておこう。

すでに日本の敗戦が決定的ともなっていた一九四五年一月、近衛文麿は「単にご退位ばかりでなく」、天皇家とゆかりの深い仁和寺や大覚寺に移って英霊を供養されるくらいの覚悟を持ってほしい、ともらしており、ポツダム宣言受諾直後、「国体に関しては国民投票をやって、天皇制を確立するがよい。ぐずぐずしていると天皇の身や天皇制そのものが危うくなる」という趣旨の発言もあったという。一九四五年一〇月には、皇室典範を改正の上、退位手続きを挿入しなければならないだろう、と外国人記者に語っている（『朝日新聞』一九四五年一〇月二三日）。

木戸幸一の日記には、天皇から戦争責任を自分が一人引き受け、退位でもして納めるわけにいかないかという「思召」があったが、連合国はそんなこと位ですまされないかもしれないし、相手方の出方を見てから考える必要があると答えた、という趣旨の記述がある。天皇自ら言及したとされる「退位論」については、マッカーサー会見時の発言とともに、その真偽に疑問を呈する研究も多い。

近衛、木戸ともに戦争犯罪容疑の指定を受けたが、近衛は出頭当日自殺している。近衛のような退位論は、高松宮、三笠宮や敗戦時首相東久邇稔彦ら皇族からも主張されていた。

天皇退位については憲法制定(改正)過程において論議されていたと思われるが、かなり早い時期に、退位論を公にしたのが、一九四六年四月二九日、南原繁東大総長が「天長節」式典で述べた戦争責任に依拠する天皇の道義的退位論であろうか。南原は、後の貴族院皇室典範案第一読会でなされたより綿密な退位説が有名である。これに応えた幣原首相は「平価の切下げ」を例に退位の立法(「陛下の切下げ」)を切り捨てた、といわれる。同じ第一読会では、京都大学の憲法学者でもある佐々木惣一は、天皇自身の意思を要件とはするものの「国家の為」を理由とする退位制度を説いた。新憲法施行後も、三淵忠彦最高裁判所長官の退位論(『週刊朝日』一九四八年四月)、横田喜三郎東京大学教授の過去、未来への責任から退位は不可欠として政治的法的退位論を説いている(『読売新聞』一九四八年八月二六日)。新聞各紙は世論調査なども随時発表し(『朝日新聞』一九四六年一月二三日、『読売新聞』一九四八年八月七～九日、『朝日新聞』一九四八年一一月一四日)、現在からは想像もできない活発さである。

・天皇退位時の摂政は(『朝日新聞』一九四五年一〇月二五日)
・天皇退位時の摂政候補(『読売新聞』一九四六年二月二七日)
・天皇近く退位か(『読売新聞』一九四六年五月一二日)
・天皇の責任消滅せず　退位問題再燃(『日本経済新聞』一九四七年一〇月二〇日)

表I-2　天皇退位問題と憲法・極東軍事裁判略年表（1945～1948）

天皇退位問題	憲法	極東軍事裁判
1945・3・16SWNCC「天皇の処遇について」 8・14御前会議でポツダム宣言受諾決定	45・12・27鈴木安蔵ら憲法研究会、憲法要綱を発表	1945・9・11GHQ戦犯逮捕指令 9・27天皇、マッカーサーと会見 10・4 GHQ政治犯釈放命令 12・6 GHQ近衛らに逮捕指令、16日近衛自決
46・1・1天皇の人間宣言 1・7SWNCC「天皇制の廃止か民主的改革」文書発表 2・19地方行幸始まる 4・29南原繁東大総長、式典で「道義的退位論」表明 12・5新皇室典範審議開始	46・1・24幣原・マッカーサー会談で天皇制維持、戦争放棄 2・7政府松本試案奏上・GHQ提出 2・13GHQ草案提示 2・22GHQ草案閣議受入れ決定 3・6政府改正草案要綱発表 4・10第1回衆院選挙 4・17政府改正草案正文発表 8・24衆院修正可決 10・6貴族院修正可決、翌日、衆院同意 11・3日本国憲法（象徴天皇制）成立公布	46・1・4公職追放指令 4・29GHQ東條英機ら起訴 5・3極東軍事裁判開廷 6・18キーナン首席検事天皇訴追せずと言明 10・1ニュールンベルク国際軍事裁判判決
47・1・16皇室典範公布 5・1天皇初めての記者会見 5・3天皇、日本国憲法施行記念式典臨席	47・1・31マ元帥、2・1ゼネスト中止命令 4・20第1回参院選挙 5・3日本国憲法・皇室典範施行 10・26刑法改正、不敬罪廃止公布 12・22民法改正、家族制度廃止公布	47・10・10キーナン首席検事、天皇・実業界戦争責任なしと言明 12・31東條証言、天皇に開戦責任ありと
48・1・1新年一般参賀再開 4「週刊朝日」三淵忠彦最高裁長官、退位論発言 （退位問題海外報道続出） 8・15「読売新聞」世論調査皇太子への譲位20％弱 8・26「読売新聞」横田喜三郎東大教授、政治的放擲退位論発言 11・12田島道治宮内府長官マッカーサーへ留意の書簡	48・7・20国民祝日法公布	48・1・6東條証言、天皇に開戦責任なしと 11・12極東軍事裁判、A級25人被告の有罪判決。キーナン検事、天皇を除外が連合国で一致と言明 12・2天皇、キーナン検事経由でアメリカ大統領の寛大さに感謝表明 12・23東條ら7人絞首刑執行

・退位、国際世論の高まり、皇太子に譲位か（『朝日新聞』一九四八年五月二九日）
・天皇退位説国内にも関心（『東京新聞』一九四八年七月二六日）

この退位論に終止符が打たれるのは、一九五二年五月三日の独立記念式典における天皇の「お言葉」とされている。

七　地方視察で何を歌ったのか

戦後、昭和天皇の「地方巡幸」が再開されたのは、前述のように一九四六年二月の川崎市・横浜市の復興・引揚援護状況視察であった。しかし、一九四五年一一月一三日には、天皇は伊勢神宮へ、翌日は伏見桃山陵「終戦奉告」に向い、同月二〇日には靖国神社臨時大招魂式を挙行、GHQダイク准将参観のもと天皇は皇族、幣原首相・閣僚、陸海軍部隊代表、遺族らとともに参拝している。同じ二〇日に閣議では神社国家管理廃止を決定、一二月一五日、GHQは神社神道に対する国家関与廃止の「神道指令」を出している。いわば、GHQ演出による天皇制再編劇急展開の一場面であった。

翌一九四六年一月一日の天皇「人間宣言」を経て、以降、精力的な地方巡幸が展開されていく。先の神奈川に続き、都内、群馬、埼玉、千葉、静岡、愛知、岐阜、茨城県に及ぶ。巡幸の折に詠まれた短歌としては、前掲⑮「たのもしく夜はあけそめぬ水戸の町うつ槌の音も高くきこえて」（一九四七年歌会始「あけぼの」、同年一一月茨城県視察時の作品）がよく知られている。これに先立ち、宮内省から発表のあった三首は前掲⑬⑭と『おほうなばら』では「戦災地を視察したる折に」という詞書のある、つぎの一首であった。

⑲戦のわざはひうけし国民をおもふこころにいでたちてきぬ

（一九四六年一〇月三〇日宮内省発表）

ところが、この作品の「戦災地」は、一九四五年三月打撃的な大空襲の直後の一八日に視察した東京江東地区であることは、『おほうなばら』の徳川義寛の解説にもある通りで、敗戦をはさんで一年半以上離れた時期の作品⑭「わざはひをわすれてわれを出むかふる民の心をうれしとぞ思ふ」⑬「国をおこすもとゐとみえてなりはひにいそしむ民の姿たのもし」をひと括りにして一九四六年一〇月三〇日に発表したのには、意図的なものも感じる。一九四七年に入ると、一〇日から二週間以上に及ぶ長期の視察が続き、関西、東北、栃木県、新潟・長野・山梨県、北陸、中国地方に及ぶ。

⑳浅間おろしつよき麓にかへりきていそしむ田人たふとくもあるか

（長野県大日向村　一九四八年一月一日）

㉑ああ広島平和の鐘も鳴りはじめたちなほる見えてうれしかりけり

（広島　一九四七年）

「大日向村」は、一九三〇年代、満蒙開拓村移民政策のモデルケースとして、当時、小説（和田伝著　一九三九年）や映画（豊田四郎監督　一九四〇年）にもなっているが、移民後の実態と敗戦時並びに引揚げ後の悲劇には無頓着な詠みようではある。つぎの広島の歌も同様で、一五万人にも及ぶ死者を出し、後遺症に悩む人々を知らなかったわけではないだろう。「うれしかりけり」は、当時のＧＨＱが原爆被害実態を隠蔽しようと躍起になっていた対応に沿うものではなかったか。

しかし、GHQは、天皇の地方視察先での地元民の歓迎振りは想定外でもあったため、また、極東国際軍事裁判が終盤に差し掛かったこともあり、天皇の地方視察は中断させている。一九四八年一一月一二日、東條英機ら七人に絞首刑の判決、同年一二月二三日、刑が執行されたことを受けてのことだろうか、一九四九年前半は、視察はおこなわれず、その再開は五月半ばから三週間に及ぶ九州各県への長期視察であった。この年は、短歌の数も飛躍的に増す。現在では想像もつかないが、その一部が市販されている総合雑誌『改造』（一九五〇年一月号）に発表された。「天皇御歌七首」と題し、五首が九州視察にちなむものであり、二首が湯川秀樹ノーベル賞受賞にかかるものであった。

八　「文化」への傾斜

前掲「天皇御歌七首」のうちの三首である。

㉒みほとけの教まもりてすくすくと生ひ育つべき子らにさちあれ　（一九五〇年一月『改造』）
㉓かくのごと荒野が原に鋤をとる引揚びとをわれはわすれじ　（同右）
㉔賞を得し湯川博士のいさをしはわが日の本のほこりとぞ思ふ　（同右）

後年、中野重治が、この一件について「いまも歌会始があつて、名はかわつたかも知れぬが、披露される作が何にしても貧しすぎる。選だけがあつて、批評がない。そこが具合わるい」「七首そのものの批評も私は聞かなかった」

「子規などがあれだけたたかつた御歌所風の世界へ、新しい歌人たちが――といつてだいぶ年取つてはきたが――なんとなし滑りこんで来ている事実に問題はあるだろう。新年歌会の作品に限らない」(「御歌所風改良のこと」)と批判的なエッセイを発表しているが、数少ない論評であった。

やや前後するが、一九四八年、初めての文化の日(旧明治節)を迎えて、「近詠」五首を一商業新聞に発表させるという天皇側近による情報操作も明るみになっている。その内幕は旧拙著でも触れたが、後の侍従長入江相政の日記によれば、文化の日の前日に「文化の日を当て込んで積極的に宮内府から発表する」ことについて、メディアに対してあまりオープンになることは効果的でなく、無視や扱いが小さくなるという懸念が的中し、特定のメディアに「特種として洩らすべき」であったと反省する件がある。一九四八年一一月三日『時事新報』には五首全部掲載されたが、『朝日新聞』には、つぎの㉕、㉖の二首しか掲載されず、他には掲載されなかったらしい。しかも、『朝日』の一面には「いよいよ世紀の判決　東京裁判あす再開」の見出しの文字も躍る。この操作の一件は、天皇の「ふみのはやし」＝文化へのまなざしを鮮明にさせたかった意図が浮上する。

㉕海の外とむつみふかめて我国のふみのはやしを茂らしめなむ　(一九四八年一一月三日『朝日新聞』)
㉖悲しくもたたかひのためきられつる文の林をしげらしめばや　(同右)

さらに驚くべきことに、占領中とはいえ、この年の歌会始におけるお題「若草」の披講作品の英訳が宮内庁から公表されている。占領軍の検閲のための英訳は欠かせない作業だったはずである。拙著で占領軍の検閲のために短歌の類を英訳した日本人スタッフのありようが不明のままだとしたことがあったが、最近、古い短歌雑誌を読んでいると、「郵便の検閲を兼ね翻訳の仕事あれども未だ行かず（飯岡幸吉）」（『短歌研究』一九四九年四月）という歌に遭遇した。

㉗もえいづる春の若草よろこびのいろをたたへて子らのつむみゆ

（一九五〇年歌会始「若草」）

Children all beyond,
Their faces beaming with joy,
Are seen gathering
The spouts tender of grasses
Coming out to greet the spring（Young grasses）

この年の歌会始に陪聴者として参加した鹿児島寿蔵の緊張した面持ちの記録が興味深い。この日参加した歌壇関係者は、民間歌人だけとなった選者——尾上柴舟、吉井勇、折口信夫（茂吉と空穂は病気欠席）、召人——金子薫園（鳥野幸次欠席）であり、陪聴者二十数名の中、歌人は、山口茂吉、四賀光子、松村英一、木俣修、佐藤佐太郎、長谷川銀作と寿蔵ということになる。

一九四九年には、天皇といわゆる「文化人」との接触が会見や会食を伴う懇談という形で活発となる。旧紀元節二月一一日における学士院会員との会食を皮切りに、芸術院会員、文化勲章受章者、新聞関係者、スポーツ選手らを招いての面談や懇談、さらには、特定の文化人、たとえば辰野隆、サトーハチロー、徳川夢声との座談（二月二五日）、歌人でいえば、佐佐木信綱、斎藤茂吉らを招いたりしている（五月一〇日）。ここには、新憲法の象徴天皇制における天皇の重大な役割の一つであった人間天皇の露出と戦争被災者へ激励と復興支援が行幸＝全国視察という形で定着しかけた時期、さらに、天皇の文化的な側面を早急に固めたい意図が感じられる。この年の九月には、天皇の最初の著作という触れ込みで、『相模湾産後鰓類図譜』(岩波書店)が刊行されて、「生物学者」天皇のイメージづくりに一役買っている。一九四七年六月二三日第一回特別国会で「朕」が「わたくし」に変わったのをはじめとして皇室関係用語が変更されるのもこの頃である。

一方、一九四九年は、七月、国鉄労組への大量人員整理通告がなされるや否や、下山事件、三鷹事件、松川事件が続いて起こり、労働組合運動弾圧に利用された年となった。四月にはＮＡＴＯが、一〇月には中華人民共和国が成立し、翌五〇年にはアメリカではマッカーシー旋風が吹き荒れ、その年六月朝鮮戦争が始まった。東西対立が激化するという国際情勢の中で、一九五一年にはアメリカ主導の対日講和条約、日米安全保障条約が締結され、翌一九五二年四月二八日に条約が発効した。占領軍は駐留軍と呼ばれ、五月三日の記念式典の「お言葉」で天皇退位説を否定した。

一九五一年五月大正天皇の皇后、皇太后(諡名、貞明皇后)の死去に伴い、翌年の歌会始は中止されたが、講和条約発効を前に次のような天皇の歌五首が新聞に発表された。

㉘国の春と今こそはなれ霜こほる冬にたへこし民のちからに　(一九五二年四月二九日平和条約発効の日を迎へて)

㉙冬すぎて菊桜さく春になれど母のすがたをえ見ぬかなしさ　(同右)

㉚わが庭にあそぶ鳩見ておもふかな世の荒波はいかにあらむと　(同右)

いわば敗戦処理を終えたこの期の日本は、いわゆる「逆コース」を歩み始めることになり、皇居前広場のメーデー事件（五月）を口実に破壊活動防止法を公布（七月）させ、警察予備隊は保安隊となり（八月）、内灘など各地で米軍基地反対闘争が展開される。翌一九五三年七月朝鮮休戦協定が調印されると、アメリカの日本への再軍備要請は強まり、池田勇人自由党政調会長と国務省次官補極東担当ロバートソン会談では、国の経済力の優先と愛国心教育が強調された。国内では企業集団の再合同が盛んになり、スト規制法が公布（八月）される。

この間、天皇は、一九五二年五月二日、初めての政府主催全国戦没者追悼式（新宿御苑）に参加した。かつての天皇制への復古的な動きとしては、一九五一年六月二二日、貞明皇后の葬儀は、吉田茂首相はかなり強引に、閣議了承の上、国家的行事として「国事」に準じて行い、一九五二年一一月一〇日の明仁皇太子の立太子礼も「国事」に準じた。当時の短歌に以下がある。

㉛かなしけれどはふりの庭にふしをがむ人の多きをうれしとぞおもふ　（一九五一年貞明皇后崩御）
㉜このよき日みこをば祝ふ諸人のあつきこころぞうれしかりける　（一九五三年一月一日立太子礼）

九　昭和天皇の短歌の表現はどう変わったか

天皇の短歌が情報操作の対象となっていたことをたどってみた。また、公表のされ方と短歌の内容との密接な関わりがあったことはもちろんだが、表現や用語にも変化が見られた。さらにその根底には作者――天皇及び側近――の発想がたどられることにもなる。今回は主な用語に着目しながら、昭和晩年までを大急ぎでたどってみよう。

（1）「民」から「ひとびと」へ

まず、昭和天皇が国民をどのように捉えていたかを知る手がかりの一つがその短歌にある。天皇は国民をなんと表現していたか。昭和天皇の皇太子時代の短歌に「あらたまの年をむかへていやますは民をあはれむこころなりけり」（一九二四年歌会始「新年言志」）、昭和一〇年代の短歌「みゆきふる畑の麦生におりたちていそしむ民をおもひこそやれ」（一九三七年歌会始「田家雪」）があり、敗戦後もしばらくは、海外に残る邦人、戦災を受けた市民、皇居に奉仕にきた人々を前掲のように「民」と詠んでいる。一九五〇年代後半になると㉝㉞㉟の「人々」「人びと」という表現が多くなる。もっとも、「国民（くにたみ）」という表現も、引き続き用いられ、「国民のさちあれかしといのる朝宮居の屋根に鳩はとまれり」（一九六六年）、在位五〇年の折の「喜びも悲しみも皆国民とともに過しきぬこの五十年を」（一九七六年）、晩年の「国民に外つ国人も加はりて見舞を寄せてくれたるうれし」（一九八七年）などに散見できる。

㉝人々とうゑし苗木よ年とともに山をよろひてさかえゆかなむ　（一九五四年）
㉞皇太子の契り祝ひて人びとのよろこぶさまをテレビにて見る　（一九五九年）
㉟新しく宮居成りたり人びとのよろこぶ声のとよもしきこゆ　（一九六八年）

（2）「国」の出現

『おほうなばら』を読んでいてやや意外なことではあったが、一九四五年以前の短歌の絶対数が少ないものの、「国」に類する言葉がいっさい見当たらない。「安らけき世」「わが世」「波たたぬ世」「世のありさま」「栄ゆかむ世」は登場しても、「国」にあたる表現がない。敗戦後はじめて登場する「国」は次の一首㊱（⑬再掲）で、以後、新憲法を「国の掟」、日本の独立期を「国の春」と歌った。

㊱国おこすもとゐとみえてなりはひにいそしむ民の姿たのもし　（一九四六年一〇月三〇日）
㊲国のため命ささげし人々のことを思へば胸せまりくる　（一九五九年、千鳥が淵戦没者墓苑）
㊳わが国のたちなほり来し年々にあけぼのすぎの木はのびにけり　（一九八七年歌会始「木」）

なぜ「世」が退き、「国」が頻繁に使用されることになるのか。「世」は、国語的な意味の中の「特定の統治者が国を治める期間」を指し、昭和天皇自らが治める時代・エリアを意味していたが、象徴天皇制の新憲法下では、元号はありえても、統治者ではなくなったので、天皇の統治の時空とは別個に存続する「国」を使用することになったのだろう。㊲の「国のため」と同じ意味で使われている短歌に「国のためたふれし人の魂をしもつねなぐさめよあかく生きて」（一九六二年、「遺族のうへを思ひて」）などがある。

また、綿々と続いたとされる天皇家の祖先「遠つおや」への思いを、戦後の昭和天皇は終生詠み続けた。とくに明治天皇については「おほぢ」「おほちち」「明治のみ代」と詠み、最晩年の一九八〇年代後半には回顧的な作品が多くなる。自らの「皇統譜」、皇太子（ひのみこ、みこ）、東宮を詠むことも多かったが、短歌とその背景は、別稿に譲りたい。

注及び文献

（1）副島廣之『御製に仰ぐ昭和天皇』　善本社　一九九五年、鈴木正男『昭和天皇のおほみうた　御製に仰ぐご生涯』　展転社　一九九五年、田所泉『昭和天皇の和歌』　創樹社　一九九七年。保阪正康『昭和天皇』（中央公論新社　二〇〇五年）は天皇の短歌を随所に引用し、言及する。
（2）岡野弘彦「昭和天皇の歌風」『おほうなばら』　読売新聞社　一九九〇年、三一六、三二三、三二六頁。
（3）加藤克巳「天皇のお歌」『短歌』一九八九年一月臨時増刊号　一二〇頁。
（4）前掲注1の『御製に仰ぐ昭和天皇』　三七～三八頁。
（5）高橋紘『陛下、お尋ね申し上げます』　文芸春秋新社　一九八八年　四五頁。
（6）前掲注2「昭和天皇の歌風」三一六頁。「山形県民の歌」『山形県大百科事典』　山形放送編刊　二七四頁。
（7）吉田裕「ロング書評『天皇の戦争責任』」『季刊運動《経験》』二〇〇一年五月　六一～七〇頁に昭和天皇の戦争責任論の系譜が整理されている。後藤到人『昭和天皇と近現代日本』　吉川弘文館　二〇〇三年　一四七、一五〇頁。
（8）坂本孝治郎『象徴天皇制へのパフォーマンス』　山川出版社　一九八九年　六六頁。
（9）木下道雄「側近日誌」『文芸春秋』　一九八九年四月　二九五頁。
（10）徳川義寛『侍従長の遺言――昭和天皇との50年』　朝日新聞社、一九九七年。また、徳川は、天皇の短歌は「入江相政さんや私が拝見し整えて」から御用掛にも見てもらうという手順を踏んでいたことも明らかにしている。この事情については、田所泉『昭和天皇の〈文学〉』（風濤社二〇〇五年、九五～一〇四頁）に詳しい。
（11）「昭和二十年十月二十五日」『砕かれた神』　評論社　一九七七年　六八頁。
（12）田所泉「プロパガンダとしての『御製』」『インテリジェンス』　四号　二〇〇四年五月　九三頁。

（『ポトナム』二〇〇七年二月～一二月。補筆）

※　本稿は、『象徴天皇の現在』（世織書房　二〇〇八年）所収の「昭和天皇の短歌は国民に何を伝えたか」の後半と重なる。

2　象徴天皇の短歌、皇統譜と護憲のはざまで

はじめに

二〇〇三年一一月、平成の天皇・皇后は、奄美群島日本復帰五十周年記念式典に出席のため鹿児島県を訪ね、即位後の一五年間で、全都道府県を訪問したことになる、という趣旨の報道が盛んになされた(『朝日新聞(夕)』二〇〇三年一一月一四日、『週刊朝日』同年一一月一四日、『産経新聞』同年一一月二〇日など)。そこでは、国民との距離を少しでも縮める努力をする天皇・皇后像が強調され、ある記事は、「我が国の旅重ねきて思ふかな年経る毎に町はととのふ」(二〇〇三年歌会始「町」)の天皇の短歌を添えていた(『日本経済新聞』二〇〇三年一一月一四日)。

一九九九年一〇月、宮内庁の編集で『(天皇陛下御即位十年記念記録集)道』(NHK出版)という書物が出版された。その内容は、天皇の「お言葉」を「象徴」「鎮魂」「世界の平和」「国民生活」「文化と学術」「御所のうちそと」の六つのテーマに分けて章を立て、第七章を「和歌に寄せて(御製)」と題して天皇即位後の短歌を収録している。さらに、最終章は、「陛下のお側にあって――皇后陛下」と題して、美智子皇后の種々の集まりでの挨拶、記者会見での発言、単独歌集『瀬音』からの短歌、の三節からなる。網羅性はないが、平成期一〇年間の天皇・皇后の公式発言の記録集である。同年七月一日から、宮内庁はホームページを開設したので、天皇の短歌八首(このうちの三首は、決まって植樹祭・豊かな海づくり大会・国民体育大会に因む作品となっている)、皇后の短歌三首にかぎり、作品によっては背景など

とともに入手することができるようになった。ただし、短歌はもっと詠まれているはずで、先の『道』や『瀬音』に収録されている各年の作品の方がはるかに多いことでもわかる。

『道』の編集において、「お言葉」を六つのテーマに分けたことでも、天皇の発言のメッセージ性は十分伝え得ているのではないか。もっとも、その分け方は、天皇自身の思い入れや天皇周辺並びに政府の政治的意図と期待が交錯していることが如実に読み取れる。この書物では、付け足された形の天皇・皇后の「短歌」ではあるが、短歌という小さな詩形だけに、作者の思い入れと時の政府の政治的意図と期待がその背景に浮上する。

本稿では、皇太子・皇太子妃時代の短歌にも遡り、一首一首を読み取ることにより、その政治的メッセージ性を探りたいと思う。時には、現在の皇太子・皇太子妃の短歌にも触れつつ、天皇ファミリーがトータルに発信するメッセージがあるとすれば、それは何なのか。現実的には、短歌発表時の政治状況、社会状況とどのように呼応しているのか、どんな役割を果たしているのか、いくつかのテーマで括りながら、稿を進めたい。本稿は、象徴天皇制下の「天皇の地位」について、短歌が発信するメッセージを探りたい。戦争責任と平和、生活及び福祉、家族関係について、短歌はどんなメッセージを発信しているか、については別稿にゆずりたい。美智子皇后の短歌全般については、田所泉の分析がある（「〈皇后四代〉の内面」『大正天皇の「文学」』　風濤社　二〇〇三年）。

一　皇統譜の自覚

①荒潮のうなばらこえて船出せむ広くみまはらむとつくにのさま　（明仁皇太子　一九五三年歌会始「船出」）

②旅路より帰りて宿る軽井沢色づく林は母国の香にみつ　（明仁皇太子　一九五四年歌会始「林」）

明仁天皇が、少年時代の家庭教師バイニング夫人から学友たちとともに、「何になりたいか」と問われたとき、「天皇になる」と答えたというエピソードは有名である。その少年時代の短歌はわずかしか残されていないが、明仁天皇が初めて歌会始にデビューしたのは、一九五三年、二〇歳、先の一首①であった。「船出」とは前年一一月に立太子礼を済ませ、この年の三月の外遊直前というタイミングであった。すなわちイギリスのエリザベス女王戴冠式に天皇の名代として参列するためだった。歌会始のお題「船出」には、その祝意が込められていたわけである。この一首には、皇太子としてのみなぎる覚悟を、翌一九五四年の②では、母国日本を見つめなおす青年の風情を印象づけている。

③ほの暗き神の御前に告文を開き行く手のかすかにふるふ
（明仁皇太子　一九五九年）

④皇子ともに部屋の窓よりながめけり夕日にはゆる白樺林
（良子皇后　一九五九年歌会始「窓」）

皇太子は、正田美智子さんとの結婚に際して③のように歌ったが、母親の良子皇后は、皇位を継ぐ子の結婚を惜別の念をもって④のように歌った。皇后はそれまでめったに詠むことのなかった皇太子を「皇子（みこ）」と歌い、母としてわが子と眺める夕日に、婚約者美智子さんへの複雑であったろう思いをも重ねて読む読者が多かったのではないか。ちなみに、娘たちを歌った短歌が数ある中で、珍しいともいえる一首だった。

⑤光たらふ春を心に持ちてよりいのちふふめる土になじみ来
（美智子皇太子妃　一九六〇年歌会始「光」）

⑥あづかれる宝にも似てあるときは吾子ながらかひな畏れつつ抱く　（美智子皇太子妃　一九六〇年）
⑦十五年過ぎこし月日の早きかな吾子は上り行く機のタラップを　（明仁皇太子　一九七四年）

美智子妃は、⑤の一首をもって一九六〇年歌会始「光」に初めて登場した。一九八六年に出版された皇太子・皇太子妃歌集『ともしび』（婦人画報社）には収録されているが、後の美智子皇后の単独歌集に『瀬音』（大東出版社　一九九七年）に収録されていない一首である。さらに同じ年、浩宮徳仁の誕生を、わが子でありながら担うべき任務を負うた「皇孫」の誕生を⑥のように歌った。側室制度が残る明治期にあって、天皇家の子どもは、皇后が子どもの母親とは限らなかった。自ら育てることもしなかったので、妊娠・出産・育児に関する短歌は見当たらない。それだけに多くの読者は、美智子妃の一首を新鮮に受けとめたのではないか。一方、海外へと旅立つほどに成長した浩宮を、父親として皇太子は⑦のように歌い、自らの二十歳の「船出」に思いを重ねたかも知れない。そして、浩宮の成年式に際して、皇太子夫妻と浩宮の三者は、その覚悟にも似た思いをつぎのように歌った。

⑧成年に成りたる吾子と共に向かふ宮居の初空晴れ渡りたり　（明仁皇太子　一九八〇年）
⑨音さやに懸緒截られし子の立てばはろけく遠しかの如月は　（美智子皇太子妃、一九八〇年）
⑩懸緒断つ音高らかに響きたり二十歳の門出我が前にあり　（徳仁親王　一九八一年歌会始「音」）

二　天皇と皇后――変らぬ主従の関係

一方、天皇家における家族のあり方や育児について明仁皇太子夫妻の時代から大きく変ったことはよく知られるところである。すなわち、側室制度は大正期からなくなっていたし、乳母制度もとられることなく、極力一般家庭に近い育児がなされていた、という。しかし、従来と変らぬ、変えてはならなかったのは、天皇・皇后の夫婦の関係だったことが、短歌にもよく表れている。昭和天皇の良子皇后は幾度となく、天皇の「時代」と「姿」をつぎのように歌いつづけていた。

⑪大君のめぐみあまねきしまじまにひかりをそへて朝の日さす　（良子皇后　一九三九年歌会始「朝陽映島」）

⑫みまつりにいでます君を見送りて暁つぐるとりがねをきく　（良子皇后　一九五二年）

⑬みこころを悩ますことのみ多くしてわが言の葉もつきはてにけり　（良子皇后　一九六九年）

⑭朝なあさないろとりどりのばらの花きりてささぐるみ机の上に　（良子皇后　一九七〇年歌会始「花」）

良子皇后が⑭のように天皇の机に花を捧げれば、美智子皇太子妃は⑮のように皇太子の声を歌った。皇太子夫妻の地方訪問においても、美智子妃はつねに「ともなはれゆく」「み供せる」と歌い、その主従の関係を崩さない。新憲法下の象徴天皇制にあっても男系の世襲制は変らなかった。常日頃の公式会見で、新憲法下の象徴天皇制を体現することを自らの使命とする夫妻の、その新憲法の基本理念である男女平等、そして近年の男女共同参画推進政策との乖離は大きい。現実の皇居内での夫妻の関係を窺い知ることはできないが、私たちがテレビなどでよく目にする光景——皇后は天皇よりやや下がって背を屈めて従う姿、あるときは車を先に降りて天皇の降りるのを迎える様子、会見などで頻発する天皇への敬語などが象徴的に表していることでもある。この傾向は、現在の皇太子夫妻にも受け継がれ、⑱のような短歌が公表されることになる。かつて、小和田雅子さんが、皇太子妃候補としてマスコミに追いかけられていた一時期、外務省からの出張先の路上で、テレビカメラに向かって、「関係ございません」とレンズを自らの手のひらで塞いで、取材を拒んだ、凛としたあの態度が筆者にはなつかしい。あのフィルムはもう二度と流れはしないのだろう。

⑮にひ草の道にとまどふしばらくをみ声れんげうの花咲くあたり　（美智子皇太子妃　一九七〇年）
⑯わが君のみ車にそふ秋川の瀬音を清みともなはれゆく　（美智子皇太子妃　一九八一年）
⑰ことなべて御身ひとつに負ひ給ひうらら陽のなか何思すらむ　（美智子皇后　一九九九年一月一日）
⑱七年をみちびきたまふ我が君と語らひの時重ねつつ来ぬ　（雅子皇太子妃　二〇〇〇年歌会始「時」）

三　昭和天皇へのオマージュ

昭和から平成に代が替わっても、皇太子時代が長かった天皇が、あえて皇統を歌い、皇統の安寧を願って詠むとき、昭和天皇を歌い、昭和天皇の詠いぶりを継承する表現も数多く見られるようになる。自らの父親を「父君」と呼び、「波立たぬ世」を願うところが皇統を継ぐ者の「表明」ではあるが、家業を継いだ後継ぎが先代や創業者を詠んだ歌の側面を持つ。

⑲父君をしのび務むるに日々たちてはや一年の暮れ近付きぬ　（明仁天皇　一九九〇年一月一日）

⑳今の世の国の基の築かれし明治の御代を尊みしのぶ　（明仁天皇　一九九〇年）
㉑波立たぬ世を願ひつつ新しき年の始めを迎へ祝はむ　（明仁天皇　一九九四年歌会始「波」）
㉒大いなる世界の動き始りぬ父君のあと継ぎし時しも　（明仁天皇　二〇〇〇年歌会始「時」）

さまざまな機会を通じての天皇の発言においては、さらに明確な、盲目的といってもよい昭和天皇へのオマージュが捧げられる。その典型が即位後の「朝見の儀」の言葉であった。この空々しさは、一五年戦争体験者ならずとも感じることだろう。

「顧みれば、大行天皇には、御在位六十余年、ひたすら世界の平和と国民の幸福を祈念され、激動の時代にあって、常に国民とともに幾多の苦難を乗り越えられ、今日、我が国は国民生活の安定と繁栄を実現し、平和国家として国際社会に名誉ある地位を占めるに至りました。」

日本経済のバブルがはじけて久しく、一九九九年、日本の世紀末は、天皇制にとっても大きな曲がり角となった。一月「昭和天皇十年式年祭の儀」を経た後、四月政府は一一月一二日に天皇在位一〇周年式典開催を決定した。一方、六月国旗国歌法案を閣議決定し、慌しい国会論議を経て、八月には国旗国歌法を成立させた。「天皇陛下御在位十年を記念し、国民こぞってお祝いするため十一月十二日（平成二年に即位の礼が行われた日）」午後二時から、国立劇場で内閣主催による「天皇陛下御在位十年記念式典」が行われ、「天皇陛下御即位十年をお祝いする国民祭典」が奉祝委員会及び奉祝国会議員連盟主催で、午後三時から皇居前広場で開催された（「政府広報」『日本経済新聞』一九九九年一一月七日)。その一部は、テレビや新聞で報道されたが、闇の中から提灯を持った天皇・皇后の「お出まし」とい い、壇上に上がった芸能タレントやスポーツ選手の映像の唐突さと異様さを忘れることができない。安っぽさが見え隠れする演出だった。主催者は、あのイベントで何を物語りたかったのか、どんなメッセージを発信したかったのか(原武史「天皇在位十年の式典を見て」『朝日新聞(夕)』一九九九年一一月一六日)。翌年の元日に発表された天皇の数首のなかには、返礼の域を出ない、つぎの一首があった。

㉓日の暮れし広場につどふ人びとと祝ひの調べともに聞き入る　(明仁天皇　二〇〇〇年一月一日)

四　護憲との矛盾のはざまで

天皇・皇后は、さまざまな機会を通じて、天皇が日本国の象徴であり、国民統合の象徴であるという憲法を常に念頭においていることを強調する。即位直後の「朝見の儀」での「お言葉」の中で、天皇は「皆さんとともに日本国憲法を守り、これに従って責務を果たすことを誓い」と述べ、内外記者団への公式会見においても「憲法は最高法規ですので、国民とともに守ることに努めていきたいと思っています」に続き、学習院初等科卒業の年に憲法が公布されているので、憲法として意識されているのは「日本国憲法」である、という主旨のことを語っている(一九八九年八月四日)。在位一〇年に際しての記者会見では、象徴天皇制をとる「憲法の規定に心し、昭和天皇のことを念頭に置きつつ、国と社会の要請や人々の期待にこたえて天皇の務めを果たしてきました」と述べ、皇后も「皇室の私どもには、行政に求められるものに比べ、より精神的な支援としての献身が求められているように感じます。役割は常に制約を伴い、私どもの社会との接触も、どうしても限られたものになりますが、……」(一九九九年一一月一〇日)と丁寧に説明を続ける。皇后はさらに「民主主義の時代に日本に君主制が存続しているということは、天皇の象徴性が国民統合のしるしとして国民に必要とされているからであり、この天皇及び皇室の象徴性というものが、私どもの公的な行動の枠を決めるとともに、少しでも自己を人間的に深め、よりよい人間として国民に奉仕したいという気持ちにさせています」と、かなり慎重な表現で、応分の役割と心情を述べている(一九九八年五月一二日、英国など外国訪問前の記者会見)。行き届いた説明をしようとすればするほど、天皇制維持に内在する民主主義との矛盾が露呈するかのようである。護憲志向と天皇制維持の実態との間には大きな矛盾を抱えざるをえない。今や、護憲政党さえどんどん曖昧な姿勢をとり始めている。さらに、今の政府や議会は、この天皇・皇后のやや末梢的とも思える憲法擁護のためのさまざまな試みやパフォーマンスさえ無視し、憲法改正という逆行の姿勢を崩そうとはしない。やはり、この辺で、もう一度、天皇制自体を考え直す時期なのではないか。私見ながら、女帝をなどとは言わず、矛盾や「お世継ぎ」の呪縛から一家を解放し、次代からは、元貴族としてひそやかに、伝統文化の継承などに努めてもらえないだろうか。

㉔千歳越えあまたなる品守り来し人らしのびて校倉あふぐ　(正倉院)(明仁天皇　二〇〇三年一月一日)

(注)短歌の出典と作成年は昭和天皇・皇后の歌集『あけぼの集』(読売新聞社　一九七四年)、前掲の明仁皇太子・皇太子妃の歌集『ともしび』と『道』『瀬音』での収録年に拠る。公表年月が明確なものと歌会始作品はそちらに拠った

(『短歌往来』二〇〇四年二月)

3　天皇の短歌、環境・福祉・災害へのまなざし

これまで筆者は、平成期の天皇の短歌における政治的メッセージ性について、天皇の地位ないし在り方、沖縄への思いと平和への願い、という括り方で、そのメッセージの内容の分析を試みている（本書「天皇の短歌、皇統譜と護憲のはざまで」「天皇の短歌、平和への願いは届くのか」）。本稿では、環境及び福祉に関わった天皇・皇后並びに皇太子・皇太子妃の短歌を中心に、環境・福祉・災害の状況の実態と政策との関連性を探った上で、その政策の補完性をたどってみたい。結論的にいえば、象徴天皇制における天皇の政治的立場は中立を標榜するが、その実態は、環境・福祉・災害対策などの余りにも貧弱な施策を、視察、見舞い、お言葉、会見時の質疑での回答、そして年間でわずかしか公表されない短歌という形で、厚く補完する役割を担っていることが明らかになってきた。

①父君の即位記念の林より育ちし苗を我ら植ゑけり（第四一回全国植樹祭・長崎県）（明仁天皇　一九九〇年）
②平らけき世をこひねがひ人々と広島の地に苗植ゑにけり（第四六回全国植樹祭・広島県）（明仁天皇　一九九五年）
③「遊学の森」に集ひて植ゑし木々人ら親しむ森となれかし（第五三回全国植樹祭・山形県）（明仁天皇　二〇〇二年）

植樹祭の沿革は、一九五〇年に遡り、第一回国土緑化大会として山梨県で開催され、天皇・皇后の出席が慣例と

なった。一九六〇年より全国植樹祭と改称され、天皇は皇后と共に毎年、視察を兼ねて、各県を回り、天皇はちなむ一首を必ず公表して現在に至っている。その一部が上記の三首で、第一首目は、植樹祭が昭和天皇からの引き継いだ任務であり、その連続性を強調する。なお、第一九回からは「お言葉」を述べるようになった。従来も皇族たちの旅先での「お手植えの松」という慣わしはあったが、一過性のものであった。また、皇太子時代の一九八一年第一回全国豊かな海づくり大会（大分県）以降、毎年秋には出席、各県を巡幸、平成期には、ちなむ一首を必ず公表するようになった。なお、植樹祭、豊かな海づくり大会、国民体育大会にちなむ三首は、年末に、開催の三都道府県（東京事務所）に伝達し、翌一月一日新聞紙上に公表するのが恒例らしい（『日本経済新聞（夕）』二〇〇〇年一二月二八日）。つぎに海づくり大会の短歌の中から二首をあげる。

④くろそいとひらめの稚魚を人々と三沢の海に共に放しぬ

（第一〇回全国豊かな海づくり大会・青森県）
（明仁天皇　一九九〇年）

⑤我が妹が丹後の海に放ちゆくあかあまだひの色さやかなり

（第二〇回全国豊かな海づくり大会・京都府）
（明仁天皇　二〇〇〇年）

植樹祭、海づくり大会は、日本の林業や水産業の衰退に対する基本的な施策がないままに、植樹、稚魚の放流など天皇・皇后の儀礼的なパフォーマンスとして続いているのが実態といえよう。「豊かな森林の造成には、長い年月と忍耐強い努力が必要であります。山村地域の過疎化と林業に携わる人々の高齢化が進む中で、先人から受け継いだ森林を守り育て、常に活力ある森林として保っていくことが重要であり」、今後の課題であるとする植樹祭の「お言葉」(一九九九年五月三〇日、第五〇回全国植樹祭・静岡県)がある。現実は、輸入木材の激増による国産材の価格下落、林業労働力の減少が著しい。その一方で、余暇・健康・環境悪化への関心から、森林資源の効用への国民の期待も高まっている。環境――森林政策一つをとっても、美辞麗句で彩られた総論に反して、国や自治体の具体的な政策や活動が逆行していることが少なくない。市民によるボランティア活動や基金などが十分生かしきれていないのが実情であろう。また、一九九九年六月五日、世界環境デー記念式典で、天皇は「かつて高度成長に伴って国内にいくつかの公害問題が発生し、東京の空が黒ずみ、モミやアカマツが枯れた状況も、人々が問題の深刻さを認識し、その解決のために大きな努力を払ってきた結果、改善された」とする主旨の挨拶をし、その年の歌会始では⑪「公害に……」の一首が詠まれたが、現実はそれほど楽観できるものではなかった。先進諸国の京都議定書への取り組みを見ても明らかである(『日本経済新聞』二〇〇三年一二月一二日)。

一方、戦後の水産業にとって一九七三年の石油高騰と一九七七年の二〇〇カイリ規制は大きな打撃となり、就業者の高齢化、輸入依存、養殖、水産加工、漁業紛争などの問題の顕在化が「海づくり」の背景にあったと思われる。

⑥外国の旅より帰り日の本の豊けき水の幸を思ひぬ　(明仁皇太子　一九八六年歌会始「水」)

⑦緑なす都市を願ひ人々とくすの若木を共に植ゑけり　(明仁皇太子　一九八七年歌会始「木」)

⑧豊年を喜びつつも暑き日の水足らざりしいたづき思ふ　(明仁天皇　一九九五年一月一日)

⑨山荒れし戦の後の年々に苗木植ゑ来し人のしのばる　(明仁天皇　一九九六年歌会始「苗」)

⑩うち続く田は豊かなる緑にて実る稲穂の姿うれしき　(明仁天皇　一九九七年歌会始「姿」)

⑪公害に耐へ来しもみの青葉茂りさやけき空にいよよのびゆく　(明仁天皇　一九九九年歌会始「青」)

また、一九九七年一月二四日参議院本会議の自民党竹山裕の代表質問において農林漁業の振興と食料の安定供給の課題について言及した部分で、天皇の短歌⑩「うち続く……」を引用の上、「これこそが豊葦原瑞穂の国の本来の姿なのであります」との件りがあって、天皇を政治的に利用したとして紛糾する場面もあった。政治的利用以前に政治家自身の農業政策の貧困さを露呈するものであろう。天皇制の存在自体や天皇の国事行為の一環として宮中儀式「歌会始」において短歌を公表すること自体がきわめて政治的であることを考えれば、瑣末的な議論といわねばならない。天皇に限らず、皇族たちの「政治的問題ならぬ」環境問題への関心は深く、「ひさびさに晴れし東京の空遠く富士の高嶺はくきやかにみゆ」(正仁常陸宮　一九九三年歌会始「空」)のような作品も散見できる。

即位一〇年に際して、深い関心を寄せていた障害者や高齢者など福祉問題、被災地の見舞いなどに触れた記者の質問に天皇はつぎのように答えている(一九九九年一一月一〇日)。

「障害者や高齢者、災害を受けた人々、あるいは社会や人々のために尽くしている人々に心を寄せていくことは、私どもの大切な務めであると思います。福祉施設や災害の被災地を訪れているのもその気持ちからです。(後略)」

また、皇后の答えは、現憲法下における制約のなかでの実に見事なまでの模範的回答にもなっている。

「(前略)福祉への関心は、皇室の歴史に古くから見られ、私どもも過去に多くを学びつつ、新しい時代の要求にこたえるべく努めてまいりました。また、福祉と皇室とのつながりの上で、これまで各皇族方が果たしてこられた役割も非常に大きく、今も皆様が、それぞれの分野で地道な活動を続けておられます。
この一〇年間、陛下は常にご自身のお立場の象徴制に留意なさりつつ、その上で、人々の喜びや悲しみを少しでも身近で分け持とうと、お心を砕いていらっしゃいました。社会に生きる人々には、それぞれの立場に応じて役割が求められており、皇室の私どもには行政に求められるものに比べ、より精神的な支援としての献身が求められているように感じます。役割は常に制約を伴い、私どもの社会との接触も、どうしても限られたものにはなりますが、その制約の中で、少しでも社会の諸問題への理解を深め、大切なことを見守り、心を寄せていかなければならないのではないかと考えております。（後略）」

天皇・皇后は皇太子・皇太子妃時代から福祉への関心は高く、多数の短歌も残している。天皇のそれは福祉＝車椅子といったワンパターンになりがちだが、皇后の場合は、福祉の現場のさまざまな場面に細やかなまなざしが届いているかのようである。その福祉関係に限定した視察や見舞いの回数をいま特定できないが、天皇・皇后両者によるものが圧倒的に増加した。昭和晩年、天皇の高齢化、皇后の病気が重なっているので単純な比較はできないが、昭和と平成期の各九年間の統計によると三〜四倍の急増になる（岩井克己「平成流とは何か――宮中行事の定量的定性的分析の試み」『年報近代日本研究』二〇号　一九九八年）。また、情報収集についても積極的で、阪神淡路大震災発生直後より、約一年間で関係大臣・長官などによる五回に及ぶ内奏が行われている（同上　二四六頁）ことでもわかる。さらに、省庁・学会・自治体の長らの「ご説明」「ご報告」が急増する（後藤到人『昭和天皇と近現代日本』　二〇〇三年　二四四〜二四五頁）。

⑫まながしく日を照りかへす点字紙の文字打たれつつ影をなしゆく　（美智子皇太子妃　一九六四年歌会始「紙」）

⑬朝風に向かひて走る身障の身は高らかに炬火をかざして
（千葉県全国身体障害者スポーツ大会開会式）（美智子皇太子妃　一九七三年）

⑭炬火を立て車椅子にて走りゆく走者を追ひて拍手わき立つ　（明仁皇太子　一九八八年歌会始「車」）

⑮めしひつつ住む人多きこの園に風運びこよ木の香花の香　（多磨全生園を訪ふ）（美智子皇后　一九九二年一月一日）

⑯火を噴ける山近き人ら鳥渡るこの秋の日日安からずゐむ　（雲仙の人々を思ひて）（美智子皇后一九九二年一月一日）

⑰高齢化の進む町にて学童の数すくなきが鼓笛を鳴らす　（植樹祭・兵庫県村岡町）（美智子皇后一九九五年一月一日）

⑱園児らとたいさんぼくを植ゑにけり地震（なゐ）ゆりし島の春ふかみつつ　（明仁天皇　二〇〇二年歌会始「春」）

⑲これの地に明日葉の苗育てつつ三宅の土を思ひてあらむ
（八王子市に「元気農場」を訪ふ）（美智子皇后　二〇〇三年一月一日）

平成期における天皇・皇后の被災地視察や施設を訪問するスタイルは、「平成流」とよく喧伝されるように、天皇のワイシャツの腕まくりや作業衣風、被災者と同じ床に膝を折ってかがんで話すという姿が定着してきたようでもある（片野真佐子「近代皇后研究に向けて」『大航海』四五号　二〇〇三年一月　一〇四頁）。このような姿勢は、皇太子・皇太子妃にも受け継がれ、皇太子妃にもつぎのような作品がある。

⑳もろ手もちてひたすら花の苗植うる知恵おそき子らまなこかがやく　（雅子皇太子妃　一九九六年歌会始「苗」）

このように、女性皇族の福祉への関心は美智子皇后から雅子皇太子妃へ引き継がれているが、弱者へ注がれるまなざしは、平成期に初めて見られるものではなかった。明治以降近代天皇制下の皇后たちが残した足跡でもあった（高橋紘『平成の天皇と皇室』文芸春秋　二〇〇三年　二一七頁）。もっとも日本の皇室に限ったことではなく、ヨーロッパの王室には、より広範なより自然体の慈善事業、ボランティア活動の伝統がある。明治天皇の美子皇后（昭憲皇太后）は西南の役、日清、日露の戦争を経験しているが、その折の日常的な包帯作り、戦傷病者慰問、日本赤十字社を通じての奉仕、日本慈恵会病院設立のための下賜などにより、殖産興業、富国強兵策の側面を支えていたことになる。大正天皇の節子皇后（貞明皇后）は、病弱な天皇を助ける形で、関東大震災の折は、被災者収容所や各所病院の収容患者を見舞った。皇太后になってからは、救癩事業に力を入れ、一九三〇年の下賜金が基金の一部となって翌年には「癩予防協会」が創立されるに至る。遡って一九〇七年三月、らい予防法が制定され、不治の病として徹底した隔離政策のもと断種、中絶にはじまる過酷な人権侵害が長く続いていた。一九三二年には、節子皇太后の誕生日六月二五日は「癩予防デー」となった。さらに、同年一一月一〇日の大宮御所（当時の節子皇太后の住い）歌会において皇太后は兼題「癩患者を慰めて」と題してつぎの短歌を発表し、癩予防協会は、以降この日を「御恵みの日」としている。この短歌は、後さまざまな形で皇族・国家からの「皇恩」としての救癩事業のシンボル的存在となり病院や施設に歌碑が建てられたり、ちなむ歌集が編まれたりする。この間の事情については、歌人田中綾による短歌とらいと皇室との三者の関係を探るユニークな論考に詳しい（田中綾「容赦なき〈国民〉文学――『新万葉集』におけるらい歌人の位相」『現代短歌研究』二号　二〇〇三年六月）。

㉑つれつれの友となりてもなぐさめよゆくことかたきわれにかはりて　（節子皇太后　一九三一年）

美智子皇后の前掲⑮は、一九九一年三月四日、元らい患者施設多磨全生園を訪問した折の一首である。皇后が車椅子の老人たちに対して腰をかがめて、その手を両手で包むようにして話しかけている様子が、園長によって語られている（片野真佐子前掲論文、一〇四頁）。らい予防法がようやく廃止となった一九九六年にさかのぼること五年であった。国が隔離医療政策の失敗をまだ認めたがらなかった時期で、まさにその失政を紛らわせる役目を果たしていたことになる、象徴的な場面である。

近年では、北朝鮮の拉致問題に関し、皇后は「何故私たち皆が、自分たち共同社会の出来事として、この人々の不在をもっと強く意識し続けることができなかったかとの思いを消すことができません」（二〇〇二年「一〇月二〇日の誕生日に際しての宮内記者会からの質問への文書回答」）と核心に迫る感想を述べている姿勢と共通のものがあろう。法制的な制約のなか、多忙なスケジュールのなかで真剣に対応しようとすればするほど、種々の外圧やストレスが蓄積するのだろう。皇后の帯状疱疹、失語症に続き、近年の皇太子妃の帯状疱疹などの報道に接するにつけ、その精神的な過酷さが浮き彫りにされる。さらに、二〇〇三年末、皇太子妃の長期療養の必要が報じられた直後、宮内庁長官は記者会見において、皇室の繁栄を考えると秋篠宮夫妻に第三子を望む、とした発言がなされた（『朝日新聞』二〇〇三年一二月一一日）。これほど女性の人権を無視した発言があろうかと、筆者は目を疑ったのだが、これが宮内庁トップの認識なのだろう（投書「女性傷つける男児望む発言」『朝日新聞』二〇〇三年一二月二三日）。

少なくとも民主主義国家を標榜するならば、現憲法における法の下の平等とは矛盾する天皇制、皇族の人権をすら著しく阻害しつづけている天皇制を、そして、存続するための対価を、市民はまず自覚するべきだろう。もし存続を積極的に願う人々がいるとしても、そのメリットは一般市民に及ぶものではない。

皇室における伝統としての短歌にあっても、もっと自由に、伸びやかに、ひそかに楽しむものではなかったか。

（『風景』一〇九号　二〇〇四年三月）

引用作品の出典について

歌会始の作品は、皇族、召人、選者の作品、入選作、佳作入選作をふくめて一九四七年〜一九九五年分が『宮中歌会始』（毎日新聞社　一九九五年）に収録されている。毎年歌会始当日の夕刊に佳作入選作は除かれるが、発表されている。それ以外の天皇・皇后の作品は、新聞の元旦号に旧年中の作品として数首発表されるが、宮内庁のホームページでは、一九九〇年以降の天皇五首、皇后三首を見ることができる。また、天皇在位一〇年記念記録集『道』（ＮＨＫ出版　一九九九年。天皇九七首、皇后三九首収録）では、平成期における天皇と皇后の一〇年間の短歌を読むことができる。また、美智子皇后には、単独の歌集『瀬音』（大東出版社　一九九七年。三六七首）があり、一九五九年〜一九九六年の作品がまとめられている。天皇・皇后の皇太子・皇太子妃時代の合同歌集に『ともしび』（婦人画報社　一九八六年。皇太子一六〇首、皇太子妃一四〇首）がある。

4　天皇の短歌、平和への願いは届くのか

二〇〇三年一二月一日は、徳仁皇太子夫妻の長女の誕生日であり、二歳児の「かわいらしい」写真や映像が大きく報道されるはずだった。しかし、トップニュースは日本人外交官二人がイラクで殺害された事件であった。二〇〇四年二月、皇太子の誕生日会見では、「世継ぎ問題」のプレッシャーに触れるとともに、イラク国民、イラク復興に携わる人々の犠牲を悲しみ、イラクで殉職した二人の外交官に哀悼の意を表していた（『朝日新聞』二〇〇四年二月二三日）。象徴天皇制のもとにおける、天皇家の平和へのメッセージの限界を見る思いがした。

一　沖縄への配慮――負の遺産を引き継いで

①思はざる病となりぬ沖縄をたづね果さむつとめありしを　（昭和天皇　一九八七年）
②秋なかば国のつとめを東宮にゆづりてからだやすめけるかな　（昭和天皇　一九八七年）

一九八七年四月二九日、昭和天皇は誕生日の祝宴を気分不良で中途退席したものの、六月には三原山噴火の被害状況を視察している。七月二一日、天皇は戦後各都道府県巡幸の最後となるはずの「沖縄県」訪問を決定したが、九

月下旬入院し、訪問は中止された。一〇月、皇太子は天皇の名代としての国民体育大会開催の沖縄を訪問した。その経緯を昭和天皇は①②のように詠んでいた。

昭和天皇にとって、沖縄には二つの重要な意味があった。一つは、沖縄が太平洋戦争末期、国内で唯一の地上戦がなされた地であり、島民の多数、本島では三人に一人が亡くなっていることに対する「戦争責任」の問題がある。一つは、敗戦後アメリカの長期軍事占領を容認したとする天皇の「戦後責任」が、問われ続けていたからである。天皇自身、戦争責任・戦後責任という認識があったかどうかは別として、昭和天皇はこの沖縄訪問によって形だけでも、何とか決着をつけるつもりであったし、政府もそのように仕組んでいたにちがいない。一九八二年に成立した中曽根内閣は「戦後政治の総決算」と称して、国旗・国歌の徹底、臨時教育審議会発足、靖国神社公式参拝などを実行に移し、右傾化に弾みをつけた。一九八六年天皇在位六〇年記念式典と一九八七年昭和天皇の沖縄訪問は、政府の大きな政治的課題にもなった。一九八五年時点で、沖縄の小・中・高の教育現場の日の丸掲揚率・君が代斉唱率がゼロに近かったので、沖縄県議会は同年一〇月「国旗掲揚と国歌斉唱に関する（促進）決議」をし、強引にその徹底を図り、天皇訪問の環境を整えていたことでもわかる（田中伸尚『日の丸・君が代の戦後史』岩波書店　二〇〇〇年、一三四頁及び巻末付表1・2）。それでも、一九八七年一〇月二六日国体開会式会場では、日の丸掲揚と君が代斉唱をめぐって混乱、ソフトボール会場では日の丸が引きおろされる事態が発生していた。このとき、皇太子・皇后の沖縄訪問に即した短歌は発表されなかった。

一九七二年五月、沖縄施政権はアメリカにより返還され、沖縄県となったが、一九七五年七月、皇太子・皇太子妃は、昭和天皇の名代として海洋博出席のため沖縄を訪問している。その開会式の折、ひめゆりの塔の前で火炎瓶を投げられるという事件にも遭い、皇太子は、県民への異例のメッセージを発信している（高橋紘『平成の天皇と皇室』文芸春秋　二〇〇三年　一〇二頁）。この沖縄訪問では数首を詠んでいたが、夫妻は、翌年の歌会始「坂」に④⑤を寄せていた。さらに、皇太子は沖縄古代歌謡「おもろ」や八・八・八・六とする短歌「琉歌」を学び、⑥⑦のような琉歌も残し、数年後にも⑧のような短歌をあらためて歌会始に提出している。

③戦ひに幾多の命を奪ひたる井戸への道に木木生ひ茂る　（沖縄県摩文仁）（明仁皇太子　一九七五年『ともしび』）
④みそとせの歴史流れたり摩文仁《まぶに》の坂平らけき世に思ふいのちたふとし　（明仁皇太子　一九七六年歌会始「坂」）
⑤いたみつつなほ優しくも人ら住むゆうな咲く島の坂のぼりゆく　（美智子皇太子妃　一九七六年歌会始「坂」）
⑥ふさかいゆる《フサケユル》木草《キクサ》めぐる《ミグル》戦跡《イクサアト》くり返し返し《クリカイシガイシ》思ひかけて《ウムイカキティ》　（摩文仁）（明仁皇太子　一九七五・七六年『ともしび』より）
⑦今帰仁の《ナキジンヌ》城門の《グスイジョオヌ》内入れば《ウチイレバ》、咲きやる《サチャル》桜花《サクラバナ》紅《ビン》に《ニ》染めて《スミティ》　（今帰仁城跡）（明仁皇太子　一九七五・七六年『ともしび』より）
⑧四年にもはや近づきぬ今帰仁《なきじん》のあかき桜の花を見しより　（明仁皇太子　一九八〇年歌会始「桜」）

平成期に入って、天皇・皇后は沖縄に三度出かけている。最初は、一九九三年四月植樹祭のための訪問、二度目は、一九九五年七月から八月にかけての、敗戦五〇年にあたっての「慰霊の旅――広島・長崎・東京・沖縄」の一環としての訪問、三度目は、二〇〇三年一一月二三日からの訪問である。

⑨激しかりし戦場の跡眺むれば平らけき海その果てに見ゆ　（沖縄平和記念堂前）（明仁天皇　一九九四年一月一日）
⑩弥勒世《ミルクユ》よ願て揃り《ニガティスリ》たる《タル》人《フィトゥ》たと《タトゥイ》戦場《イクサバ》の《ヌ》跡《アトゥ》に《ニ》松《マツィ》よ《ユ》植ゑ《ウイ》たん《タン》（琉歌）（沖縄県植樹祭）（明仁天皇　一九九三年『道』より）

⑪沖縄のいくさに失せし人の名をあまねく刻み碑は並み立てり
（明仁天皇　一九九五年『道』より）

⑫波なぎしこの平らぎの礎と君らしづもる若夏《うりんずん》の島
（美智子皇后　一九九四年歌会始「波」）

⑬クファデーサーの苗木添ひ立つ幾千の礎《いしじ》は重く死者の名を負ふ
（美智子皇后　一九九五年『瀬音』）

⑭摩文仁なる礎《いしじ》の丘に見はるかす空よりあをくなぎわたる海
（雅子皇太子妃　一九九九年歌会始「青」）

天皇・皇后の沖縄へのこだわりは、皇太子時代から一貫しているものではあるが、短歌以外の発言を見よう。一九八一年八月七日、夫妻での定例記者会見において、明仁皇太子は、「日本にはどうしても記憶しなければならない四つのこと」として、終戦記念日、広島・長崎に原爆が落とされた日、沖縄の戦い終結の日をあげた上で「地上で戦争が行われたのは日本全土の中で沖縄だけですね」と答えている。毎年の誕生日記者会見においても、「本年は沖縄が復帰してから二五年にあたります。復帰してから随分長い年月がたったようにも感じますが、戦争が終ってから復帰までの年月の方がまだ復帰後よりも長いわけです」（一九九七年一二月一八日）と述べた年があり、在位一〇年に際しては「沖縄県では、沖縄島や伊江島で軍人以外の多数の県民を巻き込んだ誠に悲惨な戦闘が繰り広げられたこと、敵・味方、戦闘員・非戦闘員の別なく、島の南端まで退いたあと亡くなった多数がまつられてある「平和の礎」、返還までの長い年月、に言及した（一九九九年一一月一〇日）。二〇世紀を振り返っての感想としては「沖縄返還も印象深い出来事でした。日本への復帰を願いつつ、二〇年間もその現実を待たなければならなかった沖縄県の人々の気持ちを、忘れてはならないと思います」（二〇〇〇年一二月二〇日）と語った。さらに、近年は「今年は、沖縄が日本に復帰して三〇周年に当たります。三〇年前の五月一五日、深夜、米国旗が降ろされ、日の丸の旗が揚がっていく光景は、私の心に深く残っております」（二〇〇二年一二月一九日）とかなり感傷的な感慨を述べている。

なぜこれほどまでに沖縄について語りつづけるのか。昭和天皇が沖縄に対して負うていた責任を、いわば「負の遺産」として継承した者としては、当然といえば当然な姿勢といえる。だが、もう一つの理由として、戦後の日本政治が沖縄と真摯に向き合うことがなかったからではないのか。米軍基地の問題にしても、いつも沖縄の目前の現実的な利益を掲げて「政治的取引」だけをするような対処の仕方を見せられてきたからだと思う。天皇夫妻にとって沖縄は、「昭和の偉大なる老王ヒロヒトの下で長い部屋住み時代をよぎなくされていた御二人にとって、たった一つの抵抗と自立の心の依り処」、「聖地」だとする見方もある（吉田司「天皇論の現在はどのレベルにあるのか」『天皇の戦争責任・再考』洋泉社　二〇〇三年、一七八頁）。

二　悼み、祈って、平和はかなうのか——戦争責任には触れないことの意味

天皇・皇后の沖縄への言及とともに、戦争犠牲者への悼みと平和への思いを語る発言や短歌にも着目したい。

⑮かく濡れて遺族らと祈る更にさらにひたぬれて君ら逝き給ひしか
（観音崎戦没船員の除幕式激しき雨の中にとり行はれぬ）（美智子皇太子妃　一九七一年『瀬音』より）

⑯慰霊地は今安らかに水をたたふる如何ばかりか君ら水を欲りけむ
（硫黄島）（美智子皇后　一九九五年一月一日）

⑰被爆五十年広島の地に静かにも雨降りそそぐ雨の香のして
（美智子皇后　一九九六年一月一日）

⑮は戦没船員の碑の除幕式でもあった第一回の追悼式に詠まれた。一九三七年から八年間にわたっての戦争の犠

牲となった船員、六万人余を祀り、その後、この碑には、戦後、海上職務で殉職した船員一七〇〇余人も合祀されている。美智子妃・皇后は、「雨」や「水」を一首のなかで繰り返すことによって、自らの心の痛みを表現している点は、つぎのような天皇の直截的な詠み方に比べ、きわめて情緒的であり、短歌的ではある。

⑱死没者の名簿増え行く慰霊碑のあなた平和の灯は燃え盛る　（原爆慰霊碑）（明仁天皇　一九九〇年一月一日）

⑲平らけき世に病みゐるを訪れてひたすら思ふ放射能のわざ　（原爆慰霊碑）（明仁天皇　一九九〇年一月一日）

⑳戦《たたかい》に散りにし人に残されしうからの耐へしながとせ思ふ　（日本遺族会創立四十五周年にあたり）（明仁天皇　一九九二年『道』より）

㉑戦日《いくさび》に逝きし船人を悼む碑の彼方に見ゆる海平らけし　（戦没船員の碑）（明仁天皇　一九九三年一月一日）

㉒戦火《いくさび》に焼かれし島に五十年も主なき蓖麻は生ひ茂りゐぬ　（硫黄島）（明仁天皇　一九九五年一月一日）

㉓国がためあまた逝きしを悼みつつ平けき世を願ひあゆまむ　（戦後五十年遺族の上を思ひてよめる）（明仁天皇　一九九五年『道』より）

㉔国のため尽くさむとして戦に傷つきし人のうへを忘れず　（日本傷痍軍人会創立四十五周年にあたり）（明仁天皇　一九九八年『道』より）

㉕かなかなの鳴くこの夕べ浦上の万灯すでに灯らむころか　（長崎原爆忌）（美智子皇后　二〇〇〇年一月一日）

㉓は、一九九五年八月日本遺族会に天皇が直筆で送った一首であった。一九九七年九月二五日には、日本遺族会創立五〇周年記念式典で「お言葉」をも述べた。㉔は、一九九八年一一月二六日の式典に望んだ折の一首である。「国

のため」に犠牲となった人々を思うときに覚える心の痛みと哀悼の気持ちを歌い、追悼の意を繰り返し詠むが、どの場合も責任の所在はいつまでも曖昧なままである。これは、皇后の短歌についても同様であった。これらの現象を田中伸尚は、「(追悼)儀礼に吸収される戦争責任」と呼ぶ(『生と死の肖像』樹花舎　一九九九年、二六七頁)。多くは「国のため」に殺されていった人々を、「国がため」に「逝き」、「国のため」に「尽くして」傷ついたとする、自らの意思、自己責任においての犠牲であったかのような、きわめて叙情的な表現になっている。その根底にある国家の責任、天皇の責任にはいっさい触れようとしない姿勢は、一九八九年八月四日、即位後の記者会見で、昭和天皇の戦争責任を問われて「私の立場では、そういうことはお答えする立場にないと思っております」と答えた延長線上にある。さらに、昭和天皇が自らの戦争責任についての考えを記者から問われて、「そういう言葉のアヤについては、私は、そういう文学方面はあまり研究もしていないのでよくわかりませんから、そういう問題にはお答えができかねます」(一九七五年一〇月三一日、訪米後の記者会見)と答えた昭和天皇との違いはどこにあるのだろう。

太平洋戦争下と政治・軍事体制も大きく異なった現代、イラクへの自衛隊派遣について、「国益のため」という曖昧な言葉が首相の口から繰り返し発せられ、「国際協調」の語気が強まる。さらに自国の外交官に犠牲者が出た後は、「テロに屈せず」、「故人の遺志」を標榜して、法律上の派遣目的を大きく逸脱しながら、強引に派遣の事実を残そうとしている。

二〇〇〇年五月天皇・皇后が訪欧した際の㉖、㉗の二首は、ともに翌年の元旦に新聞発表された短歌の中にあった。㉖は、何の変哲もない天皇の短歌だが、皇后は、「抗議者」の存在を詠み、彼らが供えた花と天皇が捧げた花をともに一首に詠み込んでいた。昭和時代から訪問国における、天皇の戦争責任を追及するさまざまな抗議デモが展開されているのが通常であれば、それが活字で報道されることはあっても、日本のメディアが映像で報道することはまずなかった場面である。

㉖若きより交はり来しを懐かしみ今日オランダの君を訪《と》ひ来ぬ　（オランダ訪問）（明仁天皇　二〇〇一年一月一日）

㉗慰霊碑は白夜に立てり君が花抗議者の花のもとに置かれて

（オランダ訪問の折に）（美智子皇后　二〇〇一年一月一日）

また、皇后には一九九八年イギリスを訪ねた折の「語らざる悲しみもてる人あらむ母国は青き梅実る頃」（「旅の日に」一九九九年一月一日）という一首がある。宮内庁のホームページにおいては「英国で元捕虜の激しい抗議を受けられた折り、『虜囚』となったわが国の人々の上をも思われて詠まれた御歌」の「注」が付せられ、上記㉗については、つぎのような長文の「注」が付せられていた。宮内庁が、これらの「注」をあえて付した理由はどこにあるのか。皇后の希望であったのかは不明であるが、自国の「虜囚」にも思いを寄せ、抗議をする者たちにも心を配る寛容さを強調し、戦争にまつわる被害の相対化をはかることではなかったか。

「両陛下の慰霊碑へのご供花のあと、戦争被害者の一群が白い菊を一輪ずつもって行進を行い、その花を慰霊の柵のまわりに立てかけて帰った。両陛下はその夜遅くご宿舎にお帰り後、窓から見える慰霊碑の元に昼間陛下がお供えになった花輪と、更にその下段には、夕方になり柵の中に運び入れられた白菊も並べられて、白夜の光の中に浮かんでいる様を感慨深くご覧になったという。」

二〇〇二年元旦に発表された皇后の短歌は、内容的に、さらに踏み込んだものであった。多くは戦争にかかわり「知らないうちに自分も加担していたのではないか」という発想で歌われた短歌は、歌壇や投稿歌壇でも散見するが、皇后が歌ったことの意味は大きいと思う。この年、天皇・皇后ともアフガニスタンを訪ねたわけではない。そのモチーフは、まさにテレビ画面であったであろう。平板で、紋切り型の、いやそれ以上に「占領軍」サイドの報道を鵜呑みにしたのが天皇の作品であったとすれば、皇后の一首に盛られた思いは複雑で、絶妙なバランス感覚のなせる結果であろうか。しかし、どれほどバランスをとったとしても、ニュートラルを貫くとしても、結果的に政治的判断を先送りした意思表示に過ぎない。なお、皇太子妃時代には、「バーミアンの月ほのあかく石仏は御貌削がれて立ち給ひけり」(『瀬音』　一九七一年)の一首がある。

㉘カーブルの戦《いくさ》終りて人々の街ゆくすがた喜びに満つ
(アフガニスタン戦場となりて)(明仁天皇　二〇〇二年一月一日)

㉙知らずしてわれも撃ちしや春闌《た》くるバーミアンの野にみ仏在《ま》さず
(アフガニスタンの石像が今年三月、タリバンに爆破されたニュースにせっして)
(美智子皇后　二〇〇二年一月一日)

㉙についても、ホ1ムページでは以下のような「注」を付すが、読解や鑑賞は読者にゆだねるべきで、役所による「官製」の饒舌な解説は本来不要といわねばならない。

「春深いバーミアンの野に、今はもう石像のお姿がない。人間の中にひそむ憎しみや不寛容の表れとして仏像が破壊されたとすれば、しらずしらず自分もまた一つの弾（たま）を撃っていたのではないだろうか、という悲しみと怖れの気持ちをお詠みになった御歌」

皇后は、湾岸戦争のとき、つぎのような歌も詠んでいた。

㉚湾岸の原油流るる渚にて鵜は羽搏けど飛べざるあはれ　（湾岸危機）（美智子皇后　一九九一年『瀬音』）

一九九一年一月二六日以来「油まみれの、もがく水鳥」の映像は繰り返し放映されたが、その直後から、映像の出所やコメントの仕方の推移を追ってゆくとさまざまな疑惑が浮上してきた。当初の「イラクが意図的に放出した原油」という事実が揺らぎ出したのである（「ナゾが多い原油流出の原因」『毎日新聞』一九九一年一月三一日、「『油の海鳥』もヤラセか」『週刊朝日』、『フォーカス』一九九一年二月八日、『噂の真相』一九九一年二月、「湾岸戦争を考える――原油流出報道の『疑惑』を検証する」『創』一九九一年四月）。最近では、アメリカの女性兵士ジェシカ・リンチの救出作戦も、当初、「イラクの一般市民に対する誤爆や誤射が続き、米軍への批判が強まる中、電撃的な救出劇はブッシュ政権や米国民にとっては朗報となった」という文脈で受け取られていた（共同通信社配信　二〇〇三年四月二日）が、その後の展開は事実との大きな落差を示している。外交官二人の殺害状況についてもアメリカ軍の発表は一転した。戦争報道の場合、情報操作によりヤラセや誤報がわかっても正面からの訂正や謝罪がされることはまずない。というより、当時の湾岸戦争報道の映像情報は、「油まみれの、もがく水鳥」もふくめて、そのほとんどが「（アメリカ）軍の検閲下にあったアメリカのケーブルテレビＣＮＮ」の独占販売であったのである（エレーヌ・ピュィゾー、水谷深訳「テレビが明らかにすること――二つの実例による想像的なもの」『現代思想』二〇〇二年七月、一八二頁）。

こうした報道の深刻な実態について無知ではありえない皇后が、自らの歌集『瀬音』編集の折、あえてこの一首を留めたのはなぜだろうか。「飛べない水鳥」に自らの姿を重ねた日常的な境涯詠であったのだろうか。

戦争と報道を考えるとき、一九一七年、第一次世界大戦時に参戦したアメリカの上院議員ハイラム・ジョンソンが語ったという「戦争が起これば、最初の犠牲者は『真実』である」という言葉が（ナイトリー・フィリップ、芳地昌三訳『戦争報道の内幕　隠された真実』時事通信社　一九八七年、四〇三頁）まさしく現代にも通用することを心に留めなければならない。

（『風景』一一〇号　二〇〇四年五月）

コラム1

『現代短歌と天皇制』のあとさき

旧著『短歌と天皇制』の刊行は、一九八八年一〇月であったから十二年余りが経つ。十五年戦争下の短歌弾圧とアメリカによる占領下の短歌検閲の実態、「歌会始」の現代短歌における役割をめぐる論文が全体の三分の二を占めていた。本書『現代短歌と天皇制』では、「第二章　歌会始と現代短歌」に一九九〇年代に入ってから書いた「選者になりたい歌人たち」「祝歌を寄せたい歌人たち」「皇室報道における短歌の登場はなにをもたらしたか」など六本を収め、一〇〇頁ほどになる。あとは、一九八〇年代から九〇年代に書いた時評などを集めている。ここには、昨年『図書新聞』に連載した歌壇時評も収めた。この時評では、歌壇に詳しくない読者も想定して、現代の短歌や歌人が抱える問題を端的に指摘した。同時に歌壇における論争のきっかけになればと、「歌壇における賞と選考委員の互恵関係」「夫婦や家族で売り出す歌人たち」「いつまで〈全共闘〉を売りにするのですか」「歌壇に〈最高実力者〉はいらない」など、やや過激に岡井隆、河野裕子、永田紅、道浦母都子や俵万智らへの批判を展開した。連載当時、『図書新聞』編集部への反響もあったと聞き、私自身にも何人かの方から手紙をいただいた。さらに『図書新聞』(一七〇号　二〇〇一年三月)は、さっそく一～二面でインタビュー記事を組んでくれたのもありがたいことであった。本になったことで、少しでも波紋が広がればと期待している。もっとも、古橋信孝氏による『短歌と天皇制』批判のように十年以上経ってからなされることもある。ちなみに、私の反論、再反論も本書に収めている。

また、本書には巻末資料として、文献目録をまとめて付した。長い図書館員生活で身についてしまったのか、少し長いものを書き始める前には、参考文献目録と関係年表を作成する。書き進むに従ってその目録と年表は詳細になってゆく。そんな副産物をも、今回は収めてみた。迷った末、短歌関係以外の勤務先や地域での本名による著作や文章の目録も添えた。少しやり過ぎたかな、と自戒しつつも、ささやかな「還暦記念」としたかったのである。

(『路上』八九号　二〇〇一年六月)

Ⅱ

勲章が欲しい歌人たち——歌人にとって「歌会始」とは

1　勲章が欲しい歌人たち

はじめに

・勲一等を授かりしどの政治家も分に過ぐるといふ顔をせず
・名誉欲失せはてたりとすずやかに人は詠へど欲もよろしき

二〇〇二年の斎藤茂吉短歌文学賞、日本詩歌文学館賞、迢空賞のトリプル受賞と話題を呼んだ『竹山広全歌集』、収録の未刊歌集『射祷』にこんな歌があった。(1) 一首目を、大岡信は「折々のうた」で「長崎での被爆体験を赤裸に詠み、強い感動を呼んだ。曇りない目で現実を詠む点で、歌壇屈指の力強さを示す。描かれたものが見せる人間喜劇。右もその好例」と紹介する（『朝日新聞』二〇〇二年六月二八日）。二首目は、ある種の歌人たちへのメッセージとして、重い人生体験と短歌への真摯な態度に裏付けされた余裕の一首であろうと、筆者が気にかけて読んだ一首である（本書「竹山広短歌の核心とマス・メディアとの距離について」参照）。

かつて、筆者は、歌人の政治権力、国家権力への傾斜という視点から、歌会始という制度が現代短歌において果たす役割と芸術選奨選考委員とその受賞者との関係にも触れた。その概略はつぎのようなことだった。(2)

象徴天皇制はその出発点において、それまで宮中行事の一つであった「歌会始」を、天皇と国民をつなぐパイプにふさわしいものとして、まず、選者として民間の長老歌人を取り込んだ。一九四六年までの歌会始の選者は、御歌所の「寄人」がその任にあたっていたが、一九四七年には佐佐木信綱、斎藤茂吉、窪田空穂が加わり、翌年には、吉井勇、川田順が加わる。一九四九年には茂吉、空穂、勇に、尾上柴舟、釈迢空が入り、選者全員が民間の歌人となった。一九六〇年代には新聞歌壇の選者など女性を含めた人気歌人を、一九七〇年代後半にはいわゆる戦中派の上田三四二・岡野弘彦を、一九九〇年代初めにはかつて前衛歌人と称せられた岡井隆を起用した。その経緯については、何度か言及している。また、天皇の死去・皇太子の結婚など天皇家の行事が国民統合の心情的・政治的手段としてどのように利用されてきたか。本来は、天皇家の行事に過ぎないこれらのイベントを、天皇家と縁の深い「短歌」という表現形式、それを担う歌人たちが、挽歌や祝歌を詠むことによって天皇制や時の政治権力をどれほど支えてきたか、そして結果的にどのような機能を果したか、についても述べてきた(3)。

今回は、さまざまな国家的な栄典制度——芸術選奨・日本芸術院賞・日本芸術院会員・文化功労者・文化勲章とあわせて褒賞制度・叙勲制度と、文芸とくに歌人との関係について調べてみた。予想されたこととはいえ、歌会始選者と上記国家的栄典制度の受賞・受章者との密接な関係が浮き彫りになってきた。文芸と国家権力、短歌と国家権力との関係を、国家的栄誉の選考過程と受賞・受章が現代の歌人、歌壇にどのような影響を与えつつあるのか、の視点から実証的な分析を試みたい。

一　日本芸術院会員となった歌人たち

まず、〈表Ⅱ－1〉「日本芸術院会員歌人の褒章・栄典一覧」は、日本芸術院会員となった歌人たちを会員発令順に一覧とした上で、日本芸術院賞・文化功労賞・文化勲章などの受賞歴及び歌会始選者歴を示し、さらに、関連褒賞制度における受賞者――芸術選奨選考審査員・芸術選奨受賞者、日本芸術院受賞者、文化功労者を参考のために付したものである。(4)

日本芸術院とは、一九一九年(大正八年)に創設された帝国美術院を母胎とし、一九三七年広く芸術・文芸の奨励政策の一環として新設された帝国芸術院(帝国芸術院官制、勅令二八〇号)を、さらに一九四七年日本芸術院と改称したものである。制度的には、一九四九年七月、それまでの日本芸術院官制にかわって定められた日本芸術院令(政令二八一号)を根拠とするもので、日本学士院と並ぶ組織である。政令によれば、功績顕著な芸術家を優遇し、芸術に関する重要事項を審議、芸術発展に寄与し、文部大臣・文化庁長官に建議することができる機関である。会員は、終身で定員一二〇名以内とし、年金二五〇万円が支給される。その会員がどのように決定されるかといえば、第一部美術、第二部文芸、第三部音楽・演劇・舞踊分野において欠員が出たら各分野から推薦を受けた者を総会で承認、文部大臣が任命することになっている。(5)

〈表Ⅱ－1〉をたどってみると、一九四七年現在で、歌人で日本芸術院会員となっていたのは、書の部門での尾上柴舟を除き、信綱、茂吉、空穂、千葉胤明の四人であった。その後、一九四八年太田水穂、金子薫園、吉井勇がなり、一九四九年岡麓、一九五五年土岐善麿、一九六二年土屋文明、一九六三年川田順が会員となるが、以降歌人への発令は途絶え、一九八〇年には、文明一人が残り、宮柊二、佐藤佐太郎、前川佐美雄が会員入りしたものの、いずれも直後に没してしまい、一九九〇年には、百歳を迎えた文明が再び一人となり、彼が没すると歌人は空席となった。一九九三年斎藤史が、一九九八年岡野弘彦が会員となったが、二〇〇二年四月、史が没し、二〇〇三年から馬場あき子、前登志夫、佐佐木幸綱、岡井隆が会員となったが、前が二〇〇八年に没しているので、現在は四人となった。

表Ⅱ-1 日本藝術院会員歌人の褒章・栄典一覧

歌人名	生没年	日本芸術院会員	藝術院賞	芸術選奨	紫綬褒章	歌会始	その他褒章・叙勲、備考
(尾上柴舟)	1876～1957	1937.6.24 *				1949～57	
井上通泰	1866～1941	1937.6.24 *				御歌所寄人	
斎藤茂吉	1882～1953	1937.6.24 *				1947～51	1951 文化勲章 1952 文化功労者
佐佐木信綱	1872～1963	1937.6.24 *				1947	1917 帝国学士院賞 1937 文化勲章 1951 文化功労者
千葉胤明	1864～1953	1937.6.24 *				御歌所寄人 1947	
北原白秋	1885～1942	1941.4. 1 *					
窪田空穂	1877～1967	1941.7.4 *				1947～56	1958 文化功労者
太田水穂	1876～1955	1948.8.18					
金子薫園	1876～1951	1948.8.18					
吉井勇	1886～1960	1948.8.18				1948～60	
岡麓	1887～1951	1949.4.1					
土岐善麿	1885～1980	1955.1.1					1947 帝国学士院賞
土屋文明	1890～1990	1962.2.1	1952			1953～62	1984 文化功労者 1986 文化勲章
川田　順	1882～1966	1963.2. 1	1941			1948	
佐藤佐太郎	1909～87	1983.12.15	1979	1975 大臣賞	1975	1967・68 1971～78	1975 勲4等瑞宝章・旭日小綬章
宮　柊二	1912～86	1983.12.15	1976		1981	1967・68 71・72 74～78	
前川佐美雄	1903～90	1989.12.15					
斎藤　史	1909～2002	1993.12.15					1981 勲5等宝冠章 1997 勲3等瑞宝章、歌会始召人
岡野弘彦	1924～	1998.12.15	1997	1978 大臣賞	1988	1979～83 1985～2008	1983～宮内庁御用掛 1985～（断続的） 芸術選奨選考審査員 1998 勲3等瑞宝章
馬場あき子	1928～	2003.12. 1	2001		1994		2004～05 芸術選奨演劇部門選考審査員
前　登志夫	1926～2008	2005.12.15	2005 恩賜賞				1982 芸術選奨新人賞辞退
佐佐木幸綱	1938～	2008.12.15		2000 大臣賞	2002		2012 文化交流使
岡井　隆	1928～	2009.12.15			1996	1993～	2004 旭日小綬章

*日本芸術院の前身である帝国芸術院（1937.6～1947.2）の会員であったことを示す

こうした芸術院会員の推移を見てみると、その選定基準が明確にはなってこない。ただ一つ、太田水穂、金子薫園、土岐善麿、土屋文明の四者を除くと、いずれもが歌会始の選者を務めていたことがわかる。敗戦後は、選定基準の一つに「日本芸術院賞受賞」が定着しつつあるが、それも絶対条件ではなさそうである。その日本芸術院賞の選定基準となるとこれもまた不明確である。一九五〇年代までは、土屋文明、折口信夫(釈迢空)にみるように、少なくとも受賞対象の業績として特定の著作が掲げられていたが、以降、佐太郎、柊二、木俣修、三四二、弘彦らには「歌人としての業績」が受賞の理由として記述されるにとどまり、その受賞基準は一層不透明となったことは否めない。ちなみに、一覧からも明らかなように、歌会始選者との関係は微妙である。現在の会員の中で、馬場、佐佐木には選者経験はない。選者経験も、日本芸術院賞も経ずに会員になった前川佐美雄、斎藤史の場合の選定基準は何であったろうか。そして二人の共通点といえば、モダニズム短歌の流れの中で、日本浪漫派にもっとも親しい歌人として、太平洋戦争下及び敗戦後を通じて活躍が顕著であったことだろう。

二　文化功労者・文化勲章が決まるまで

また、一覧からもわかるように、敗戦直後の移行措置で文化勲章受章者が遡ってまとめて文化功労者となった場合を除くと、現在の文化勲章受章者は、終身年金(三五〇万円)を伴う文化功労者から選ぶ慣わしである。歌人の文化勲章受章者は、これまで信綱、茂吉、文明の三人だが、文化功労者には、窪田空穂と、時代が下ってこの表にはないが、一九九六年、近藤芳美がなっている。

それでは、文化勲章の通過点でもある文化功労者はどのように選考されているのだろうか。一九七六年文化功労者年金法によれば、文部（科学）大臣任命の文化功労者選考審査会（文化功労者選考分科会）により文化勲章受章者と文化功労者が選考される。審査会（分科会）は原則的に任期一年だが留任を可とする、一〇人程度の委員で構成される。省庁再編に伴い、文化庁は、従来の国語審議会、著作権審議会、文化財保護審査会、文化功労者選考審査会の四審議会を整理統合して文化審議会を設置した。毎年九月一日に新聞発表されているが、最近数年間の文化功労者選考審査会（分科会）の委員リストをみると、国立博物館館長、美術館館長、美術評論家、作家のほか大学学長、教授などの肩書をもつ文系・理系の研究者、いわゆる有識者が任命されている。ちなみに二〇〇一年九月人事では、筑波大学副学長、大阪大学学長、日本女子大学学長の役職者と共に、ノーベル賞受賞者の名大教授野依良治、作家平岩弓枝などの名前が見える。いずれにしても、委員の見識や知見が芸術、文芸、文化全般にわたって選考の目が行き届くとは思われないので、委員による選考は形式化して、実際の候補者選出は事務方である大臣官房人事課であろう。担当者はさらに各界の事情に通じている特定のルートなり人物に相談をせざるをえないであろう。これは、審議会全般が形骸化して官僚主導の隠れ蓑になっている日本の行政の典型でもある。こうしてみると、日本の学術・文化の最高峰とされる文化功労者の選考基準や選考過程は非公開の上、上記のような審査の形骸化が担当省庁の裁量を大きくするのは当然で、それだけ行政の恣意、政治権力の介入の余地が少なくないことが予想される。現に森繁久弥（一九九一年）、森英恵（一九九六年）、平山郁夫（一九九八年）らの受章については、その意外性と当時の首相との関係が取りざたされたことがある(6)。

日本芸術院会員・日本芸術院賞及び文化功労者・文化勲章の選考への行政や政治権力の介入についての危惧は今に始まったことではない。文芸における国家的保護と統制の問題として、一九三七年帝国芸術院が誕生するまでの間にも幾度となく浮上していた。詳しくは、和田利夫の著作に譲るが、概略をなぞってみよう(7)。

一九〇七年（明治四〇年）、西園寺公望首相は、文士二〇名を招待、後に雨声会と名付けられるが、夏目漱石は「時鳥厠半ばに出かねたり」の一句を付して断り状を出し、二葉亭四迷、坪内逍遥と共に参加しなかった。翌一九〇八年桂太郎内閣の文部大臣小松原英太郎は自然主義文学の退廃的傾向と社会主義思想への対応に苦慮していたが、長谷川天渓の文芸院設立、森鷗外からの芸術院設立の提唱を機にその人選などをめぐり文壇をにぎわした。一九〇九年文相は上田万年、上田敏、森鷗外、島村抱月、幸田露伴、巌谷小波、芳賀矢一、塚原渋柿園と漱石の九人の招待で論争は過熱、政府の文芸保護を疑問視したのは漱石のみであったが、文壇の大方は反対を表明した。一九一〇年大逆事件発覚を機に政府の思想弾圧は一層強化され、一九一一年文芸奨励を標榜しながら文相直轄の文芸委員会設立となったが、森鷗外委員長以下一六委員の意見調整がならず、逍遥の表彰のみに終わり、廃止となった。一九三四年（昭和九年）斎藤実内閣、警保局長松本学が直木三十五らに呼びかけ帝国文芸院の設立を促したが、純文学作家らの反発にあい、文芸懇談会をスタートするにとどまった。一九三七年ようやく帝国芸術院設立にこぎつけたが、当初、島崎藤村、正宗白鳥、永井荷風は会員になることを辞退した。

帝国芸術院誕生までの歴史は、政府の文芸弾圧が執拗かつ過酷な時代にあっても、文士たちが様々な手段で各様の抵抗を示した歴史でもあったことがわかる。文芸に携わる者の強靭な批判精神は現代の比ではない。現代の日本芸術院の設立趣旨とかつての帝国芸術院のそれと本質的にはなんらかわっていないのに、また日本芸術院会員、日本芸術院賞、文化勲章の選考過程にみる不透明さには目を向けることがない、多くの作家をはじめとする表現者自身とマス・メディアの無批判ぶりが顕著になった。その無抵抗が受賞や受章の結果ばかりを栄誉と権威をともなって一人歩きさせることを助長しているのではないか。

三　芸術選奨と歌人たち

現代の歌壇には、現状追認的な風潮が充満しているが、さらに、近年は若年層の保守的傾向が濃厚になった。発想や表現の場でたとえ新しい試みに挑戦していたとしても、その底流にある国家や文化、ジェンダーなどに対する考え方がおそろしく固定的なのである。さらに結社や師弟関係、利益誘導による派閥形成は、歌人としての業績や作品自体を曇のない眼で評価するという基本的な作業を阻んでいるように思われる。その典型の一つとして、文化庁管轄（文化部芸術文化課育成係）の芸術選奨のあり方について考えてみたい。芸術選奨とは、一九五〇年に始まり、演劇・映画・音楽・舞踊・文学・美術・古典芸術・放送・大衆芸能・評論などの部門ごとに顕著な業績を残した者、新境地を開いた者に与えるという賞である。

文部省時代も含めて文部科学省では現在、例年、年度末の三月に上記一〇部門選考審査員の事後発表はしているが、それを報道するメディアがほとんどないので、まず私たちの目に触れることがない。とりあえず一九八五年からの選考委員リストを入手してみたところ、やはり興味深い事実に突き当たる。各部門七人構成であるが、文学部門における昭和晩年から現在にいたるまでの選考審査員を〈表Ⅱ－2〉「芸術選奨〈文学部門〉選考審査員一覧（一九八五～二〇一二）」としてまとめた。歌人は太字・下線を付した。

例年、文芸評論家、外国文学者、児童文学者に加えて、小説家二人が入り、そのうち女性作家が一人入るのが慣例である。詩人・歌人・俳人から一～二人が入るという構成でジャンル間のバランスをとっているようである。選考審査員は毎年必ず一部入れ替わるものの、その人選がかなり特定しているのがわかる。いわゆる文芸評論家では、一九九〇年代に入ると、江藤淳から高橋・川村・秋山に移り、常連となる。女性は河野多恵子、大庭みな子、平岩

表Ⅱ-2　芸術選奨〈文学部門〉選考審査員一覧（1985 ～ 2012）

年度	選考審査員委員名						
1985	**岡野弘彦**	江藤淳	川村二郎	鷹羽狩行	高橋英夫	鳥越信	秋山駿
1986	**岡野弘彦**	江藤淳	川村二郎	安岡章太郎	篠田一士	鳥越信	竹西寛子
1987	**岡野弘彦**	江藤淳	川村二郎	河野多恵子	篠田一士	鳥越信	山本健吉
1988	鷹羽狩行	江藤淳	三浦哲郎	河野多恵子	高橋英夫	阪田寛夫	辻邦生
1989	鷹羽狩行	尾崎秀樹	三浦哲郎	河野多恵子	高橋英夫	阪田寛夫	辻邦生
1990	鷹羽狩行	尾崎秀樹	川村二郎	阿川弘之	高橋英夫	阪田寛夫	辻邦生
1991	**岡野弘彦**	清岡卓行	川村二郎	阿川弘之	尾崎秀樹	今西佑行	秋山駿
1992	**岡野弘彦**	清岡卓行	川村二郎	大庭みな子	奥野健男	今西佑行	秋山駿
1993	**岡野弘彦**	清岡卓行	高橋英夫	大庭みな子	奥野健男	今西佑行	秋山駿
1994	鷹羽狩行	川村二郎	高橋英夫	大庭みな子	奥野健男	鳥越信	竹西寛子
1995	鷹羽狩行	清岡卓行	秋山駿	川村二郎	三浦雅士	鳥越信	竹西寛子
1996	**岡野弘彦**	清岡卓行	秋山駿	川村二郎	尾崎秀樹	鳥越信	竹西寛子
1997	**岡野弘彦**	清岡卓行	高橋英夫	高井有一	尾崎秀樹	平岩弓枝	秋山駿
1998	**岡野弘彦**	入沢康夫	高橋英夫	高井有一	尾崎秀樹	平岩弓枝	秋山駿
1999	**篠弘**	入沢康夫	高橋英夫	高井有一	三浦雅士	平岩弓枝	西本晃二
2000	**篠弘**	入沢康夫	桶谷秀昭	杉本秀太郎	三浦雅士	平岩弓枝	西本晃二
2001	**篠弘**	三木卓	桶谷秀昭	長部日出雄	三浦雅士	種村季弘	桜井好郎
2002	宇多喜代子	三木卓	関容子	長部日出雄	松浦寿輝	桜井好郎	桶谷秀昭
2003	**岡野弘彦**	鷹羽狩行	入沢康夫	高橋英夫	辻井喬	平岩弓枝	桶谷秀昭
2004	**岡野弘彦**	鷹羽狩行	入沢康夫	菅野昭正	辻井喬	平岩弓枝	桶谷秀昭
2005	**岡野弘彦**	宇多喜代子	入沢康夫	辻井喬	杉本秀太郎	平岩弓枝	桶谷秀昭
2006	**佐佐木幸綱**	宇多喜代子	川村二郎	黒井千次	杉本秀太郎	樋口覚	辻原登
2007	**佐佐木幸綱**	宇多喜代子	川村二郎	黒井千次	杉本秀太郎	樋口覚	辻原登
2008	**佐佐木幸綱**	宇多喜代子	菅野昭正	黒井千次	平岩弓枝	樋口覚	三浦雅士
2009	**篠弘**	鷹羽狩行	菅野昭正	高樹のぶ子	三浦雅士	樋口覚	松浦寿輝
2010	**篠弘**	鷹羽狩行	菅野昭正	高樹のぶ子	三浦雅士	平出隆	松浦寿輝
2011	**篠弘**	鷹羽狩行	高橋順子	高樹のぶ子	桶谷秀昭	黒井千次	——
2012	**佐佐木幸綱**	正木ゆう子	高橋順子	高橋一清	辻原登	川上弘美	——

＊太字・下線は歌人

弓枝、宇多喜代子、高樹のぶ子らが数年間ずつ務めている。全体的に世代交代が進められているのが現況だろうか。児童文学では、鳥越・阪田・今西のローテーションがしばらく続いたこともある。

歌人では、岡野弘彦が一九八五年から一九九八年まで、俳人の鷹羽と入れ替わった数年を除き、長期間にわたり務めたことになり、一九九九年より篠弘にバトンタッチされたことがわかる。また、この審査員一覧からつぎのような事実も明らかになった。一九八六年玉井清弘『風箏』の文部大臣新人賞は、岡野審査員就任二年目であった。篠の審査員就任直後の一九九九年佐佐木幸綱『アニマ』に文部大臣賞、二〇〇一年小池光『静物』に文部科学大臣新人賞が与えられている。審査員就任直後は、そのジャンルのチャンスということだろうか。

一九九〇年代に入って歌壇における賞は種類も増えたが、その選考委員や選者となる著名歌人たちは、寡占的で特定され、重畳的でもある。選考委員・選者同士の直接的な互恵関係や結社・系列同士の情実や取引の政治性の高さは、よく指摘されるところである(8)。いずれにしても、選考の場に特定の歌人が長くとどまることは、それだけでその賞のあり方をますます歪め、選考の恣意性が高くなるのは当然の成り行きであろう。岡野弘彦は、一九七九年以来歌会始の選者であり、木俣修の没後一九八三年からは宮内庁の御用掛として、皇族たちの短歌指導を担当し、いわば歌会始のキーパーソンとなっている。さらに、芸術選奨選考審査員を篠弘に譲るのと時を同じくして、一九九七年度の日本芸術院賞を受賞し、一九九八年には勲三等瑞宝章を受け、一二月には日本芸術院会員入りがなされている。芸術選奨選考審査員としての長期にわたる任務は、国の文芸政策への「貢献」と無関係であったとは考えにくい。同じ文学部門で、審査員を長く務めた杉本秀太郎が一九九六年に、秋山駿、高橋英夫が一九九七年に日本芸術院会員になっている。

四　栄典制度のなかの歌人たち

先の〈表Ⅱ－1〉には、網羅的ではないが、参考のため褒章と叙勲もわかった範囲内で注記した。歌人が歌人としてもらうことが多い紫綬褒章とは、一八八一年からの褒章制度によるもので、他の分野の事蹟による紅・緑・黄・藍・紺綬褒章に並び、五五歳以上六五歳未満で、「学術、芸術上の発明、改良、創作などで事蹟をあげた」者が対象になっている。生存者叙勲は、一八七五年（明治八年）「勲等勲章の制」（太政官布告五四号、四月一〇日）に遡るが、敗戦後に廃止された。しかし、一九六四年池田勇人首相が財界人を視野に入れ、閣議決定で復活させたものである（一九六三年七月一二日）。この勲章は大勲位、勲一等から八等まで二七のランキング（文化勲章を含めてあてはめると二八種類）からなり、それは「宮中席次表」（一八八四年宮内省達乙一三号、文武奏任官以上宮中儀式上席次）に依拠するものである。これらの褒章・叙勲の選考事務は、総理府賞勲局が担当し、春秋二回、各省庁から自治体、政府関係団体、企業推薦による対象者を審査し、内示を経て局から閣議にかけられ決定する。「春秋叙勲候補者推薦要綱」（一九九〇年首相決定。「七〇歳以上、国家公共に功労ある者」とする）のチェック機関として「有識者会議」が設置され、一〇人前後の「栄典に関する有識者」（任期五年）と内閣官房長官ら関係庁長官四人で構成される。二〇〇一年小泉首相の私的諮問機関「栄典制度の在り方に関する懇談会」がまとめた改革案とても、「長い伝統と歴史」を理由に、官民格差、等級区分の根幹は改まっていない(9)。

近年、歌人と勲章が話題になることも稀になった。やや性格は異なるが、岡井隆が、一九九二年歌会始の選者になると決まったときの歌壇内外の反響は、現在に比べるとかなり活発であった。いまは、まだ記憶にあたらしい塚本邦雄が一九九七年四月、勲四等旭日小綬章を受けたことへの本人のコメントと歌壇の反応に着目したい。

「美貫く〈言葉の美食家〉を勲四等の歌人」の見出しで、叙勲を受けた感想として「賞をいただいてもいただかなくても、良い作品をつくり続けることに違いはありません。あまり恩着せがましくしてもらうと困ります」とぴしゃり――とある（『朝日新聞』一九九七年四月二九日）。また、同日の別のメディアでは、「うれしいです感激です、とはいわない。でも、頂けるものはありがたくちょうだいする」「同じ一〇〇でも一〇×一〇ではなく、厳しく困難だがマイナス一〇×マイナス一〇の一〇〇のほうが力がある」（『毎日新聞』）と述べ、「もらったものに左右されず、するべきことはする。たとえ十人でも熱心に詠んでくれる人がいれば、それで十分だと思う。いい格好じゃなく」（『東京読売新聞』）とも述べる。記者のまとめ方もあろうが、塚本にしてはあまり芸のない素直なコメントではなかったか。一九九〇年秋の叙勲で紫綬褒章を受けたときは、「受章を祝う会」で「褒章を伝達する文章がとても奇妙な日本語でつい添削をしたくなる」と述べたという記事（『毎日新聞（夕）』一九九〇年一二月二六日）があったが、賞を受けたことに変わりはない。一九九七年当時の歌壇の反応は、岡井の選者就任よりも少なく、女優山岡久乃の勲四等宝冠章受章と並ぶ先の塚本のコメント記事で一件落着したかのような様相ではあった。が、『短歌現代』の匿名時評「31チャンネル」では「かつての前衛の旗手が二人ながらに、革命の旗を錦の御旗に持ちかえて」進む道は、「案外、日本芸術院の玄関先ということだったりして！？」（一九九七年六月）とまで書かれていたが、反応は鈍かった。その後、谷川健一が短いエッセイながら「一つの疑問」（『短歌現代』一九九八年二月）と題して、塚本の紫綬褒章、勲四等を受けたことへの疑問と鋭い批判を呈しているのを読んだ。さらに、そこから、塚本の作品評において、小池光が、塚本の中で天皇制を批判的に歌った作品と先の受章とが共存しているというのは詩人あるいは表現者として特異な現象、との主旨の発言をしていることも知った（「作品季評」『短歌研究』一九九九年一月号）。谷川は、歌壇における小池の率直な発言に一筋の光を見出し、「モラル（批判精神）を抜きにして少しばかり歌作りの技法が上達したところで何になろう」と結んでいた。さらに、それを受けて『短詩形文学』の匿名時評「モラル抜き」(一九九八年三月)、『短歌現代』の匿名時評「31チャンネル・赤挙げて、白挙げて」(一九九八年三月)が谷川の趣旨に大方同調するものだった。いずれも匿名であったことが思われてならなかった。なお、『短歌年鑑』平成一〇年版(角川書店　一九九七年一二月)のグラビア「歌壇写真回顧」では各賞受賞者の写真が並ぶが、「塚本邦雄氏　紫綬褒賞受賞」(ママ)というキャプションを付けるというミスをおかす杜撰さであった。本文の回顧と展望のどの文章にも「勲四等」に触れるものはなかった。ただ「主要歌誌の動向」で、『玲瓏』の荻原裕幸は、創刊一〇周年を迎え「一九九七年はまた、塚本邦雄が勲四等旭日小綬章を受章し、喜びが続く年となった」と記していた。歌壇は勲章に冷淡なのか、歌人は勲章に無関心なのか、とさえ思えたのである。しかし、表立った論評や祝意は控えながらも、結社を超えた受章祝賀会なども盛んに開催され、多くの歌人を集めているらしい[10]。

二〇〇二年四月に亡くなった斎藤史は、〈表Ⅱ-1〉にみるように、一九八一年と一九九七年の二回の叙勲を受け、その間一九九三年には日本芸術院会員となった。一〇年以上間をおけばランクの高い勲章をもらうことも可能、とのことである。

彼女の場合は、一九九四年四月長野市において「日本芸術院会員を祝う会」が開催され、東京からも多数の歌人が参加し(「別冊年譜」『斎藤史全歌集』一九九七年)、一九九七年九月には、「『斎藤史全歌集』出版を祝う会」が東京で開催され、宮内庁侍従長、日本芸術院長らの出席を得て、二〇〇名近い歌人が参加している(『短歌年鑑平成十年版』角川書店　一九九七年一二月)。

岡野弘彦の場合は、一九九八年までには、日本芸術院賞、勲三等瑞宝章、日本芸術院会員入りを果たし、一九九九年五月には、個人雑誌『うたげの座』を創刊している。国家的褒賞としては文化功労者と文化勲章を残すのみとなった。歌人での文化勲章受章者は茂吉、信綱、文明の三人であり、文化功労者はこの三人に窪田空穂と近藤芳美が加わることになるが、岡野が続くことになるのだろうか。たしかに、「国家への貢献度」は高いが、過去の受章者たちに比べて、歌人として、あるいは研究者としての岡野の業績にどれほどの説得力があるかが問われることになろう。

おわりに

以上、国家的な栄典・褒賞制度と歌人との関係の概略をみてきた。栄典・褒賞と歌人をめぐる世俗的な現象は、短歌自体の文学性にはむしろまったくかかわりのないことであることは自明のことだろう。しかし、国家がかかわる栄典・褒賞が、歌人団体や新聞社・出版社、あるいは自治体などがかかわる短歌賞よりいかにも権威があるかのように取りざたされる傾向は、今後も続くにちがいない。見てきたように、その選考基準の曖昧性、選考委員の重複・集中が日常化し、かなり個人的な色彩が濃厚な要素もあることに気づくのではないか。わずか一握りのキーパーソンを取り立てるだけで、その求心力や系列強化を一層強めることができるのだから、歌人たちの規制や操縦は不要といってもいい。それでも、時の権力は、念には念をいれて、情報を隠蔽し、個人情報を収集し、様々な法規制をかけて、批判や抵抗の精神を鈍らせることも忘れはしない。さらに、国家的な栄典・褒賞制度について、マス・メディアの大方は、その本質や実態に切り込むことはむしろ稀で、文化勲章の辞退者が出現した折などにニュースとするくらいである。あとは賞のありがたさと喜びの声を増幅する機能を果たしているに過ぎないのではないか。「民間」の賞でも選考基準の不透明性、選考委員の重複・集中、系列化と馴れ合い・互恵関係が顕著となり、各賞の特色が薄れてきたことへの批判がときどき浮上する程度である。

一九六六年、デビュー作で芥川賞を受賞した丸山健二は、早くより中央文壇を離れて、長野で小説を書きつづけている作家である。筆者の手元にある新聞のコラムの切り抜きは変色してしまったが、そこでの丸山の発言は忘れがたく、今でも新鮮で痛烈である（「仕事の周辺・文学と出世」『朝日新聞（夕）』一九八九年一二月二〇日）。後半の部分をつぎに掲げ、結びにかえたい。

（文学賞は）現に、本来芸術とは無縁であり、正反対に位置するはずの『出世』の踏み台になっている。大きな文学賞をふたつほど取ってから有名な文学賞の選考委員になり、ゆくゆくは芸術院のメンバーになり、文化勲章をもらい、あわよくばあの政治的なノーベル賞でもねらう、といった勤め人の世界顔負けの出世コースがいつの間にかできあがっているのだ。国家が与えるところの一流の芸術家としてのお墨付きや年金をありがたく押しいただいたのでは、どんな作品を残そうと、その者は芸術家としての魂を自ら汚したことになる。私はそう考えている。

文献及び注

（1）『朝日新聞（夕）』二〇〇二年六月三日、『西日本新聞』二〇〇二年六月一六日など。「31チャンネル」『短歌現代』二〇〇二年七月、参照。
（2）拙著「歌会始——現代短歌における役割をめぐって」『短歌と天皇制』　風媒社　一九八八年。同「選者になりたい歌人たち」『現代短歌と天皇制』風媒社　二〇〇一年。
（3）拙著「祝歌を寄せたい歌人たち」「皇室報道における短歌の登場はなにをもたらしたか——昭和天皇病状・死去報道を中心に」前掲『現代短歌と天皇制』。
（4）一九八九年までのデータは、『現代日本朝日人物事典』収録の付表によるが、それ以降は『短歌年鑑』、辞典、新聞記事などにより補充している。

（5）二〇〇一年一月省庁再編以降については、文部省は文部科学省と読み替えて欲しい。

（6）大薗友和『勲章の内幕』社会思想社　一九九九年　一七八頁。

（7）『明治文芸院始末記』筑摩書房　一九八九年。『昭和文芸院瑣末記』筑摩書房　一九九四年。

（8）拙著「主な短歌関係の賞及び選者一覧」前掲『短歌と天皇制』。拙著「歌壇における賞と選考委員の互恵関係」前掲『現代短歌と天皇制』。島田修三「新人賞について」『短歌』二〇〇〇年七月、福島久男「寺山修二短歌賞の意味するもの」『開放区』二〇〇〇年九月など。最近では、江田浩司「〈歌人〉とは、誰のことか?」『図書新聞』（二〇〇二年八月三一日）がある。

（9）「栄典制度・これでは改革にならない（社説）」『朝日新聞』二〇〇一年一一月三日。なお、政府は二〇〇三年秋から叙勲・褒章制度の大幅な見直しを決定した、と報じられている（『朝日新聞』『日本経済新聞』二〇〇二年八月七日）。その記事によれば、叙勲における露骨な数字による等級付けを改めるが、実質的には九段階として残り、官民、男女の格差をどう是正するか数値目標を示すに至っていない。褒章については、年齢より実績重視の方針がかかげられている。

（10）論評の少ない中、例外として、杜澤光一郎は、「鑑賞宮柊二の秀歌」（『短歌現代』一九九八年二月）において「わが歌は田舎の出なる田舎歌素直懸命に詠ひ来しのみ」（『純黄』収録）を一九八一年紫綬褒章受章時の五首連作の一つとして丁寧な鑑賞をしている。また、関連して一九七六年日本芸院賞受賞時の作品との対比で「紫綬褒章の方は一国の総理大臣というべいわば権力者から与えられる徽章、いわば勲章である。そこに或る種の抵抗感が柊二はあったのではあるまいか」としている。

（『風景』一〇〇～一〇一号　二〇〇二年九月～一一月。補筆）

2　芸術選奨はどのように選ばれたのか

一　選考審査員と受賞歌人

数年前に、「勲章が欲しい歌人たち」と題して少し長い文章を書いた（『風景』一〇〇号・一〇一号　二〇〇二年九月～一一月、本書所収）。先立って、日本芸術院賞・文化勲章・文化功労者・芸術選奨・紫綬褒章などの国家的褒賞制度、栄転制度と歌会始選者、それらの相互関係を歌人に即して調査した。選考基準が曖昧なこと、選考委員が集中・寡占・重複する現象が日常化していることに言及した。実質な選考過程では個人的色彩の要素が強い選考でありながら、授賞・受賞が国家的権威をもって一人歩きしている現実を指摘した。

現在も、そうした現象はますます拡大していく傾向にある。そんな折、二〇〇六年発表された二〇〇五年度の美術部門、芸術選奨文部科学大臣賞の和田義彦の盗作が発覚、受賞取消問題がとりざたされるなかで、その選考過程も一部明らかになった。報道の過程で、美術部門七人の「選考審査員」の一部の名前が明らかになり、授賞の推薦はどの委員によるものか、他の委員は受賞対象の作品を見ていなかったことなどが知られるところとなった。

筆者の調査でも、芸術選奨の「選考審査員」名簿を入手するのに苦労した。資料検索では見出せず、文化庁に問い合わせ、口頭やファックスで回答を得ていた。毎年受賞者内定後の三月に発表になるはずなので、公表資料はないかを毎年、尋ねた。答えは相変わらず「ない」ということであった。ホームページでもよい、文化庁月報でもよい、なぜきちんと公表しないのかを、毎回申し入れていた。二〇一〇年三月には「文化庁文化部芸術文化総務係」名による「ご意見いただきました各委員の名簿のホームページ上等の公開も、今後の検討事項とさせていただきたく存じます」との回答があったが、その後、二〇一〇年度分から文化庁のホームページ上に　実施要項・実施細則とあわせて、選考審査員・推薦委員の名簿が見られるようになった。

歌人の業績が芸術選奨の対象になるのは、「文学部門」で、他に、演劇、映画、音楽、舞踊、美術、放送、大衆芸能、評論、芸術振興（平成一六年度新設）部門があり、合計一〇部門となる。芸術選奨の第一回は、昭和二五年度（一九五〇年度）にさかのぼり、五回までは「芸能選奨」であった。

「文学部門」選考審査員名簿と受賞歌人の名前を眺めるだけで、いろいろなことがわかってくる。たとえば、二〇〇三年度は、推薦委員制度が発足した年でもあり、選考審査員における歌人は、〈表Ⅱ－2〉のように、一九九九年から三年間務めた篠弘から再び岡野弘彦に戻る。選考審査員は岡野のほか、入澤康夫、桶谷秀昭、高橋英夫、鷹羽狩行、辻井喬、平岩弓枝で、推薦委員は歌人として俵万智が入り、ほか秋山駿、宇多喜代子、長部日出雄、川村二郎、杉本秀太郎、種村季弘、津村節子、鳥越信、三木卓が就任している。こうしたメンバーに加えて、さらに、数年さかのぼっても、江藤淳、川村二郎、高橋英夫、竹西寛子、鳥越信、鷹羽狩行、樋口覚、松浦寿輝、三浦雅士、菅野昭正らが断続的に何度も就任しているのがわかる。ちなみに、最近の二〇一一年度（第六二回）の選考審査員は、桶谷秀昭、黒井千次、高樹のぶ子、鷹羽狩行、高橋順子と篠弘であり、推薦委員は、稲葉真弓、島田雅彦、南木佳士、沼野充義、蜂飼耳、正木ゆう子、宮部みゆき、村田喜代子と歌人の三枝昻之、林あまりである。若干の世代交代は確かにあったとみるべきだが、こうしたメンバーが、また固定化し始めていることは〈表Ⅱ－3〉からもわかる。

受賞者を決めるのは、推薦委員・選考審査員の意向が決定的ではあると思うが、両メンバーが著しく固定的なのである。さらに、推薦委員制度を導入したものの、選考審査員と推薦委員が年度で入れ替わるだけだったり、他の部門、たとえば評論等部門には桶谷秀昭、三浦雅士、秋山駿、松浦寿輝らの名が登場し、文学部門、舞踊部門と兼任だったりする。ちなみに、馬場あき子や林あまりが演劇部門の選考審査員となった年もあり、その部門に造詣が深く、業績があっても不思議はないが、林は文学部門にも登場する。各界における業績や知見を持つ委員になる人材がいないのか、あるいは文化庁がオピニオンショッピングをして、かなり恣意的に任命しているのか。私は、むしろ後者の要素が大きく、文化庁にとって、国にとっても「安心、安全な」選考委員たちと言えるからではないのだろうか。

歌人の岡野弘彦が選考審査員になったのは、一九八五年（昭和六〇年）であった。その年、上田三四二の歌集『惜身命』が文部大臣賞を受賞した。上田は、一九七九年、岡野と二人で「戦中派」の歌会始選者となって話題を呼んだが、彼は亡くなる一九八四年まで務め、岡野は二〇〇八年まで選者であった。岡野が芸術選奨選考審査員になって初年度一九八五年、上田三四二が文部大臣賞を、翌一九八六年の文部大臣新人賞は、玉井清弘の歌集『風筝』（『音』所属）であった。一九八七年までと、一九九一～九三年、一九九六～九八年、二〇〇三～二〇〇五年まで断続的に選考審査員を務めている。岡野が最後の就任期間となる、その初年度二〇〇三年、文部科学大臣新人賞は内藤明の歌集『斧と勾玉』（『音』所属）、文部科学大臣賞は永田和宏の歌集『風位』（『塔』所属）であった。一九九九年から二〇〇一年までは篠弘に交代した折は、就任中の二〇〇〇年は佐佐木幸綱「アニマ」他『佐佐木幸綱の世界』（『心の花』所属）に文部科学大臣賞、二〇〇一年は小池光の歌集『静物』（『短歌人』所属）に文部科学大臣新人賞が与えられていた。

二 選考過程における閉鎖性

芸術選奨の「文学部門」選考審査員七人の中に歌人が入っていない年度は、まず歌人の受賞はありえず、とくに、就任（再任）年直後や就任期間に受賞者が現れるのはたんなる偶然だろうか。これらの年度の選考審査員に推薦枠が与えられるような構図が見えてくる。他の選考審査員も同様の「特典」があるのかもしれない。全員が受賞候補者の業績たる著作（歌集・歌書）を読むものなのか。合議という形をとるものの、他の委員は推薦の弁を聞き置くくらいのことで、推薦者一人が強く推せば授賞可能な賞にも思えてくる。小池の『静物』が新人賞を受賞した際の選考審査員、篠弘の時評に、つぎのような件りがあることからも推測されよう。

「（前略）わたしは選考に当たった一人として、これ（『静物』）を推したが、他の桶谷秀昭、三木卓、長部日出雄らが深い理解を示してくれた」（『北海道新聞』二〇〇二年三月一一日ほか）。

二〇〇五年度の美術部門の「不祥事」で、小坂憲次文部科学大臣からは「非常に権威ある賞の取り消しを招いたことは誠に遺憾」といい、鬼沢佳弘芸術文化課長からは「芸術選奨の権威を大きく傷つけ、心からお詫びしたい」というコメントが二〇〇六年六月五日に表明され、大臣は選考方法の改善を示唆したという。その後、七月一一日には選考審査員、推薦委員の増員、選考委員会を前倒しで二回開くなどの具体的な対応策を発表している。従来の悪弊が増幅されるだけに終わらないことを祈るばかりである。文学部門で言えば前述のように「毎度おなじみ」の秋山駿、宇多喜代子、長部日出雄、川村二郎、杉本秀太郎、種村季弘、津村節子、鳥越信、三木卓と俵万智であった。俵は相対的には若いが、すでに国語審議会委員、中央教育審議会委員などの政府審議会メンバーでもあったし、小泉純一郎の政見放送のインタビューアーを務めたこともある。両者の他のメンバーもいわば例年の芸術選奨選考審査員グループの人たちがほとんどである。よく見ると選考審査員を降りた年は推薦委員になるといったケースが多く、まるでローテーションを組んでいるような、実に固定的であることが分かった。ちなみに、二〇〇四年、二〇〇五年における推薦委員となっている歌人は水原紫苑であった。部門を通じて、選考審査員、推薦委員として、一般には知られることなく、しっかりと国家に「貢献」できる仕組みがあり、それを支えている人たちがいる。これは「文学部門」に限ったことではなそうである。

筆者には受賞歌人や対象業績をいたずらに貶めようとする気持ちはない。ただ、こうした国家的褒賞の実態を知ってほしいと思うし、芸術や文学の世界に国家による「お墨付き」が存在し、それを「ありがたがる」こと、それをメディアが検証・調査もなく報道向け発表を違えず記事にしていることに疑問を呈しておきたいからである。さらに、国家的褒賞制度と栄典制度が序列化し、さまざまに絡み合う。そこには明らかにキーパーソンが存在し、極端に固定化している実態に着目したい。そのキーパーソンさえ確保すればいとも簡単に、その「業界」のリーダーを難なく操作できることになりかねない。こうした現実が、現代の芸術、いや少なくとも短歌が文学として立ち行くことや短歌の普及に寄与するとは思われないし、むしろ短歌や歌人を限りなく閉鎖的にさせているとさえ思えてくるのである。

三　日本芸術院会員・芸術院賞との関係

つぎに、一九四七年六月に発足した日本芸術院の会員制度・褒賞制度と歌人について考えてみたい。その前身は、明治期の美術審査委員会、大正期の帝国美術院であり、一九三七年に拡充・改組されたのが帝国芸術院である。一九四五年以前、帝国芸術院時代に会員となった歌人には、井上通泰・斎藤茂吉・佐佐木信綱・千葉胤明・北原白秋・窪田空穂がおり（尾上柴舟が「書」業績で会員となっている）、敗戦後、一九六〇年代までに日本芸術院会員となった歌人は、太田水穂・金子薫園・吉井勇（一九四八）、岡麓（一九四九）、土岐善麿（一九五五）、土屋文明（一九六二）、川田順（一九六三）であった。戦時下に活躍した指導者たちを総ざらいした感がある。その後、佐藤佐太郎・宮柊二（一九八三）までの二〇年間にわたってあらたに会員となる歌人はいなかった。その後は、前川佐美雄（一九八九）、斎藤史（一九九三）、岡野弘彦（一九九八）と続き、近年では、馬場あき子（二〇〇三）、前登志夫（二〇〇五）、佐佐木幸綱（二〇〇八）、岡井隆（二〇〇九）が記憶に新しい。後述のように部会・分科制をとっており、二〇一二年一月現在、文芸部会の中の詩歌分科（会）メンバーは、那珂太郎、大岡信、中村稔、金子兜太、飯島耕一、入沢康夫と歌人岡野、馬場、佐佐木、岡井の計一〇人ということになる。小説・戯曲分科は一八人、評論・翻訳分科は七人という内訳である。会員になる選考基準は、現行の「日本芸術院令」（一九四九年七月二三日政令）によれば、院長と会員一二〇人以内で組織するという定員制をとる。さらに第一部美術、第二部文芸、第三部音楽・演劇・舞踊の部会制をとり、会員になるには、「芸術上の功績顕著な芸術家」について部会ごとに選挙を行い「部会員の過半数の投票を得た者」を推薦し、総会の承認を経た候補者につき、院長の申出により文部科学大臣が任命することになっている。運営に関しては、院長が総会の議を経て決めるというが、定員の内訳が美術五六名（四七）、文芸三七名（三六）、音楽ほか二七名（二七）である（カッコ内は二〇〇六年六月現在員数）。芸術院賞の選考基準・手順を定める法令は見当たらない。毎年発表になる「日本芸術院賞授章者の決定について」（文化庁文化部芸術文化課と日本芸術院事務長名）という文書によ

表II-3　芸術選奨〈短歌関係〉選考審査員・推薦委員・受賞者一覧（1985 ～ 2012）

年度	選考審査員	推薦委員	受賞者・作品	備考
1950（1回）～ 1967	（未調査）		1967大臣賞：吉野秀雄『含紅集』	1967　新人賞新設
1968 ～ 70	加藤将之			1968　武田泰淳辞退
1971 ～ 73	木俣修		1973大臣賞：木俣修『木俣修歌集』	
1974	加藤将之			
1975 ～ 77	木俣修		1975大臣賞：佐藤佐太郎『開冬』	1975　小田切秀雄「評論部門」で辞退
1978 ～ 79	近藤芳美		1978大臣賞：岡野弘彦『海のまほろば』	
1980 ～ 84	（歌人不在）			1981　谷川俊太郎辞退 1982　前登志夫新人賞辞退
1985 ～ 87	岡野弘彦		1985大臣賞：上田三四二『惜身命』 1986新人賞：玉井清弘『風箏』	
1988 ～ 90	（歌人不在）			
1991 ～ 93	岡野弘彦			
1994 ～ 95	（歌人不在）			
1996 ～ 98	岡野弘彦			
1999	篠弘			
2000	篠弘		大臣賞：佐佐木幸綱「アニマ」「逆旅」（『佐佐木幸綱の世界』所収）	
2001	篠弘		新人賞：小池光『静物』	
2002	（歌人不在）			
2003	岡野弘彦	俵万智	大臣賞：永田和宏『風位』 新人賞：内藤明『斧と勾玉』	推薦委員制度発足演劇部門推薦委員：林あまり（2005年まで）
2004	岡野弘彦	水原紫苑		演劇部門選考審査員：馬場あき子（2006年まで）
2005	岡野弘彦	水原紫苑	（評論等部門）＊ 大臣賞：三枝昻之『昭和短歌の精神史』	美術部門の大臣賞和田義彦に盗作問題発覚、2006年6月受賞取消し
2006	佐佐木幸綱	水原紫苑	大臣賞：栗木京子『けむり水晶』	
2007	佐佐木幸綱	永田和宏		
2008	佐佐木幸綱	永田和宏	大臣賞：時田則雄『ポロシリ』	
2009	篠弘	永田和宏	大臣賞：柳宣宏『施無畏』	
2010	篠弘	林あまり		文化庁HPに選考委員推薦委員公表開始
2011	篠弘	三枝昻之 林あまり	新人賞：梅内美華子『エクウス』	評論等部門推薦委員：水原紫苑
2012（63回）	佐佐木幸綱	三枝昻之 林あまり	新人賞：大口玲子『トリサンナイタ』	

＊評論等部門選考審査員：井上宏、海老沢敏、桶谷秀昭、佐藤忠男、志賀信夫、宝木範義、三浦雅士、渡辺保

作成にあたり、新聞記事のほか、以下を参考にした。

①筆者の問い合わせへの文化庁回答

②文化庁ホームページの報道資料（毎年3月中旬）

③ブログ「直木賞のすべて・余聞と余分」付録・芸術選奨〈文学部門〉

http://homepage1.nifty.com/naokiaward/kenkyu/furok_SENSHOU_bungakuaward.htm

れば、部会ごとに会員に対して、会員外の授賞候補者の推薦を求め、その中から「全会員で組織する選考委員会」で絞り、さらに各部会員の過半数で内定する。「定員制」の数の根拠も褒賞の趣旨もよく分からず、合理的には思えないが、帝国芸術院官制時代の趣旨（旧法第1条に「芸術の発達を図り文化の向上に資する目的」）や定員制（旧法では八〇人以内）も踏襲する。要するに、芸術院会員になると会員や芸術院賞の選挙・選考に直接かかわることができる仕組みである。ということは、会員の権利を十分発揮するということはそのジャンルのみずからの人脈を形成することができるということである。一九八三年佐藤佐太郎・宮柊二が会員になった以降、芸術院会員になるには芸術院賞受賞を要件とすることが定着しつつあったが、その後、前川佐美雄と斎藤史、佐佐木、岡井がいきなり芸術院会員になったことになる〈表Ⅱ－1〉「日本芸術院会員歌人の褒章・栄典一覧」参照）。

四　受賞者の周辺

芸術選奨、日本芸術院にかかわる歌人たちを通して、文化・芸術への国家的褒賞の仕組みの概要を見てきた。褒賞の対象の選考過程は一見して、選考する人間、推薦する人間が極めて狭い範囲に特定され、固定的である。そして、推薦・選考にかかわる人々の人選が時の政府・監督官庁のオピニオンショッピング、行政の裁量で行われるということになり、褒賞そのものをコントロールできることになる。行政機関に、数あるいわゆる「審議会」と同様、審議会に名を借りた政府見解の確認・権威付けの機能を果たしているといえよう。

これは授賞者サイドの問題だけでなく、受賞者サイドにも大きな問題を投げかけているのも事実である。かつて私は、歌人たちの受賞の弁や年譜記載の使い分けなどを引用して、その「きまりの悪さ」や「開き直り」のような姿勢にも触れた。さらに近年、「受賞」をめぐって、メディアに禍根を残した一件を知ることになった。この件については、『短歌現代』に何度か登場するが、他のメディアは沈黙を守っているかのようだ（匿名「31チャンネル・謝罪文」二〇〇五年一〇月号。水野昌雄「今日の提言・広いジャーナリズムの意義」二〇〇六年三月号）。『短歌往来』二〇〇五年一〇月号「編集後記」中に枠で囲った四行の「お詫び文」にまず戸惑った。

「尚、本誌八月号、九月号に於て、故塚本邦雄先生のご遺族並びに『玲瓏の会』の方々に対し、配慮のない誌面作りのあったことをお詫び致します。」

あわてて、八月号・九月号をひっくり返し、塚本の追悼号でもないし、何があったのかと眺めていて突き当たったのが、すでに四〇回も続いている、谷川健一「一頁エッセイ・ああ曠野」である。「ある感想——塚本邦雄氏のこと」と題され、塚本が受けた褒章、叙勲に触れて「政府がばらまく紫綬褒章などたやすく受ける筈はないと思いこんでいた」、「彼が勲四等をもらってお祝いすることは、まさしく茶番かブラック・ユーモアというしかいいようがない。私はやり場のない憤りを知り合いの歌人たちにぶつけたが、反応はなかった」とあった。また、九月号「歌人の表札——石垣りんの詩によせて」に、石垣の「表札」という作品を引き合いにして「名の知れた歌人の略歴に、時おり〈紫綬褒章受章〉とか、〈勲四等拝受〉とか書いてあるのを見かけるからだ。こうした賞は政府が勝手に与えるもので……」という個所があった。

これが、謝罪の対象なのだろうか。メディアが謝罪する問題なのだろうか。塚本に関する谷川の言は、むしろ評者として当然のセンスにもとづくものであり、よくぞ言ってくれたと私は思ったものである。短歌ジャーナリズムに言論の自由はなくなってしまったのか。遺族からのクレームに屈したということなのだろうか。真相は分からない。しかし、その後の推移を見ていると、透けて見えてくるものがある。こんなことを言うのはきっと野暮なことなのだろう。谷川健一の連載は、「編集後記」でのことわりもなく一一月号の目次に「四三回（最終回）」と記され、消えてしまった。(注)皮肉にもその号は「追悼・塚本邦雄」特集であった。そして、翌二〇〇六年一月号から、連載「一頁エッセイ」の執筆者に塚本青史（塚本邦雄の子息）の名が加わって現在に至っている。この顛末に、私は太平洋戦争下において、マス・メディアや短歌ジャーナルが斎藤瀏・史父娘、歌人でもあった内閣情報局の井上司朗の処遇に腐心していたであろうことを思い出さずにはいられなかった。

（『ポトナム』二〇〇六年一〇月～二〇〇七年一月。補筆）

（注）谷川健一は、一九九一年『南島文学発生論』で芸術選奨文部大臣賞受賞、一九九二年、南方熊楠賞受賞、二〇〇一年、『海霊・水の女』で短歌研究賞などを受賞している。このエッセイの執筆後、二〇〇七年、文化功労者となり、二〇〇九年、歌会始に召人として臨み、『陽に染まる飛魚の羽きらきらし海中（わたなか）に春の潮（うしほ）生れて』が朗詠された。

3　戦後六四年、「歌会始」の現実

はじめに

・こちら向きに置きたまひたる肉筆の御製を前にしばし思へる

（岡井隆「二〇〇九年年賀ののちに」『短歌』二〇〇九年二月）

・デロンギに部屋あたたまり来るまでを皇后のお言葉に支へられゐる

（同右）

一首目は、岡野弘彦から引き継いだ御用掛の仕事ぶりを歌い、二首目には「三度、ご進講のときを思ひて」という「詞書」が付されている。一連三〇首の冒頭近くには「朝日さす控へ室には次々に高官つどひ拝賀を待てり」がある。これらは、裏読みや深読みのしようもなく、無邪気なほどの得意さを隠しきれない様子が伺われる作品だろう。岡井隆は、一九五〇年代の後半、塚本邦雄を追うような形で「前衛歌人」として登場したが、一九九二年より「歌会始」の選者を務めるにいたった。岡井の半世紀以上の作品や文章、発言の軌跡をたどるとき、その振幅を思わずにはいられない。成長、変容、転向、反動、裏切り……、どの言葉もしっくりしないが、一種の「開き直り」の軌跡であろう。それを受容してきた「歌壇」への不信も募る昨今である。近年の歌会始選者の動向について、探ってみたい。

一　岡野弘彦・昭和天皇靖国合祀反対発言の真意と選者辞任

やや旧聞に属するが、昭和天皇靖国参拝に関する共同通信配信「昭和天皇のA級合祀反対〈関係国との禍根残す〉元侍従長発言、歌人に語る」(二〇〇七年八月四日『東京新聞』朝刊)という記事や『毎日新聞』「A級戦犯合祀〈靖国の性格変わる〉昭和天皇〈不快感〉の理由　元侍従長が歌人に明かす」(二〇〇七年八月四日夕刊)という記事があった。この「歌人」というのが、一九七九年「歌会始」選者就任以来、「歌会始」のキーパーソンともいえる岡野弘彦であった。見出しだけでは分かりにくいが、昭和天皇が靖国神社に参拝しなくなったのは、A級戦犯合祀に不快感を示し、その理由として、「戦死者の霊を鎮めるという靖国の性格が変わる」「戦争に関係した国との間に将来禍根を残す」の二点をあげ、故元侍従長徳川義寛に語っていたことを、一九八六年頃、徳川は岡野弘彦に明かしていた……、というものだ。すでに故富田朝彦元宮内庁長官のメモに、昭和天皇のA級戦犯合祀への不快感を示していたことが『日本経済新聞』(二〇〇六年七月二〇日朝刊)で報じられ、それを跡付ける形の記事であった。昭和天皇の側近による日記やメモというのが持ち出されて「陛下のお気持ち」「昭和史の真実」が付度されるのが、「八月ジャーナリズム」の一つの形となりつつある。いずれも「伝聞」の域を出ないものであり、岡野の証言は「伝聞の伝聞」に変わりはない。『四季の歌－昭和天皇御製集』(同朋舎　二〇〇六年)の岡野弘彦解説はその経緯を記すという。

昭和天皇の没後の歌集『おほうなばら』には、一九六一年八月一五日の日付のある作品として「この年のこの日にもまた靖国のみやしろのことにうれひはふかし」がある。この「うれひ」をめぐって侍従長だった徳川義寛と当時から天皇に短歌の指導をしていた岡野弘彦とのやり取りのなかで、上記二点が天皇の真意とされたが、当時の政局から表現は曖昧なものに留めたという点にも触れている。これまでも徳川義寛『侍従長の遺言』(岩井克巳解説　朝日新聞社一九九七年）において、天皇の短歌発表の折の配慮・操作が取りざたされている一件もある。ちなみに、一九八五年八月一五日の中曽根首相の靖国参拝は外交上の問題になり、翌年からの参拝は中止された。

今回の記事は、岡野弘彦の天皇への親密性を示す発信だったのか、あるいは『四季の歌』の紹介だったのか。靖国神社参拝問題への警鐘であったのか。いずれにしても、確かめようのない、昭和天皇の発言の政治的利用が見え隠れする一件であった。首相の靖国神社参拝問題は、天皇の発言云々、天皇の短歌一首の解釈や背景で決着をつける問題ではなく、私たち日本人の歴史認識と政教分離、信教の自由など基本的人権問題を解明する方が先決であり、重要なはずではなかったか。

岡野は、二〇〇八年歌会始の選者を最後に辞任し、御用掛も岡井隆に代わっている。先の発言との因果関係や背景は不明である。

二　三枝昻之の選者就任

二〇〇七年七月一日、次年の歌会始の選者が新聞で発表された。三枝が選者入りしたことに対して、私は自身の当日のブログに次のような趣旨で書いた。この人選は、やはりというか、近頃「総力を挙げて」岡野弘彦に肩入れをしていた感があった三枝に決まったのか、との思いが強い。しかし、誰が選者になろうと、歌壇ではもう誰もものを言わない。多くの歌人たちは選者になることをたいして重要視していないのか。選者になった歌人を無視しているのか。といえば、決してそんな状況とは思えない。

また、あるアンケートにおいて、私は次のように記した（『新日本歌人』二〇〇七年五月）。その後半部分を引用する。

あるメディアは、東京の空襲とイラクの戦火をだぶらせた反戦歌集と称えた『バグダッド燃ゆ』の著者、岡野弘彦が天皇や皇族の歌の指南役を引き受けたことを「不思議といえば不思議」と評した（「特集ワイド」『毎日新聞』夕刊　二〇〇七年二月二六日）。三枝昂之は、この岡野の歌集は「日本近代百三十年」「戦後六十年」におけるアメリカに対する〈たった一人の総力戦〉であると讃え、「改めて考えると、岡野氏は不思議な存在である。宮内庁の御用係を務め、芸術院会員で……」と記す（『相聞』三九号）。「不思議」の一言で安易に受容している歌壇が抱える問題は大きい。

私は、三枝の評論や評伝における精力的な資料探索と緻密な分析に敬意を表している。第七歌集『甲州百目』の「あとがき」で自著『前川佐美雄論』に触れ、短歌の戦中戦後を考えるにあたって、次のように語る。

「敗戦期の〈時局便乗批判〉から歌人たちの戦中をもう少し自由にしたい、と願うのである。戦中に悲哀を感じる目は、敗戦期にも同じ悲哀を感じる目でありたい。」

さらに、いわゆる「被占領期」における歌人のあり方にも着目し、『昭和短歌の精神史』（二〇〇五年）では、「大東亜共栄圏」の神話も戦後民主主義の神話も排して、戦争期と占領期を一つの視点で描き通すこと、を心がけたという。さらに、次のようにも述べる。

「振り返って思うに、歌人たちは困難な時代をよく担い、そして嘆き、日々の暮らしの襞を掬いあげて作品化した。まず昭和の初期にタイムスリップして、当時の新聞や文献を傍らに置きながら歌を読み継ぎ、私はそのことを痛感しつづけた。本書はそうした歌人と作品への共感の書でもある。（中略）通史の緻密さには欠けるが、歌人たちがなにを願いなにを悲しんだか、その精神の太い軌跡は提示できたと思う。」

また、第九歌集『天目』（二〇〇五年）の「あとがき」では、さらに分かりやすい形で示す。

「戦中の歌人と向き合うときに心しなければならないのは、平成の安全地帯で〈彼らは時局に呑まれた、便乗した〉といった訳知り顔をしないことである。既存のフィルターを排して、自分に見える風景をあるがままに描くことこそ、先達と向き合うときのわが心構えである。」

歌人たちの残した著作や行動を跡付ける作業をしたことがある者にとって、世に溢れる「史実」の歪みにいらだつことは否定しがたい。体験にもとづく三枝の言説は一面において説得力がある。残された作品、散文をはじめ、日記、手帳のメモ、インタビュー記録など、刊行・未刊も問わず資料を博捜し、駆使している努力は、評価したい。しかし、ここには「〈時局便乗批判〉から歌人たちの戦中をもう少し自由にしたい」、「平成の安全地帯で〈彼らは時局に呑まれた、便乗した〉といった訳知り顔をしないことである」の言にあるように、自らの〈フィルター〉を通していることである。フィクションであろうと、ノンフィクションであろうと表現者が残したものに接するときの心構えは、「白紙」であってほしいのだ。最初から一つの結論を、仮説を持って臨むことのリスクは自覚しなくてはならない。仮説こそが研究の原動力という見方もあるが、データを読み込むときの謙虚さが要求されるのではないかと思う。

一人の表現者の著作や発言を読むとき、心がけるべきは、断片的に読むのではなく、時系列で、そして同時横断的に、トータルに接するよう努めることだと思っている。そしてその整合性に着目したい。さらにその表現者の軌跡をたどることが鍵だと思っている。その表現者の行動の軌跡にこそすべてが集約されるのではないか。「著作や発言だけではアテにならない」というのが、幸か不幸か、私のわずかな体験から得た教訓でもある。

三枝が強調するように、「戦争期・占領期」を一つの視点で描き出すことの重要性が問われる。私はかつて「敗戦・八月一五日」を境に、歌人たちがどう変わったのか、変わらなかったのかを見極めたいという思いから、女性歌人たちを中心に、作品や文章を読んだことがあった。自戒しながらも一つの「仮説」をもって読み進めた記憶がある。結果は見事に裏切られた経験がある（「女性歌人たちの敗戦前後」『扉を開く女たち――ジェンダーからみた短歌史１９４５～１９５３』二〇〇一年）。

とにもかくにも、「平成という〈安全地帯〉で」、三枝は「歌会始」選者という選択をしたことになる。私たちはいま、生活者としても、表現者としても、さまざまな選択を迫られている監視社会的な日常にあって、現代が〈安全地帯〉という認識とその危機感が薄いことにいささか驚いたのである。この認識にしてこの選択であった、ということであろうか。

三　節度を失った歌人たち――永田・河野夫婦での選者就任

二〇〇八年七月一日、二〇〇九年の歌会始の選者が宮内庁から発表された。岡井隆（八〇歳、当時）、篠弘（七五）、三枝昻之（六四）、永田和宏、河野裕子ということだ。一九七九年、戦中派歌人として選者入りした後、二〇〇八年まで三〇年近く選者をつとめていた岡野弘彦（八四）が引退し、あらたに河野裕子が選者になった。一番若い永田が六一歳で、河野も同い年だから大幅に若返ったことになる。それ以上に驚いたのが、永田・河野夫婦での選者入りであった。かつて、私は「夫婦や家族で売り出す歌人たち――そのプライバシーと引き換えに」と題して「永田和宏一家」にも触れ、時評を書いたことがある（『現代短歌と天皇制』二〇〇一年、収録）。そこでは、つぎのようにも記している。

「夫婦で、親子で、そして家族で歌人というのも悪くはないが、途中で妻が夫の結社に乗り換えたり、夫婦で一体となって結社を取りしきったり、主宰者の夫の没後は妻や子どもが結社を引き継いだりするのは、稽古事の家元や老舗の暖簾の世界でもあろう。自立した文学者や文学を志すグループのすることだろうかと、ときどき不思議に思うことがある。（中略）主宰者への貢献度により擬似家族のような〈弟子〉を育てる例もある。こうした狭い場での〈短歌の再生産〉が短歌の衰退に拍車をかけなければいいが。」

長い間、歌会始の選者人事をおそらく仕切っていた、木俣修、岡野弘彦に続くのは、岡井隆なのだろう。今回の人事は、御用掛と選者を退いた岡野の重石が取れた後の岡井の主導権が実を結んだとも見える。木俣、岡野時代は、それでも、選者の出身結社のバランスなどへの配慮も若干目に見えていた。今回の河野登用には、もうそんな配慮は投げ打って、夫婦選者という話題性を優先したと思われるのだ。

しかし、今回の出来事に限らず、歌人は節度を失い、開き直る傾向が露骨になるのをどう理解したらいいのか。政治家や芸人の世界並みになったというのであれば悲しい。

選者を引き受けた河野は、コメントで「喜んで引き受けました。大変光栄です」「女性が一人入ることで、暮らしの現場の感じや手触りが反映できれば」と語ったという（『東京新聞』二〇〇八年七月一日）。「光栄」発言の背後には、歌会始の天皇制、皇室、国家との親密性が尾を引いている。一九九三年選者就任の際の岡井隆の弁に、歌会始とて、全国規模の最大の短歌コンクールであって、新聞歌壇の延長に過ぎない旨の発言があったと記憶するが、現在にあっても、たんにそうは言い切れない「蜜」が歌会始には潜んでいるのだろう。また、河野は、久しぶりに選者の「一つの席」を確保した女性としての存在をアピールもするが、女性選者の役割というのは、「歌会始選者」という男社会の「紅一点」に過ぎない。現代の「歌壇」を実力と圧倒的な量の双方で支える女性歌人たちを反映していないことでもこの世界を象徴してはいないか。

歌会始の選者に現代歌人が登用されて六二年が経つ。いまだに、歌会始の選者というステイタスが、どんな短歌賞の受賞よりも多くの歌人たちを魅了してやまないのはなぜなのだろう。どんな言い訳をしようと、国家権力に最も近い短歌の場所が歌会始ではないか。短歌の文学としての自立は、国家からの自立にほかならない。

表Ⅱ-4　近年の歌会始の動向（1993 − 2013）

年	題	応募歌数	選者
1991 1992	森 風	13873 18867	千代国一、清水房雄、武川忠一、田谷鋭、岡野弘彦
1993 1994 1995 1996 1997	空 波 歌 苗 姿	20657 22449 21361 19318 19577	千代国一、岡井隆、武川忠一、田谷鋭、岡野弘彦
1998 1999 2000 2001 2002 2003	道 青 時 草 春 町	21638 22138 22618 23999 23637 24268	安永蕗子、岡井隆、武川忠一、島田修二、岡野弘彦
2004 2005	幸 歩み	26075 27489	安永蕗子、岡井隆、永田和宏、島田修二、岡野弘彦
2006 2007	笑み 月	24334 23737	安永蕗子、岡井隆、永田和宏、篠弘、岡野弘彦
2008	火	23795	三枝昂之、岡井隆、永田和宏、篠弘、岡野弘彦
2009 2010	生 光	21180 23346	三枝昂之、岡井隆、永田和宏、篠弘、河野裕子
2011	葉	20802	三枝昂之、岡井隆、永田和宏、篠弘
2012	岸	18830	三枝昂之、岡井隆、永田和宏、篠弘、内藤明
2013	立	18398	三枝昂之、岡井隆、永田和宏、篠弘、内藤明

注1　選者：新聞記事および1995年までは『宮中歌会始』（菊葉文化協会編　毎日新聞社 1995）で一覧できる。

注2　題及び応募歌数：http://www.kunaicho.go.jp/culture/utakai/eishinkasu.html

宮内庁のホームページの上記サイトの数字は応募総数か。新聞記事には有効な応募歌数が示されることが多い。ここでは有効な応募歌数を採ることにした。年によって異なるが、有効な応募歌数は応募総数から数十から1000通以上少なくなっている場合もある。

（『ポトナム』〈一〇〇〇号記念〉二〇〇九年八月）

4 「歌会始」への無関心を標榜する歌人たち

二〇〇九年一月一七日、私自身のブログに、「もう誰も何も言わない——今年の歌会始」と題して、近年の歌会始選者の就任への軌跡をたどり、そこに見られる歌会始と政治との関係に触れた。岡井隆が歌会始の選者に内定した一九九二年夏以降しばらくの間の歌壇の反響と篠弘、永田和宏、三枝昻之、河野裕子の就任時の無反応に等しい状況とを比べ、後者において大方の歌人が無関心を装い、口をつぐんでいる現況を指摘した。その中で、風間祥のブログ「銀河最終便」(二〇〇八年七月二三日)の記事「〈短歌という文学でないものがあり夫妻でつとめる歌会始〉(中略)来年の歌会始には、短歌結社『塔』の主宰夫婦が揃って歌会始選者をつとめるそうだ。大分県の教育委員会も驚くような人事である(後略)」を紹介した。その後、今井正和による「短歌時評・歌会始と歌人——権力と文学」(『開耶』一八号 二〇〇九年四月)におけるつぎのような発言が注目された。今井は、三枝の歌会始選者就任について、「三枝昻之の名前にはサプライズを通りこして、呆然とした。三枝といえば『やさしき志士達の世界へ』で、新左翼の心情を詠いあげて登場した歌人だったからである。(中略)それだけに歌会始の選者となったことは歌壇への衝撃の大きさを想う」とし、個人的にも三枝の歌集を愛読していたので「裏切られた悔しさを覚える。なぜ、私がそのことにこだわるかと言えば、天皇と国家と統治される権力の側だからである」とも記している。

私も『ポトナム』一〇〇〇号(二〇〇九年八月)に「戦後六四年、〈歌会始〉の現実」(本書収録)を寄せた。過去のブログ記事に加筆、二〇〇九年三月脱稿したものだが、その後『短歌新聞』（四月号）の時評において、佐藤通雅が、三枝の選者就任について発言のない歌壇の「不健全」さを質しているのを見出した。

そこへ高島裕「歌壇時評・歌会始をめぐって」（『短歌』二〇〇九年八月）が登場し、今井を評して「歌会始の選者、なかでも三枝や岡井隆のように左翼的なスタンスで作歌していた（と思われている）歌人に対して批判を持つ人々の、最大公約数的な見解といえるだろう。（中略）〈新左翼〉〈学生運動〉が依拠していた理念は、旧社会主義諸国に見るような、恐怖によって人民を支配する収容所国家を生み出した観念と、本質的に同じものである。〈個人の人権や民主主義〉を守るには、そのような理念が生み出すものよりも、天皇を象徴的統合軸とする現在の日本の統治システムの方が、はるかにすぐれていることは、明白である。年に一度、象徴的君主と国民とが、詩歌を通じて繋がりあうということは、まことにありがたく、めでたく、うるわしいことと思う。また、私たちのよく知る代表的現代歌人が、選者としてそこに参与することも、よろこばしいことと思う。（後略）」と述べたのである。

今度は、インターネット上で、この高島の時評について、広坂早苗が違和感を覚えたとして、その問題点を丁寧に指摘した（「歌会始は文学の場か」『青磁社ホームページ・週刊時評』二〇〇九年八月一〇日）。歌会始では「君が代」や「天皇制」批判を歌うことが考えられないという「制限された場の中で、許される範囲のことを、許される程度の穏健さで、自己規制して歌うことが求められる。そのような短歌が、文学と言えるだろうか。美しい工芸品に過ぎないのではないか」と疑問を呈した。さらに、広坂は、高島の持ち出した「美の幻想共同体としての〈日本〉」という考え方が、思考停止を招き、かつてのように戦争へとなだれ込んでいく危険性を指摘した。吉川宏志も『短歌新聞』（九月号）で「歌会始を〈踏み絵〉のようにして、歌人を断罪する批判のしかたに、私は与しない」としながら、高島の「象徴天皇制の方がすぐれているのは明白である」とする単純化と観念の強制の危険性を指摘する。

つぎつぎと明らかになる旧ソ連や東欧諸国の旧社会主義国体制の暴力性を認めるわけにはいかない。が、高島のいう「収容所列島」と日本の「学生運動」や「新左翼」とが本質を一にするという括り方に驚きもした。『短詩形文学』(二〇〇九年九月)の匿名短歌時評は、先の今井の「新左翼」への認識を質しつつ、歌会始の政治的機能に踏み込んでいる点を評価し、高島の「皇国史観」による無邪気さと独善を指摘した。各国、各地域での「人権や民主主義」の在りようを少しでも知れば、高島のように簡単に割り切れるものではない。また、明治以降の日本を振り返り、天皇の名のもとに人権や命が侵されてきた歴史、象徴天皇制自体の曖昧性と民主主義との矛盾を思えば、「収容所列島」か「象徴天皇制」かの選択肢しかないというのは極論に等しい。

さらに、『短歌研究』の「短歌時評」(二〇〇九年一〇月)の藤島秀憲は、「宮中歌会始の選者について思うのだが、あれは歌人としての仕事なのだ。仕事であるからには喜んで引き受ける場合もあるだろうし、義理で引き受けなくてはならない場合もあるだろう。本音の言えないことが、世の中にはたくさんある。思想の問題だけでは解決できないことが、現実の世界にはたくさんある。選者がだれであろうと、主催者が誰であろうと、二万首以上の中から選ばれた十首はさすがに、いい。短歌に携わる者として、そのことを素直に喜んでいる」と述べる、このナイーブさは何だろう。

日本の他の国家的褒章制度と同じように、関係省庁と特定の限られた「専門家」の推薦で決まってゆく人選の構図が見えているはずなのに、「支えてくれた人たち」、「今後に続く人たち」のために、その「栄誉」を嬉々として受入れる人々、それをいち早く全肯定をしてしまう人々の実態を目の当たりにした思いである。歌会始の沿革や背景へと踏み込もうとしないのは、歴史や社会への無関心さ、あるいはそれをよそおう心情に通じはしないか。その風潮は短歌結社や短歌メディアをめぐる歌人たちにも蔓延し、処世の術がなせる技かと、私には手が届かないもどかしさが残る。

「もう誰も何も言わない」と私が嘆いたのはいささか不正確ではあった。二〇〇八年、『短詩形文学』では「短歌と天皇制」をめぐる発言が続いていたし（橋本三郎「天皇制と短歌」一～四、一月～四月）、同誌匿名短歌時評「〝歌会始〟と〝蟹工船〟」九月）もある。また『開放区』の岡貴子「〝歌会始〟は短歌の寿命を延ばすか」（八一号、二〇〇八年二月）は、二〇〇七年のお題「月」に寄せられた瑞々しい実感にあふれた皇族や入選者の作品と比べて選者たちの歌の紋切り型を指摘し、さらに「このところ、かつて天皇制アレルギーをもった歌人達が続々と選者などになっている。国家体制の矛盾に抗議の声を上げた人達だ。彼らの本音を聞きたい。が、彼等は彼等なりに、歴史と伝統に対する自覚と責任をもっているのだろう。言葉が氾濫する時代、現代短歌に問題意識を持つからこそ、その任を引き受けたのだろうと、私は信じたい」と記す。

そして、最近、佐藤通雅「評論月評」（『短歌往来』二〇〇九年一一月）、「今年を評論する・時を走る」（『角川短歌年鑑平成二二年版』）では、『ポトナム』一〇〇〇号の拙稿を紹介し、前者では次のように、その「不健全さ」に言及していた。

「『誰もものを言わない』わけではない。そうではあるが、内野が最も正面から論じている。『どんな言い訳をしようと、国家権力に最も近い短歌の場所が歌会始ではないか。短歌の文学としての自立は、国家からの自立にほかならない。』こういう真直ぐな論を、見殺しにしていいのだろうか」

また、『ポトナム』の田鶴雅一「歌壇時評」（二〇〇九年一二月）では、高島、吉川の時評を引用しながら次のように記す。

「歌会始の論議については各論各様があろうが、もう左右の極論は必要ないのではと私は思う。（中略）（選者らの）天皇観を持ち出すこともなければそれを選考基準にすることもない。それなりの人生経験をつんでおり、歌人界の代表として、遜色のない人達だと思う。その五氏の歌会始参加を云々することと天皇制を論ずることとは別問題だとおもうがいかがであろうか。」

「別問題」なのか否かを冷静に考えることこそが必要なのではないか。年末には回顧の企画も多かったが、阿木津英「二十一世紀的歌壇――今年の回顧」（『短歌新聞』二〇〇九年一二月）には見逃せない指摘があった。歌人たちの「支配体制の全体」への組みこまれ現象が極まった一年と捉え、次のように述べる。

「〈日本〉のアイデンティティを守護する場としての宮中に、歌人が〈歌壇〉の権威を背負って出入りするというばかりではなく、出入りすることによって権威を得るようになった。〈短歌〉出現以来、初めてのことである。」

以上、近年の「歌会始」についてのエッセイを通覧してみた。活発とはいえないまでも、「歌会始」への関心と批判は、温度差こそあるが、根強いことも分かった。

しかし、たとえば、高島裕（一九六七年生）と藤島秀憲（一九六〇年生）の両者が「歌会始」へ捧げるオマージュに共通する屈託のない明るさは、各々の歌集を読んだ時の印象とはかなり異なるのも、私が戸惑う理由の一つだった。その底流にあるのは、「歌会始」が日本古来の伝統文化の一画をなすものであることを前提にしている点である。高島は「短歌詩型は、その歴史的本質において、皇室の伝統と不可分の関係である」として、その主たる担い手が皇室であることを重視し、藤島は「選者が誰であろうと、主宰者がどこであろうと」「大相撲や歌舞伎を見るのと同じ感覚で様式美を楽しんでいる」と深く考えようとしない。

ここでは、担い手こそが問題であることが看過されようとしている。純粋に皇族たちで守っていこうとしている「歌会始」であったなら、それもよかろうと、ひとまず私も考える。しかし、「短歌詩型」を守ってきたのは皇室ばかりではない。第一、皇室・天皇という制度は明治以降大きく変貌した。「短歌」自体も大きく変わってゆくなかで、何が本質で、何を守ろうというのだろうか。ともかく、短歌や歌壇の今の在りようを全面肯定しようという楽観主義、裏を返せば思考停止のモデルケースのような気がする。文芸が国家とつながる危うさにもう一度立ち返る必要があるのではないか。

二〇一〇年の歌会始も一月一四日に行われた。二万三三四六首の応募があった。この数字は、過去五年間二万一千から四千首の間を推移している。一九九三年来選者を務める岡井隆に加えて、永田和宏、篠弘、三枝昂之、河野裕子が選者となり、若返りをはかった時期でもあるが、昭和時代には戻るはずもない。かつていわば体制批判の作品をものしていた選者の二首のナリシストぶり見ておこう。

・光あればかならず影の寄りそふを肯ひながら老いゆくわれは　（岡井隆）
・あたらしき一歩をわれに促して山河は春へ光をふくむ　（三枝昂之）

（『ポトナム』二〇一〇年一月〜三月。補筆）

5　「歌会始」をめぐる安心、安全な歌人たち

一　なぜ「歌会始」にこだわるのか

私は、これまで、「歌会始」が現代短歌において果たす役割について、以下のようなエッセイなどを発表してきた。繰り返し、飽きもせず、国家と文芸、とくに国家と短歌との危うい関係について述べてきたつもりである。短歌は安心、安全な文学であってよいのか、の思いは募るばかりである。③～⑥は本書に収録している。

①「『歌会始』―現代短歌における役割をめぐって」(『短歌と天皇制』風媒社　一九八八年、初出『風景』一九八三年一〇月～一九八八年一月)
②「『選者』になりたい歌人たち」(『現代短歌と天皇制』風媒社　二〇〇一年、初出『ポトナム』一九九二年一二月)
③「勲章が欲しい歌人たち」(『風景』一〇〇～一〇一号　二〇〇二年九月～一一月)
④「芸術選奨はどのようにえらばれたのか」(『ポトナム』二〇〇六年一〇月～一一月)
⑤「戦後六四年、歌会始の現実」(『ポトナム』一〇〇〇号記念　二〇〇九年八月)
⑥「『歌会始』への無関心を標榜する歌人たち～その底流を文献に探る」(『ポトナム』二〇一〇年一月～三月)

二　新聞歌壇選者と歌会始

〈表Ⅱ－5〉「芸術院会員、歌会始選者と主要新聞歌壇などの選者一覧」では、現時点での歌会始選者及び五大全国紙・ＮＨＫの投稿歌壇の選者とその就任年の一覧と参考のため芸術院会員就任年も併記した。現在、歌人では岡野・馬場・佐佐木・岡井の四人が日本芸術院会員で、過去には、佐藤佐太郎、宮柊二、前川佐美雄、斉藤史がおり、茂吉、信綱、白秋、空穂、水穂、薫園、勇、麓、善麿、文明、順らに続いた。

一九九三年、岡井隆は歌会始選者に就任した。当時、現在の「歌会始」は「体制も反体制もいまは死語、民衆の参加する短歌コンクールとしては本邦最大で知名度が高い」として、特別扱いする要因はもはやないというのが就任の理由だった（「インタビュー〝前衛短歌の旗手〟歌会始選者に――批判と期待の岡井隆氏に聞く」『朝日新聞（大阪版）（夕）』一九九二年九月四日）。表にはない近年の選者に安永蕗子、清水房雄、武川忠一らがおり、物故選者には、木俣修、香川進、四賀光子、五島美代子、上田三四二、窪田章一郎、山本友一、前田透、千代国一らがいる。選者の中で在任期間の長い吉井勇（一九四八～一九六〇年）、木俣修（一九五九～一九八三年）、岡野弘彦（一九七九～二〇〇八年）、岡井隆（一九九三～）が実質的なリーダー役となって行く。

歌会始選者と新聞歌壇選者の関係をみると、篠は「サンケイ」から「毎日」に変り、二〇〇六年からは歌会始選者を併任する。永田は「サンケイ」から「歌会始」「朝日」へと移行する。高野は「日経」から「朝日」へ、栗木は「日経」から「読売」へ、伊藤は「サンケイ」と「毎日」を兼任、岡野は「読売」と「東京新聞」を、佐佐木も「朝日」のほか「東京」を兼任している。これを見る限り、新聞歌壇選者の実績と歌会始選者への道は連動し、文字通り、歌会始は新聞歌壇の延長線上にあるといえよう。新聞歌壇にもランクがあるらしく、経済紙から一般紙への移行が多い。発行部数では「読売」が一位だが、伝統と話題性では「朝日歌壇」の評価が高い。ネット上では「朝日歌壇鑑賞会」「日刊短歌」など「朝日歌壇」をターゲットに、右翼的な手口でその選者・入選者への個人攻撃や中傷が氾濫していたこともある。前者は二〇〇九年あたりから更新はない。

現在の新聞歌壇選者は、いずれも近い将来の歌会始選者の候補者という図式が成り立ちそうだ。「NHK歌壇」選者は三年任期だったが、二〇一三年編成を変えた。近年、意識的に起用している女性は、すでに全国紙・地方紙の新聞歌壇の選者とも重なる。また、歌会始選者ではない馬場あき子と佐佐木幸綱は別格で、すでに芸術院会員となっている。馬場は、その思想的な出自から宮内庁ないし岡野弘彦とは距離があったのだろう。佐佐木も、岡井の選者就任の折、「俺は行かない」(「時評・俺は行かない」『現代短歌雁』二七号　一九九三年七月)と早々と自らの選者拒否の宣言をしていたこともあって、その道を選ばなかった。しかし、両者とも、現歌壇での指導力と影響力は絶大で、それぞれ『心の花』『かりん』においては着々と「歌会始」選者が育ちつつあるのか。〈表Ⅱ－5〉に登場する歌人の中には、すでに声はかかってはいるが、佐佐木以外にも「行かない」でいる歌人がいるようにも思うのは私のはかない期待だろうか。

三　短歌大会と歌会始

岡井隆が「民衆の参加する本邦最大の短歌コンクール」と位置づけた「歌会始」と主要な短歌大会の概要を〈表Ⅱ－6〉とした。歌会始選者をゴチックで示した。応募歌数で並ぶのは歌会始とNHK大会だが、出詠料が無料というのがその理由かもしれない。また、ＮＨＫ大会の選者は、上記の新聞歌壇選者を総ざらいしている感もある。国民文化祭と日本歌人クラブ、現代歌人協会の選者には地方色を反映している。最近では「町おこし」の一環や観光目的で短歌大会を立ち上げる自治体や神社仏閣、地方の歌人団体が主催する短歌大会が増えている。それらの選者として声がかかるのも、この表の著名歌人の一群である。特定のたかだか二十数人の歌人たちが東奔西走していて、大会の最優秀賞を選び、選者賞を選ぶ。大会独自、地域独自の特色などはなかなか出にくい状況ではないのか。『短歌現代』（二〇一〇年四月）「小議会特集・短歌大会」では、地方の短歌大会運営の工夫が語られていて興味深い。「著名歌人を呼んで選者や講演を依頼する」パターンも限界にきているようなのだ。ちなみに、以下は〈表Ⅱ－6〉の五つの大会の入選作、筆頭大会賞にあたる作品である。

①指ほどに育ちし五齢の蚕いま驟雨の如く桑の葉を食む
②まはりから少し遅れて年老いた欅も芽吹く、呼ばれてゐるのだ
③うす暗き築地市場の石だたみ冷凍鮪が煙をあぐる
④雲間より光射しくる中空へ百畳大凧揚がり鎮まる
⑤ふたりかと遠目に見しは人と犬共に座りて川をみて居り

どの大会の入選作品か判定は困難なのはもちろんだが、ちなみにその大会名と作者を文末に記してみた。④の作者は、②と並んで大会賞を受賞した「百畳の大凧空に静止してわれら引き手の天井をなす」の作者と同一であった。モチーフは同じながら、表現は異なる二首なので、宮内庁（選者）は未発表作品として扱ったのだろうか。

なお、歌会始と芸術選奨という褒章制度との関係については、すでに、幾度となく述べてきた。私は、国家の芸術振興政策の在り方自体にも問題があると考えているが、少なくとも「国家的な権威」を伴う褒章制度が、限りなく個人的な知見に左右されている事実だけは指摘できるのではないか。作品の内容ではなく、選ぶ者も選ばれた者もその権威だけを引きずって一人歩きしているのではないか。短歌関係の選考審査員、推薦委員の名前を見て、どう思われるだろうか。「毎度おなじみの」著名歌人たちである。

以上、「選者」の在り方を概観してみた。歌壇には、角川短歌賞など短歌メディアが主催する賞、現代歌人協会賞など歌人団体が授ける賞、さらに、斉藤茂吉、若山牧水、前川佐美雄等を冠する賞など増加の一途をたどっている。ただ、さまざまな賞の「選者」、とくに歌会始選者を頂点とする「選者」というフィルターは、抵抗や挑戦を促すものではなく、安心・安全な歌人、歌壇づくりに寄与していることは間違いなさそうである。つぎに、最近の「選者」たちの声も確かめておきたいと思う。

四　選者たちからの発言〜岡井隆の場合

昨年まとめられた小高賢を聞き手とする岡井隆のインタビュー記録『私の戦後史』（角川書店　二〇〇九年）には、興味深いものがあった。私がまっさきに確認したのは「歌会始問題とその後」の章だった。岡井自身が「歌会始選者就任」について、これまでは、あまり深く語らなかったが、もう「時効」か「潮時」とも思ったのか、あるいは聞き手が上手だったのか、けっこう、ラフに語っているのが印象的だった。小高が「岡井さんの選者就任で一番足りないのは、ご自身の論理的説明ではなかったか」の質問には次のように答えている。

「今になって振り返って客観的に眺めてみると、やっぱり僕は転向したのだと思う、明らかに。（中略）六〇年安保のころに反天皇的な歌を作りましたね。あの時の僕自身と四十代、五十代、六十代にかけての僕自身とは明らかに違っている。そう思います。違っているけれど、自分の中にずっとそういうふうに動いてきた思想的経緯というものに関して、もうちょっと責任をとるべきだったという気もします。言い訳をする必要はないのだけれども、自分自身はこういうかたちで考え方を変えて来ていると筋道を語るべきだったのかもしれない。（後略）」（二六八～二六九頁）

「自分自身のためだけでもいいから、きちっとあきらかにしておく必要があったかなあとは思う。ただ、なにか書こうとすると、みんな、大島史洋君もそうだったけれど、『岡井さん、もうやめなさい。何を言ったって、全部、言い訳に取られるから、何も言わない方がいいですよ』と言うから、そうかなと思っちゃった。」（二六九頁）

戦後の短歌史をけん引してきたという自負を垣間見せながら、この幼稚な発言が共存するところに、岡井の本質があると思った。「表現者としての説明責任」は逃れようもない責務だと思うが、小高のいう「論理的説明」を岡井に求めても、多分破綻するだろうから、岡井自身も避けてきたのだと思う。また、彼は、選者就任直後の「現代歌人協会会報」での批判を「あのような誌面に個人の悪口をあんなにまとめて出していいのかなあ」と回想しているが、「悪口」と受けとるところこそ世俗的で、あまりに「論理的」ではない証拠だろう。かつて、岡井が現代歌人協会入会に際して、会報『現代歌人』（一九六〇年五月）に、協会が「歌会始の入選者を祝う会」を開催するのは何事かと、協会の幹部たちを名指しで非難したのは何だったのか(「非情の魅力について」)。会員の思想や行動についてもオープンな論議がなされてこそ、健全な団体だと考えるのだが、現在の協会は一九九〇年代の気概も失ったようだ。

また、戦後短歌史の中でグループ活動の持つ魅力や刺激を語る中で、小高が近頃の歌人は「表面的な利害損得だけに頭が働くようになってきたのではないですか」と水をむけると「それはすごく世俗的」と岡井は答える。自身については、つねに「トップランナーみたいなところにいる人って、前を走っている人がいないわけですから、孤独感以外になにもないので」、「ニヒリズム、アナーキズムの衝動」に駆られる状況を語り、「世俗」とは一線を画しているような話しぶりではあった。(二六一～二六四頁)

このインタビューの中で、ともかく、自らの転向の筋道をもっと語るべきだった、という発言を引き出したのは、大きな収穫であった。岡井の今後に、これ以上求めるのは無理かもしれないが、多くの歌人はこの一件から学ぶべきことは多いはずである。

五　選者たちからの発言～永田和宏の場合

少し古い雑誌を読んでいて「大特集・永田和宏を探検する」にぶつかった(『短歌』二〇〇六年一〇月)。その中に、永田自身のエッセイがあった。近藤芳美の言葉を枕に、「歌への尊敬」の念こそが「今、歌を作り続けることで、最終的に何がいちばん自分にとって大切かを考える」よりどころだ、という主旨だった。さらに、自分は、なにか新しいことをして短歌史上に足跡を残したいと考えたが、「〈新しさ〉のためにだけ歌を作っていくのでは、あまりにもさびしくはないか」と述懐し、次のように述べる。

「昨今の歌壇を見ていると、歌を好きだというよりは、歌をたんに自己宣伝の具として歌をもてあそんでいる歌人が多すぎはしないか、という気がする。歌壇の表面に出て、しかし顔は歌壇以外のところへ向いている。あるいは逆に歌壇的な人の集まりの中で顔を売ることだけで、なんとなく歌人としての格を得たような気になっている。そんなかつて厳しく否定された歌壇的な悪弊がまたもろ大きな顔をし始めているということはないだろうか。」（一〇八頁）

永田は、歌人と研究者という二足の草鞋を履く多忙さを強調しながら「自分の時間への責任」を取りつつ「歌を作って過ごしてきた人生」を良かったと言い切れることが大切だとする。しかし、今回の調査や永田の歌壇での振る舞いを思うとき、その発言と行動に違和感がつきまとう。ほんとうに多忙な人は、自ら多忙とはなかなか言い出さないものではないか。歌壇における自らの歌人としての活動に加えて結社経営や家族運営、研究生活に加えての大学・学会行政など、多忙は忖度できるが、どれも自分の責任において選択した結果であろう。選者就任は、「自己宣伝」を兼ねた結社運営に必要な営業活動の一種ではなかったのか。『塔』のホームページや記念号の年表には、ことさらに受賞歌人や会員数の増加が強調されている。謙虚さや自制を失いかけた、こうした風潮が当り前になってしまった歌壇にはどうしてもなじめないでいる。

〈注〉新聞歌壇の選者名・就任期間について

今回、「新聞歌壇の選者の就任年月」を田村広志編「新聞歌壇選者一覧」ほか『短歌往来』(二〇〇七年五月)の特集「新聞歌壇の現在と未来」の各記事を参考に調べた上、新聞社に確認した。ところが、データベース化がなされてない部分(一九八〇年代以前)を遡及するのはむずかしい、とする結果が多かった。典拠はまちまちで、縮刷版などでの確認に至らないところがある。また、「芸術選奨」の選考審査員・推薦委員の名前は、ようやく二〇一〇年度から受賞者の発表とセットで文化庁のホームページ上に公表されるにいたった。

〈参考〉前掲各短歌大会の入賞作と作者名について

①指ほどに育ちし五齢の蚕いま驟雨の如く桑の葉を食む (国民文化祭・文部科学大臣賞 高田馴三)
②まはりから少し遅れて年老いた欅も芽吹く、呼ばれてゐるのだ (全国短歌大会・朝日新聞社賞 掃部伊津子)
③うす暗き築地市場の石だたみ冷凍鮪が煙をあぐる (全日本短歌大会・文部科学大臣賞 本吉得子)
④雲間より光射しくる中空へ百畳大凧揚がり鎮まる (歌会始入選 後藤正樹)
⑤ふたりかと遠目に見しは人と犬共に座りて川をみて居り (NHK大会・大会大賞 石川つる)

表Ⅱ-5　芸術院会員・歌会始選者と主要新聞歌壇などの選者一覧

選者・選考委員 （歌会始選者期間） （芸術院会員就任年）	ＮＨＫ短歌 （ＴＶ）＊	朝日 歌壇	読売 歌壇	毎日 歌壇	日経 歌壇	サンケイ 歌壇	東京 歌壇
岡野弘彦 1979～2008 芸術院会員 1998			1972～				開始年不明～
岡井隆 1993～ 芸術院会員 2009					1990～		
永田和宏 2004～	2013	2005～				1997～ 2003	
篠弘 2006～				1997～		1992～ 1996	
三枝昻之 2008～							
河野裕子 2009～2010				1990～ 2010			
内藤明 2012～							
佐佐木幸綱 芸術院会員 2008		1988～					1983～
馬場あき子 芸術院会員 2003		1978～					
小島ゆかり	2013					2004～	
栗木京子			2008～		2004～ 2008		
高野公彦		2004～			1993～ 2004		
俵万智			1996～				
加藤治郎	2009～2011			2005～			
穂村弘					2008～		
伊藤一彦				2008～		2004～	
小池光			2007～				
今野寿美	2009～2011						
米川千嘉子	2009～2011			2010～			
東直子	2009～2011						
坂井修一	2012						
花山多佳子	2012						
佐伯裕子	2012～＊＊						
来嶋靖生	2012						
斎藤斎藤	2013						

＊近年のみを対象とした
＊＊2013年度は一ヶ月一回の「短歌 de 胸キュン」選者となる

表Ⅱ-6 主要全国短歌大会選者一覧（2009年）

	平成21年歌会始	第24回国民文化祭 しずおか2009短歌大会	第38回 全国短歌大会	第30回 全日本短歌大会	平成21年度 NHK全国短歌大会
主催・後援団体	宮内庁	文化庁・静岡県・熱海市・現代歌人協会・日本歌人クラブ・静岡県歌人協会・熱海市実行委員会ほか	現代歌人協会主催 朝日新聞社・河北新報社後援	日本歌人クラブ主催 文化庁・毎日新聞社後援	NHK学園
日程	1月15日（皇居）	10月25日（熱海市）	10月3日（仙台市）	9月26日（明治神宮）	1月23日（NHKホール）
開始年		1986年	1972年	1980年	1986年
募集要項	（1人1首）	1人2首 一般の部（1000円） 小中高生（無料）	1組5首 （3000円）	1組2首 （2000円） 第3回ジュニア部同時募集	（1人1首） ジュニア部同時募集
選者・審査委員	**岡井隆** **永田和宏** **篠弘** **三枝昻之** **河野裕子**	秋葉四郎、秋山佐和子、小池光、小高賢、佐佐木幸綱、**三枝昻之**、内藤明、松平盟子、森山晴美・藤岡武雄 ほか計21名	柏崎驍二、春日いづみ、菊澤研一、小島ゆかり、小池光、熊谷龍子、佐久間晟、佐佐木幸綱、佐藤通雅、坂井修一、中川佐和子、花山多佳子、外塚喬、東直子、渡辺礼子 計15名 特別選評：小島ゆかり、坂井修一	春日真木子、安田純生、秋葉四郎、**三枝昻之**、雁部貞夫、佐田毅、星野京、御供平佶、内田弘、米田憲三、楠田立身、島崎栄一、佐波洋子 計13名 （ジュニアの部選者：秋葉四郎、加藤英彦、久々湊盈子、黒瀬珂瀾、今野寿美、鈴木英子、中根誠、花山周子、浜口美知子計9名）	石田比呂志、伊藤一彦、**岡井隆**、尾崎左永子、加藤治郎、**河野裕子**、栗木京子、小池光、小島ゆかり、今野寿美、**三枝昻之**、佐佐木幸綱、**篠弘**、俵万智、時田則雄、馬場あき子、東直子、穂村弘、宮地伸一、米川千嘉子 計20人 （ジュニアの部選者：黒瀬珂瀾、小島なお、古谷智子計3名）
応募者・作品数	21180首	一般：3909首（1975人） 小中高：13108首（8314人）	3876首（応募798人）	一般：1290組	一般：24758首 ジュニア：15364首

（太字は歌会始選者）

（『新日本歌人』二〇一〇年六月。補筆）

コラム２

時代の「空気を読む」ことの危うさ

・自己正当化を原点とせる評論を手間ひまかけて書きしか人は
（清水房雄『蹌踉途上吟』）
・うらみを持って神になる石には皇室下乗と彫ってある
（木原実『芸術と自由』二五一号）
・凶状を負ひたるものどち姑息にぞ寄り添ひ名を変へ銀行はも嘉し
（島田修三『東洋の秋』）

清水は、一九一五年生まれ。二〇〇九年の第一四歌集から引いた。歌壇というところで歌人たちが書く「評論」のたぐいを、あるスパンで振り返って読むと、その「ブレ」にいささか惑わされることが多い。もちろん歌人に限るものではないが、たくさんの留保、微妙な言い回し、難解な表現など、「手間ひま」をかけ、苦労の跡がわかるものもある。「空気が読めない」という言い方が流行ったが、時代の「空気を読み」ながら、「陽のあたる場所」を歩こうとする書き手たちを苦々しく嘆いている。その一首の近くには「社会批判の歌はいつにても威勢よし実践行動を前提とせず」という歌もある。勇ましく、格好よく、社会批判めいたことを作品にしたとしても、その作者が日常的に何をしているのか、生涯を通じ、どういう軌跡をたどったのかが大事だという風にも読める。また「いざといふ場合に本音吐かぬこと身すぎ世すぎのかなめとぞして」という一首もある。自嘲的に詠んでいるが、これだけ明確に、客観的に自分を把握できる人には、逆に信頼を寄せてもよいという気になる。ちなみに、清水は昭和末期の五年間「歌会始」の選者を務めていた。

木原の掲出作品は、二〇〇七年「駅伝日和」三七首の連作からとった。木原は、一九一六年生まれ。戦前から農民運動に携わり、口語による作歌歴は昭和初期にさかのぼる。戦後は、一九六七年から八一年まで社会党の衆議院議員を務める。歌集には『韋駄天』（一九八七年）『笑う海』（一九九四年）があり、『木原実全詩集』（一九八六年）もある。他に評伝集、エッセイ集、紀行文、労働者向けの学習テキストなどの著書は多岐にわたる。活動家、政治家としては、『社会主義』『月刊社会党』などへの執筆も多い。私は、『笑う海』以降、木原作品は『芸術と自由』『掌』誌上で読んでいるが、自在さと率直さに加えて、何よりも衰えることのない時代への鋭い考察に啓発されることが多い。長年の活動における資料類は、法政大学大原社会問題研究所に「木原実文書」として所蔵されたという。経歴にこだわり過ぎたかもしれないが、私にとって、短歌と生涯の軌跡との整合性は、その歌人の評価にも関わるからである。短歌一首としての力やしなやかさも大切であるが、作者における、その成り立ち、位置づけによりさらに輝きを増すような、そんな作品にあこがれる。木原における天皇制への一貫したスタンスは貴重ともいえる。最新作に「開戦に熱狂　敗戦に従順　なるほど天皇制はかすり傷」(『掌』九八号　二〇〇九年一月)があり、木原にも「おのれをごま化すのが歌の道ならいつまでも歌を作っていたい」(『芸術と自由』二四二号　二〇〇五年)という一首があり、清水の自嘲と自信に通ずるものがある。

島田修三は、一九五〇年生まれ。作品、評論において精力的な活動を展開している。最近は大学の管理職にも就いたらしい。歌人としての評価も定まる年齢で、自虐的ながら、反権力、反権威のスタンスは崩していない。最近、メディアへの露出度が高いが、その志を守りきれるかどうか、正念場かもしれない。二〇〇七年刊行の『東洋の秋』には「『女性セブン』待合室に読みゐしが飯島愛かなし皇后はまして」「九重に繁れる森より逃げたきと逃がしたくなきとが薄く笑まふも」などが散見でき、皇室や宮内庁にも遠慮がなく、その直截さが掲出作品とも共通する。「何かコトが起くる即ちいろめきて囀る短歌やなんたる矇さ」「軍閥を知らざりしなどウソを歌ひ茂吉の戦後の悲しみ昏かる」(『離騒放吟集』一九九三年)など短歌や歌人への視線も厳しく、短歌に関わり続けているみずからの「矇さ」や「昏さ」に自戒の念を垣間見せる。

私は、これからも、その歌人の「権力や権威、マス・メディアとの距離の取り方」に着目したい。たとえば、天皇制との親密性を尺度にすると、思いがけずアポリアを照らし、解明の糸口を示してくれることもあるからだ。

(『短歌研究』二〇〇九年六月)

＊木原実氏は、二〇一〇年一月一八日、他界されました。

6　東日本大震災後の歌会始

一月一二日、ここ数年、見ることもなかった「歌会始」のテレビ中継を見た（10時30分～11時45分？12時近かったかもしれない）。今年のお題は、「岸」。入選作は、年の順で若い人から詠み上げられていた。作品は、独特な節回しで二回詠み上げられ、テレビの画面では、散らし書きの文字でも映し出される。一首ずつ、作者の紹介と作品への思いなどがＮＨＫアナによって語られる。召人の堤清二、選者永田和宏の作品が続き、皇族では常陸宮妃、皇太子妃、皇太子、皇后、天皇の順に詠み上げられた。今年の歌壇の特徴ともいえた「震災詠」が歌会始でも多かった。天皇、常陸宮妃の作品はそれとすぐ分かるが、皇后、皇太子妃の作品は、中継時のＮＨＫのコメントや宮内庁の資料による解説がないと分かりにくい。他に、秋篠宮、秋篠宮妃の作品も東日本大震災にかかるものだった。

詠み上げられた作品は、一〇首の入選作と次の堤清二の以下の作品だった。入選作の中からは、最年少と最年長の入選者の作品と「震災詠」のみを掲げた。（宮内庁の資料では、皇族の作品には数行のコメントが付されている。また選歌入選者の年齢は記されていないが、新聞記事などにより補った。敬称はすべて略した）

岸辺から手を振る君に振りかへすけれど夕日で君がみえない　　大阪府　伊藤可奈（17）

巻き戻すことのできない現実がずつしり重き海岸通り　　福島県　沢辺裕栄子（39）

相馬市の海岸近くの避難所に吾子ゐるを知り三日眠れず　奈良県　山崎孝次郎（72）
いわきより北へと向かふ日を待ちて常磐線は海岸を行く　茨城県　寺門龍一（81）
雲浮ぶ波音高き岸の辺に菫咲くなり春を迎へて　（召人・堤清二）
舫ひ解けて静かに岸を離れゆく舟あり人に恋ひつつあれば　（選者・永田和宏）
被災地の復興ねがひ東北の岸べに花火はじまらむとす　（常陸宮妃）
春あさき林あゆめば仁田沼の岸辺に群れてみづばせう咲く　（皇太子妃）
朝まだき十和田湖岸におりたてばはるかに黒き八甲田見ゆ　（皇太子）
帰り来るを立ちて待てるに季（とき）のなく岸とふ文字を歳時記に見ず　（皇后）
津波来（こ）し時の岸辺は如何なりしと見下ろす海は青く静まる　（天皇）

儀式そのものが、かつてより短く思えたのは、天皇はじめ皇族方の高齢化を配慮してのことだろうか。天皇・皇后には熱心に耳を傾けている表情が伺え、入選者たちの緊張した面持ちは伝わってきた。ただ、大写しされる常陸宮の表情には、正直、少しばかりハラハラさせられた。かなりの負担のようにも思われた。療養中ということで、皇太子妃の欠席も続いている。

今年の応募歌数は一万八八三〇首、これは、宮内庁のホームページで「最近のお題と詠進歌数」というサイトを見ると分かるように、平成への代替わりの再開直後、一九九一年（平成三）、一九九二年（平成四）は、約一万三九〇〇、一万八九〇〇首とかなり減少しながら、その後はともかく二万首前後を推移して、二〇〇五年（平成一七）には二万七〇〇〇首余に及んだこともあった。今年は、明らかに減った。ここにも東日本大震災の影響がみられるのだろう。

今年の歌会始の上記中継や新聞記事を見て思うのは、その見出しでも明らかのように「被災地思い『岸』を詠む」(『朝日新聞』夕刊一月一二日)、「被災地に思い重ね歌会始」(『毎日新聞』朝刊一月一三日)、「歌会始、お題は『岸』……東北多く詠まれる」(YOMIURI ONLINE 一月一二日13時33分)という具合で、全体として「大震災の被災地への思い」という強いメッセージが発信されていることである。今年は、歌会始が一体となって、一つのメッセージを発していたので、むしろわかりやすかったのだが、例年同じようなことが繰り返されていたのではないか。私はかつて、以下のように指摘したことがある。

「近年の歌会始の天皇・皇后はじめ皇族たちの作品を一覧してみると、年ごとの天皇家の家族異動、皇室行事、国家的・国際的行事、事件・災害などにふれ、理想的な家族像、世界平和、環境保全、福祉増進、文化振興への期待が語られ、全作品あわせた総体として、さまざまな配慮、バランスをもって構成されていることがわかる。歌会始の皇族たちの作品がこのような傾向を持つことは、敗戦後の(歌会始が再開した)一九四七年からの大きな流れであった。」(「昭和天皇の短歌は国民に何を伝えたか——象徴天皇制下におけるそのメッセージ性と政治的機能」五十嵐暁郎編『象徴天皇の現在』世織書房　二〇〇八年六月、所収)

とくに、大震災後、天皇・皇后をはじめとする皇族方の発言や被災地訪問、そしていくつかの短歌作品が折に触れて発表されることによって、大震災の被害地対策・被害者対策において、政府や企業、あるいは自治体の後手、後手の情けない対応の足りない部分の補完をしていたのではなかったか。根本的な復旧や復興、問題解決の困難から一時的にでも逃避させる機能を担ってはいなかったか。これは、皇族方個人の善意とは全くかかわらないところでの政治的役割を果たしているにちがいない、とも思う。

また、「歌会始」について、皇室と国民を結ぶ「文化的な架け橋」のような評価をする人たちがいる。しかし、選者の在り様や応募者（入選者）たちを見ていると、短歌の熟達者あるいは素朴な短歌愛好者であり、皇室を敬慕する国民の一人というイメージとは結びつきにくい。選者や入選者たちについて報道されるエピソードなどを知るにつけ、そのイメージからは遠のくのである。最近はとくに一〇代の中学生や高校生などが入選者に混じる。その多くは、学校ぐるみで、国語の一環として作歌された一首を応募させたりしている例が多く、いくつかの「名門校」があるらしい。また、「応募何十回の悲願の入選」というややマニアックなエピソードも伝えられる。まるで、クイズのような様相を呈してはいないか。そんなことを考えていると、文芸や文化とはどんどんかけ離れて行ってしまうような気がするのだが。そもそも「遊び」ならばそれらしく、と思う。

平成二十四歌会始御製御歌及び詠進歌
http://www.kunaicho.go.jp/culture/utakai/pdf/utakai-h24.pdf
最近のお題及び詠進歌数等
http://www.kunaicho.go.jp/culture/utakai/eishinkasu.html

もう一つ、上記中継を見たときの感想を書き留めておきたい。「召人」として堤清二の短歌作品が「披講」、読み上げられたときの何とも言えない違和感だった。「召人」という、すでに「死語」とも思えるよう古色蒼然とした言葉が生きていることも驚きなのだが、宮内庁ホームページの「用語集」によれば「召人」とは〈天皇から特に召されて短歌を詠む者〉ということだ。堤清二は、セゾングループを率いた財界人であったたし、辻井喬という名を持つ、詩人・小説家でもある。さらに、彼は東大在学中に全学連の活動家でもあったことが、エピソードとして喧伝されている。そして、近年は、二〇〇五年四月に発足した「マスコミ九条」の発起人や、世界平和アピール委員会の七人委員の一人として、憲法擁護の活動に熱心になった。宮内庁は、天皇・皇后サイドからの要請もあって、この選任が実現したのではないか、など憶測してしまう。すでに二〇〇〇年に小説『風の生涯』で芸術選奨文部科学大臣賞受賞、二〇〇七年には芸術院会員を受けているので、断られる心配もなかったのではないかと思う。一方、堤は、革新政党や組合の機関誌などにも、登場するようになった。いつかネット上でも見たことのある「国家と文芸」との関係についての発言、今回あらためて検索してみると、次のようなくだりがあった。


「小説、詩集、評論と次々話題作を発表する辻井喬氏。九条の会の講演では安倍政権の改憲路線を厳しく批判しました。新作の『萱刈（かやかり）』（新潮社）はカフカ的世界を通じて近代日本の矛盾にせまった異色作。新作刊行を機に東京・銀座の事務所をたずねました。

『芸術は体制を批判するから成り立つ。体制べったりの芸術は三流です』そう言いきる辻井さん。かつてセゾングループ代表として経済同友会の副代表幹事もつとめた人だけに、ドキリとします。」

（月曜インタビュー「作家辻井喬さん・家父長制に抵抗して精神形成　近代化と伝統の矛盾描く新作」『しんぶん赤旗』二〇〇七年七月二日）

『芸術は体制を批判するから成り立つ。体制べったりの芸術は三流です』という明確な発言と一連の国家的褒章、栄誉との間に齟齬はなかったのか、というのが私の違和感の要因ではなかったか。国家と文芸をめぐって危うい関係にある研究者、文学者を、国は取り込むのに余念がない。一方、「憲法九条を守る一点で」「啄木を評価する一点で」「…する一点で」という共通項で包摂し、広い度量で登場させるルーズな風潮を、いささか苦々しく思うのだ。その人間のトータルな活動や評価に目を覆うことにもなりはしまいか。「宣伝」になればと割り切ってどんなメディアにも登場する芸人やタレント本人たちと所属事務所が抵抗を示さないのと同類なのだろうか。それを受け入れ、助長するメディアや受け手たる国民の認識にも問題があることは確かなのだ。

（「内野光子のブログ」二〇一二年一月一四日、一五日の記事より）

7　「社会詠」論議の行方

一　「何を歌うかは問題じゃない」のか

二〇〇六年一一月、青磁社ホームページ上の「週刊時評」（大辻隆弘と吉川宏志が一週間交代で執筆）において、大辻が小高賢を批判したことから論争が始まり、これらを受けて、二〇〇七年二月、青磁社がシンポジウム「いま、社会詠は」を開催した。私は、WEB上の論争を途中から覗き始めたのだが、九月には、シンポジウムの記録集も刊行され、経緯がたどれる。

小高賢は「ふたたび社会詠について」（『かりん』二〇〇六年一一月）において、岡野弘彦『バグダッド燃ゆ』の次のような作品をあげて、「自分の戦争体験を重ね合わせて、現代に悲劇をうたいあげた岡野作品に共感、同感することは多いが、しかし、どう考えても、対象や主題に対しての感慨や視線は、外部からのものである」と述べた。さらに「岡野にかぎらず、現代の社会詠は、外部に立たざるをえない。立たなければ歌えないことも事実なのである。誠実であればあるほど、そうなってしまう。その難しさをいっているのである」と続けた。

・地に深くひそみ戦ふ　タリバンの少年兵を　われは蔑みせず

・国敗れて　身をゆだねたるアメリカに　いつまでも添ひて　世を狭めゆく

さらに、「爆撃のテレビニュースに驚かず蜘蛛におどろく朝の家族は（小島ゆかり）」などをあげ、「爆撃に驚かず、蜘蛛の出現に騒ぐ家族。どこかおかしいのではないかと自省している。誠実な作品だ。しかしここでも、気になる。その先がないのだ」、「巧緻なゆえに、あるいはうまくできているために、意外にひびいてこない。そのアポリアが私たちの前にある」とした。さらに若い世代の林和清、松村正直の作品と次の二首をあげて、「一体、社会と自分の関係をどう考えているのだろうか。危機感がゼロのように見えてしまう」と記し、社会や世界に対する「視点」と「認識」の重要性を指摘した。

・おそらくは電子メールでくるだろう二〇一〇年春の赤紙　（加藤治郎『環状線のモンスター』）
・ＮＯ　ＷＡＲとさけぶ人々過ぎゆけりそれさえアメリカを模倣して　（吉川宏志『海雨』）

これに対して、大辻隆弘が、小高のいう「認識の正しさ」と歌のよしあしは別次元で、社会詠とても、あるのは「いい歌と、ダメな歌だけだ」と反論し、吉川宏志は「自分より若い世代に対しては〝危機感がゼロ〟と決めつけてしまう」のでは対話は生まれないと、批判した。進む論争の中、歌や論の丹念な「読み」を説く一方、指摘された自らの不用意な要約、性急な論理展開等には簡単に謝ってしまう弱気も見せた。

シンポジウムでは、双方の言い分がかなり鮮明になったと思う。しかし、正直言って、私は、大辻の発言には大きな危惧を抱かざるを得なかった。①「短歌は何を歌うかが問題じゃないと僕は思う、基本は。斎藤茂吉の歌もたしかに類型的だと思うけど、あの言語芸術としての歌の響きというのは、開戦の歌にしろ、それはそれは豊かだと思いますよ」(七五頁)、小高が、土屋文明の「大東亜戦争詔勅を拝して」と敗戦直後の「新日本建設」の一首を例に、その短絡の危うさを指摘するのに対して、②「つまり人間はこうやって変わっちゃうんですよ。日本人はやっぱり愚かなわけ。でも、愚かならおろかなままのものとしてあらわれるのが歌であって、その愚かさを批判して、主張が一貫していないじゃないか、と批判するのは、歌の本質を間違っているんじゃないか」(七八頁)とも述べ、斎藤史が全歌集への収録時に戦時下の歌を変更したことについて③「それを変えさせたのは誰だと。それは全歌集を出した昭和五十二年時点の歌壇における、いまの言葉で言ったら左よりの進歩主義的思想ではないかと」(八五頁)という。表現者としての責任を放棄するような、一種の「開き直り」のルーツは、彼の「師」の岡井隆あたりにあるのかもしれない。

二　ふたたび「社会詠」論議の行方

「社会詠」「時事詠」「戦争詠」などをテーマとするエッセイや論文を長いスパンで検索してみると、いわゆる短歌総合誌で幾度か特集が組まれているのがわかる。国立国会図書館の雑誌記事索引を占領期プランゲ文庫記事索引と国文学資料館データベース、手元の現物で補ってみても、「社会詠」という言い方が定着したのは、一九六〇年、安保闘争が盛り上がった年である。「社会詠の方向をさぐる」「再論社会詠の方向について」「社会詠特集を読む」(『短歌』一九六〇年四月、七月、一一月号)という特集が組まれ、単発のエッセイも一九六〇年に集中している。その関心の一過性も興味深いのだが、その後同誌で特集が組まれるのは四〇年後、「現代の『社会詠』はどう変わるか」(二〇〇四年四月)、「短歌の『発言力』——社会詠は時代を捉えているか」(二〇〇七年七月)であった。なお、今回の作業で、「社会詠」の語が最初に見出されたのは一九四八年二月で、太田青丘「短歌における社会詠と象徴」(『潮音』)であった。

また「時事詠」は「時局詠」などの語とともに戦前から使われていたが、戦後の登場は、「明日の時事詠を索めて」(『日本短歌』一九五四年九月)という特集で、再登場は、二〇〇一年九月同時多発テロ事件以降であった。

・「テロと日本人と短歌」(『短歌現代』二〇〇二年二月)
・「短歌は社会・時事をどう詠むか」(『歌壇』二〇〇二年二月)
・「テロかく詠めり——時事詠の可能性」(『短歌朝日』二〇〇二年五月)
・「時事詠の可能性——疾駆する時事詠のいま」(『歌壇』二〇〇二年八・九月)
・「短歌に見る時代・世相」(『歌壇』二〇〇三年六月)

『歌壇』には、一九九五年一〇月「時代と短歌——阪神大震災・オウムを手がかりとして」の特集もあり、他誌に比べ社会・時事詠への関心の深さが読みとれる。また、「八月ジャーナリズム」などと揶揄される向きもあるが、次のような特集が散見できる。

・「渡辺直己と戦争詠」(『短歌』一九八三年九月)
・「防人の歌——古代から現代」(『短歌』一九九四年八月)
・「読みつがれるべき戦争歌」(『短歌研究』二〇〇七年八月)

「社会詠」「時事詠」「戦争詠」などの括り方が適切か否かも問題ではあるが、多くの歌人たちが社会に目を向け、社会事象を自らにひきつけて作品とする営為やそれを論ずる意味は大きい。日常的な意見交換や論争の場は大切にしなければと思った。たとえば、一九九一年から続く「八月一五日を語る歌人の集い」や『短歌往来』のかつての「君が代」特集や毎年一二月号のアンケート、同人誌の特集などにも注目した。その一つが加藤英彦「その先に一歩でる――最近の社会詠論争によせて」（『Es』一三号　二〇〇七年五月）であり、分かりやすかった。一節を引く。

「自分なりにある事件を考えぬくという作業を通して、その事件に触発された初期の感情の波動が微妙にうごく。それは新たな怒りであることも、名状しがたい悲しみである場合もあるだろう。そこから何を想像するか。そのときの感情の強度に支えられてどのような世界をわれわれは見るか。一首のもつ厚みや奥ゆきはそんな『時代を見る目』の反映であるように思える」

同時掲載の詩人瀬尾育生「彼方で円環している」は、「政治と文学」については「棲み分け」を前提に「文学の遂行とはなによりも『作品』の遂行を意味しており、『作品』は主体の位置がどこにあるのかを明示することなし」では成立しないとするのだが、韜晦するような論調は、私には難解すぎた。

（『ポトナム』二〇〇八年一月～二月。補筆）

コラム3
気になる、近藤芳美の一首

・幾組か橋のかたへにいだかれて表情のなきNOを言ふ声

（「埃吹く街」『八雲』一九四七年九月）

被占領期の検閲について、質問された近藤芳美は、表題の一首が初出ではなく批評のための引用で「引っ掛かった」と答えている（三枝昻之対談集『歌人の原風景』二〇〇五年）。歌は、米兵と日本女性とのよく見かける敗戦直後の光景である。

昨二〇〇五年一二月、日本の被占領期におけるＧＨＱの検閲資料、プランゲ文庫所蔵雑誌の記事索引が全面公開された。登録さえすれば、誰でもアクセスできる。苦労の多い仕事に敬意を表したい。被占領期、一九四五年から四九年といえば、多くの雑誌が散逸している時期で、検閲個所以外のデータも貴重なのである。皮肉にも検閲側のスタッフ、Ｇ・Ｗ・プランゲがアメリカに持ち帰った資料によってはじめて知り得ることも多い。日本の出版社や執筆者は、この時期の事情に出来れば触れたくない、触れられたくないという意向が強く、当事者の口は重く、不正確のそしりは免れなかった。短歌に関して、最近では、三枝による先の対談集や『昭和短歌の精神史』などで言及されているが、当事者意識が薄い歌人が多かったように見受けられた。この時代の歌人の対応は、過大・過小評価を戒め、事実を事実として受入れることが表現者の自由を語るスタートではないかと思う。

表題の一首は、上記の索引からたどってみると、「埃吹く街」五〇首詠（『八雲』一九四七年九月）にあり、長谷川銀作が同誌一二月号「一九四七年の作品」において、芳美の評論活動を高く評価する文脈のなかで相聞歌二首とともに紹介されている。この一首だけに〇印が付され、占領軍批判の理由で「delete（削除）」の表示がある。銀作の文中には、もう一か所、小暮政次の一首にも印が付されているが、私が閲覧した国立国会図書館所蔵『八雲』一九四七年一二月号では、これらの二首は削られていない。検閲を無視して発行したのか、図書館納本が検閲以前の原本だったのかは不明である。芳美の一首は、歌集『埃吹く街』（草木社　一九四八年二月）にも収録され、時代の状況をよく伝える作品と思うが、この辺の事情を知ることによって、占領軍検閲とそれへの抵抗の実態に踏み込めるのではないか。かつて拙著でも触れたが、『新泉』一九四六年一二月号から削除された芳美の一九三七当時の支那留学生との微妙な距離感と連帯感を詠んだつぎの作品などの行方も気なるところではある。

・おごりたる其の頃の吾あわれにて留学生の猜疑をただに疎みき

（『短歌』二〇〇六年六月）

Ⅲ　メディア・教科書の中の短歌

1　短歌の「朗読」、音声表現をめぐって

一　朗読・朗詠・披講とは

「歌壇で近頃流行るもの」の一つとして「朗読」がしばしば話題になっている。近年の短歌雑誌では、つぎの特集が目についた。

①特集「体験的朗詠・朗読・絶叫の魅力」（『短歌往来』二〇〇〇年一〇月）
②特別企画「朗読の魅力を探る」（『歌壇』二〇〇四年六月）
③特集「音読して心に残る短歌」（『短歌』二〇〇七年三月）

短歌の世界には、すでに「朗詠」という音声表現があり、正月のテレビでもなじみとなった、独特の節回しによる歌会始での「披講」というものもある。披講の歴史や実態は、最近『和歌を歌う——歌会始と和歌披講』（日本文化財団編　笠間書院　二〇〇五年）が出て、かなりの内実がわかるようになった。また、「朗詠」は「十世紀前半以降までに成立した歌謡の一種で、もっぱら『漢詩文』に節をつけて吟誦するもの」で、「和歌の朗詠」の歴史は近年にできた

新しい言い方であるという（青柳隆志「朗詠と披講について」上記『和歌を歌う』所収）。朗詠とも、もちろん披講とも異なる、福島泰樹の絶叫短歌と吉岡しげ美の与謝野晶子の短歌の弾き語りを聴いたことがある。いずれも三十年以上の実績をもち、音楽性とタレント性が高いので、これらのエンターテイメントとは一線を画することにして、「短歌の朗読」の魅力と問題点を探ってみたい。そして、その歴史にみる危うさにも迫ってみたい。

朗読の体験者たちは次のように語る。岡井隆の朗読は、（一）さらりとした口調（二）自作、できれば新作の連作（三）基調の文語を聞くだけで分からせる工夫、を念頭に一九九八年あたりから始めたという（「朗読する歌人たち」前掲特集①所収）。穂村弘は、作者が自作を読むことによって「一人の人間の総体としての魅力や存在感のようなもの」が示され、発見するところは大きい、という（「『人間力』が分かってしまう」①）。ニューヨークでの朗読体験を持つ石井辰彦は、短歌の朗読によって、その「音楽性」が再認識でき、短歌の「解釈」の可能性を広げることもできることを強調する（「義務の楽しみ」①）。そして、吉村実紀恵は「言葉と空間、あるいは言葉と肉体のリンクによって生み出される短歌の新しい可能性」を観客とともに体感できるという（「町を出る歌人は出会いをつくる」①）。さらに、もっと若い世代の黒瀬珂瀾は「朗読者と観客空間との融和がもたらす空間宰領に短歌の朗読の特殊性」を見い出し、「定型音読が本来持つ（同時に嵌りやすい陥穽としての空虚な）、『心地よさ』を越えた、朗読の核を空間から引き出す」のではないか、と指摘する（「朗読、その空間」②）。さらに、彼は「こえにだしてよんでみると、いみはわからなくてもきもちがいい」という谷川俊太郎の発言（『詩ってなんだろう』筑摩書房　二〇〇一年）と辺見庸の「押しつけがましい情緒」と言えるこの「気持ちよさ」こそが「国民士気の昂揚」という国策に沿った「詩歌朗読運動」を促進した、戦前・戦中期を忘れてはならない（『永遠の不服従のために』毎日新聞社　二〇〇二年）、という発言を紹介する。黒瀬は、現代の短歌朗読とかつての「詩歌朗読運動」とは完全に次元をことにすると断言しつつも「情緒」の魅惑、陶酔感から抜け出せないことも否定はしない（「朗読に思うこと」ウェブマガジン『ちゃばしら』二〇〇四年九月）。

この黒瀬の指摘は重要で、私もかねがね現代の「短歌朗読」とかつての「朗読運動」に通底するところがほんとうにないのかが、気になっていた。戦前・戦中期の詩などの朗読運動についての優れた先行研究にならって、「短歌朗読」の歴史をたどりたい。

二　戦時下の「愛国詩朗読」への道

坪井秀人『声の祝祭――日本近代詩と戦争』（名古屋大学出版会　一九九七年）は、明治期から湾岸戦争まで、日本の詩人たちが戦争にどうかかわったのかを検証する労作である。第Ⅰ部序章では、詩の持つ「音声性への志向」の様態を民衆詩派の詩の考え方と明治期の『新体詩抄』のそれと比較検討する。第Ⅲ部第九章「声の祝祭――戦争詩の時代」第十章「朗読詩放送と戦争詩」では、〈大東亜戦争〉下、モダニズムが衰微してゆく過程で、「朗読詩運動などに代表されるように音声性が視覚性を駆逐していく過程」、「日本近代詩の表現が戦争詩にゆきついてしまうことの意味を表現史的問題として考察」する。さらに、戦争詩の朗読が「ラジオ放送というメディアとどのように連携していたかについて」も検証する。巻末の「朗読詩放送の記録（表）」は圧巻であり、その物語るところは深く、重い。

坪井によれば、明治期の「朗読」の嚆矢は、一九〇二年八月、与謝野鉄幹、平木白星、児玉花外、蒲原有明らによる朗読研究会（於新詩社、後に韻文朗読会と改称）であり、一〇月の会には森鷗外、黒岩涙香、佐佐木信綱らも加わり、九〇〇名の来会者があったが、詩吟的「朗詠」が主流であったという。一九二〇年代に入ると、口語自由詩運動を展開した白鳥省吾・福田正夫ら民衆詩派詩人と幅広い詩人たち、小山内薫らの演劇人、山田耕筰らの音楽家との朗読会が開催されるようになり、一九二五年三月に放送を開始したラジオが大きな役割をはたすことになる。

最近、手にした照井瀴三『詩の朗読――その由来・理論・実際』(白水社　一九三六年。著者は読み手としても著名だった声楽家)によれば、「詩の朗読」とは、新体詩の朗読、(漢詩の)詩吟とも異なり「詩藻の美と力と諧調とを表出して、その詩の精神と情趣とを聴者が十分に味解し得るやうに明瞭に読み上げることである」と定義し、「とりわけ、散文詩、口語で書かれた自由詩等に於て、朗読が最も効果的であり、かつ最も適切であると謂はざるを得ない」とする。一九二〇年代、関西では、著者らが中心になって「詩と音楽の会」が続けられ、放送開始後は、単発的に大阪中央放送局(JOBK)の「詩の朗読放送」が始まっている。島崎藤村、西条八十、三木露風、高村光太郎、北原白秋らの詩が、著者照井をはじめ、富田砕花、岡田嘉子、東山千恵子らによって朗読されていることがわかる。本書では、朗読技術としての発声・発音・心理を基盤に抑揚・間合い・句切りなどを作品に即して詳説する。朗読に適した詩のアンソロジーが付され、島崎藤村「椰子の実」、北原白秋「落葉松」、佐藤春夫「秋刀魚の歌」、宮沢賢治「永訣の朝」などが並び、戦時色は薄い。NHK「番組確定表」によれば、「詩の朗読」は時間帯を変えながら、オーケストラによる伴奏や歌唱とともに放送されることが多かった。では、戦争詩の朗読運動の理念となった「国語醇化」「戦意高揚」への道筋をたどり始めたのは何時ごろからだったのだろう。

一九三六年一一月には、上記JOBKは退廃的な歌謡曲を浄化しようと「国民歌謡」番組の放送を開始した(一九四一年二月「われらのうた」、一九四二年二月には「国民合唱」と改称。参照「年表」『日本放送史・別巻』一九六五年。櫻本富雄『歌と戦争』アテネ書房　二〇〇五年　三〇頁)。一九四〇年「紀元二六〇〇年奉祝」、一九四一年一二月八日「宣戦布告」を経て、詩歌朗読運動も大きく転換を迫られることになる。高村光太郎「十二月八日」は次のように始まる。

記憶せよ、十二月八日。
この日　世界の歴史　あらたまる。
アングロ・サクソンの主権、
この日　東亜の陸と海とに　否定さる。

三　戦時下の「短歌朗読」

(1)どんなテキストがあったか

一九四一年一二月八日を受けて一四日より、夜七時のニュースの後に連日「愛国詩」の朗読が放送され、年を越しても月に一〇日前後は放送されるようになった。私も、愛宕山のNHK放送博物館で当時の「番組確定表」を見ることができた。それらを眺めていると、一二月八日を境に、詩人たちとラジオというメディアの間に国家権力が露骨に介入してきた、というより国家権力の傘下に置かれたという方が正確かもしれない状況をまのあたりする。というのも一二月八日未明に日本軍は真珠湾攻撃を始めたが、夜の午後八時二〇分から「ニュース歌謡」と称して「宣戦布告」(野村俊夫作詞・古関裕而作曲・伊藤久男歌)、「太平洋の凱歌」(日本詩曲連盟作詞・伊藤昇作曲・霧島昇歌)が放送されている。大本営から発表される「大戦果」の都度、作詞・作曲家を待機させて対応し、国民の士気を鼓舞していたことになる(前掲『歌と戦争』四二頁。「年表」『日本放送史・別巻』)。その証左として、大政翼賛会から朗読詩(歌)集の類が立て続けに刊行されていることをあげてよいだろう。国立国会図書館の目録では、次のような冊子（いずれも五〇頁前後）が確認された。

a『詩歌翼賛・朗読詩集――日本精神の詩的昂揚のために』第一輯・第二輯　大政翼賛会文化部編　目黒書店　一九四一年七月・一九四二年三月
b『大東亜戦争愛国詩歌集』（『詩歌翼賛・特輯』）大政翼賛会文化部編　目黒書店　一九四二年三月
c『大詔奉戴・愛国詩集』大政翼賛会文化部編　翼賛図書刊行会　一九四二年一〇月
d『内原の朝・青少年詩集』大政翼賛会文化厚生部編　翼賛図書刊行会　一九四三年一一月
e『軍神につづけ・和歌三十三首・俳句五十七句・詩十九篇』大政翼賛会文化部編　大政翼賛会宣伝部刊　一九四三年
f『朗読文学選・現代篇（大正・昭和）』大政翼賛会文化部編　大政翼賛会宣伝部刊　一九四三年五月

私の手元には、（a）の第一輯改版（『朗読詩集・地理の書他八篇』修正再版　一九四二年一〇月、五万部）と（b）（f）がある。いずれも仙花紙の粗末なものだが、実態としてどのように編集され、どのように利用されていたのだろうか。（b）の「跋」には、一二月八日を受けて「文字を通じて詩を味ふばかりでなく、言葉を通じてこれを味到することを予てから提唱してゐた文化部では、早速これらの詩を音声を通して国民に聞かせることを放送当局者に進言し、他方このやうな詩を献納して貰ひたいと詩人団体を通じて詩人各位に愬へた」ところ、一九四一年末までに約三〇〇篇の詩が集まり、すでに、若干のものはラジオで放送され、レコードに吹き込まれ劇場で朗読された、とある。野口米次郎「宣戦布告」、西条八十「戦勝のラジオの前で」、堀口大学「戦ひて死する幸」、高村光太郎「必死の時」などが収録されている。また（b）の巻末には「大東亜戦争短歌抄」として五一首が収録されているが、短歌については、歌人に献納を呼びかけたものではなく、日本文学者愛国大会やラジオで朗読されたものなどを中心に集めたという。そこでは「正直に告白すれば、短歌をいかに朗読すべきかの技術について、まだ十分の確信がわれわれになかったからである」とも書かれ、（f）の「はしがき」にも、詩の朗読運動は反響を呼んでいるので「これを更に拡充し、短歌の朗詠と散文の朗読へと幅をひろげ」ていきたい旨の記述があり、「短歌朗読」の位置づけがわかろう。なお、一九四四年に入って、音譜記号つきの『短歌朗詠教本』（古川浩晟著　四方木書房）が刊行され、「愛国百人一首」などから五〇首ほどの例が示されたりした。

（2）どんな歌人の短歌が朗読されたか

前記（b）、朗読用『大東亜戦争愛国詩歌集』の巻末に置かれた「大東亜戦争短歌抄」における収録歌人二三人の中、歌数が一番多いのは斎藤瀏六首、次いで四首が斎藤茂吉、北原白秋、吉植庄亮、川田順、三首が逗子八郎、斎藤史であった。当時の「歌人勢力図」からいっても、瀏、八郎（井上司郎）、史の登場には突出しているという感を免れないでいる。

・神のゆるしたまはぬ敵を時もおかず打ちて止まむのおおみことのり　（斎藤茂吉）
・一ルーズヴェルト一チャーチルのことにあらず世界の敵性を一挙に屠れ　（土岐善麿）
・忍ぶべき限りしのべり今にして一億の皇民　起たざらめやも　（斎藤史）

こうした朗読用の詩歌集の現実的な役割について、坪井秀人は、その主題から戦意の昂揚、戦捷の祝賀、敵への侮蔑、英霊への讃歌などのため、一つは学習教材として、一つは出征兵士や帰還兵士（英霊）たちの送迎歌のテキストとして使用されたとする（前掲書　一九四～一九五頁、二一五頁）。

一方で、『地理の書他八編』の巻頭「詩の朗読について」において高村光太郎は、日本語は諸外国語とは違って「上品で、こまやかな表現の陰影があり、心のすみずみまで響く弾力性のある言葉」であり、「詩の朗読は、この国語の真の美を愛する心に根ざすのである。（中略）国語の美と力とに信頼しそれをどこまでも純粋に伸ばし、またそのなかから未発見の魅力を発見し、われわれ各自が国語を語ることに無二のよろこびと、気持ちよさを強く自覚するところまで進まねばならない」と記す。巻末「詩歌の朗読運動について」の岸田国士は、一片の詩の朗読が、「名士の愛国的訓話」、「高官の弔辞」よりも荘厳で、感動的な印象を与え得る、と記す。続けて、詩歌朗読運動は詩歌を広める運動であると同時に詩歌を生み出し、「詩歌の正しい肉声化を通じて、日本語を暢びやかにし、豊かにし、純粋にすることに役立ち得る」と述べる。両者は、共通して日本語を「純粋」にすることを強調している点に注目したい。

今回、『ポトナム』会員としても興味深い書物に出会った。当時の朗読ブームの中で刊行されたアンソロジー、小島清編『中等学生のための朗詠歌集』（湯山弘文堂　一九四二年一〇月）である。上世・中世・近世・現代篇の四部構成で、万葉集の舒明天皇の国見の長歌から始まる。現代篇は「諸家作品」「大東亜戦争五拾首」に分かれ、前者は天田愚庵で始まり、茂吉の次の歌で終わる、二三八七〇首であった。

・美しき沙羅の木のはな朝さきてその夕には散りにけるかも　（天田愚庵）

・むかうより瀬のしらなみの激ちくる天竜川におりたちにけり　（斎藤茂吉）

後者は、「戦地篇」三五人三五首と「銃後篇」一五人一五首で構成されている。「戦地篇」には故・渡辺直己、衛生兵・酒井俊治、ノモンハン・松山国義、山西・小泉苳三、中支・酒井充実、「銃後篇」には茂吉、白秋、順、空穂、善麿と並んで頴田島一二郎、福田栄一、森岡貞香、板垣喜久子の名があった。「ポトナム」同人小島清の思い入れが過ぎる面も垣間見えるのだが、私が着目したのは「小序」であった。「日本精神の昂揚といふことは、いつの時代にあつても盛んであつたが」と始まり、その中段で、純日本的なものを見出すための学問の方法とは別に、日本の歴史を振り返れば「外国との交渉がすでに古い歴史をもつてゐる」という事実の中から純日本的なものだけを抜き取るのは容易でなく、抜き取ったとしても、それがその時代の日本精神のすべてではない、と説いている部分である。先の「国語を純粋」にすることとは対照的な言ではないか。

さらに、『中等学生のための朗詠歌集』の編者小島清は、「特別の目的をもつて編纂したものでないから、愛国勤皇の歌ばかりをあつめてもゐない」と明言している点で、類書には例がないのではないか。現に、「現代篇・諸家作品」に登場する歌人の人選、選歌は、戦後の私たち世代一九五〇年代の中学・高校の『現代国語』で学んだ教科書の近代短歌と重なる作品が多いのであった。

（3）『文学報国』にみる「短歌朗読」

これまで、当時の朗読用テキストを読んできた限りでは、詩の朗読運動が他に先んじて実施され、盛んであった。短歌が朗読の対象となることについては、一歩遅れたという認識が伺われる。

一九四二年五月に発足した日本文学報国会の機関紙『文学報国』(一九四三年八月一〇日創刊~一九四五年四月一〇日、四八号で終刊か)の朗読関係の記事を追ってゆくと当時の様子がわかって興味深い。

①真下五一「代用品文学の汚名——朗読文学について」五号(一九四三年一〇月一日)
②「朗読文学の夕」六号(一九四三年一〇月一〇日)
③寺崎浩「朗読文学委員から——真下五一氏に答ふ」八号(一九四三年一一月一日)
④「聴覚に訴へる文学——新企画に放送局協力、〈朗読文学〉懇話会」三〇号(一九四四年七月一〇日)

①は、当時なぜ「朗読文学」が提唱されだしたのか、その唯一の理由が「紙の払底」にあるということを誰もあやしまないばかりか、間に合わせ的、代用品的な押売り理由を作者や朗読者までが公言しているのを嘆いた文章である。文化においては、速急な事情的な理由よりももっと大切なものがあるのではないかとの警告めいた発言であった。これに対して、③は、久保田万太郎委員長のもと「朗読文学研究会」を数回開いているが、はかばかしい成果はない。が、放送局の協力、舞台・高座・町の辻々など場所を選ばない可能性、音楽との統合などさまざまな可能性を研究している、という主旨の小文であった。

④の記事には、七月一一日、情報局放送課・文芸課の斡旋で日本放送協会と文学報国会との懇談会が開かれ、文学報国会事務局長中村武羅夫はつぎのように語ったとある。「朗読文学は単なる旧作の朗読等の安易な便宜主義は排し、あくまでも正しい日本語の純化を図り、世界に無類の美しい音を持つ国語を効果的に、聴覚を通して真に魂へ伝へ得る文学でありたい……」。さらに、前年に設置した「朗読文学研究会」を運動強化を期して「朗読文学委員会」

に改編する予定であると伝える。つぎの三一号（一九四四年七月二〇日）では、「特輯・ラジオと国民生活」が組まれ、川路柳虹が、ラジオにおける朗読について、「文学作品が印刷できない」状況を踏まえて、「間に合せの戦争ものなどより純粋な文芸作品が却つて望ましい。これも精神を高めるのに役立つ」としながら、「詩の朗読」についてはどうも「板にのっていない」とし、朗読する作品自体の詩人による自作朗読より俳優による朗読が望ましい、などの注文をつけている。

一九四四年八月一六日、日本放送協会担当部局及び情報局放送課長らを交え臨時朗読文学委員会が開催され、「海の兎」（阿部知二作、八月五日放送済み）「微笑」（円地文子作、八月一九日放送予定）を女優たちに朗読させ、批判研究したと伝える。

この頃から、「報国」の一環としての短歌朗読（朗詠）の活動が具体化していったようである。八月一七日には、短歌部会朗詠研究準備委員会が開かれ、短歌朗詠法の再興と正統朗詠の基礎の確立を企図していた。日本文学報国会に、一九四四年八月一七日に設置された短歌部会朗詠研究準備委員会では、前田夕暮、顕田島一二郎、木俣修、山口茂吉、鹿児島寿蔵、松田常憲、大橋松平、中村正爾、長谷川銀作、早川幾忠の一〇人の委員が決められた（『文学報国』三四号、一九四四年九月一日）。九月一四日には第一回「短歌朗読研究会」を開催し、前田夕暮短歌部会幹事長によって「愛国百人一首」の朗読の試みが行われたとある。委員は、上記の松田、鹿児島、大橋、中村、早川と原三郎を現幹事とする記事もある（三六号、九月二〇日）。一一月二五日には、朗読文学研究会による第一回「朗読文学の夕」が開催され、前田夕暮の短歌朗詠、水原秋櫻子の俳句朗読、尾崎喜八の詩朗読、塩田良平の平家物語朗読、河竹繁俊の浄瑠璃脚本朗読、長谷川伸、船橋聖一の小説朗読がなされた、との記事もある（四〇号一九四四年一一月一〇日）。記事の見出しには「決戦文学界に於ける新機軸」と題され、一二月開催予定の第二回「朗読文学の夕」も翌年に延期されたとある。また、同号・次号にわたって、冨倉徳次郎「朗読古典への要望――朗読用古典の資料蒐集の報告上・下」が連載されている。「書物入手の困難」や「時間的余裕の無さ」を要因とする古典朗読の現実的な効用を否定しないところに戦時下の過酷さが滲み出ている。具体的には収集のため提出された古典のテキストや注解書などのリストが掲げられ、提出者には五味智英、志田延義、塩田良平、久松潜一らの名がみえる。また、河竹繁俊は、文学者の余技程度の朗読ではなく、朗読技法の研究の重要性を説き、放送の普及により「言葉による適正な芸術的発現が、いかに国民生活を浄化し、芸術化し、ひいては大和一致の精神の助長に資する」か、を強調し、「出版や発表の拘束打開」のためだけであってはならない、とする（「論説・朗読と技法」四一号、一九四四年一一月二〇日）。

一九四四年一二月一二日に開かれた「朗読短歌研究会」と短歌部会幹事会では「銀提供」に資する短歌を会員四三名に依頼したとある（四四号　一九四五年一月一〇日）。『文学報国』も遅刊が続き、一九四五年四月一〇日付け謄写印刷の四八号をもって途切れることになり、「主力を戦争への協力に」とする「二〇年度事業大綱決まる」の文字も復刻版では文字がつぶれて読みにくい。その一項目に「朗読文学運動」とあるのが判読できるのだが、もはや日本全体が力尽きた痛ましさが伝わってくる。

日本文学報国会の会報によって太平洋戦争下の文学朗読運動についてたどってみた。短歌朗読については、端緒についたばかりの感もある。

当時、国家の国民への広報戦略といえば、活字メディアが主力ではあったが、ラジオの普及は目覚しかった。一九三二年、聴取契約者数が、一〇〇万突破という中で、一九三七年九月、内閣情報委員会が廃され、内閣情報部が設置されると、政策放送の定例化が促進された。一九三八年一月からは、毎日一〇分間の「特別講演の時間」という重要政策発表の場を新設した。また、同年一二月には、全国的なラジオ普及運動を展開、陸海軍・内務・逓信四省連名の、ラジオ標語懸賞入選作一等「挙って国防揃ってラヂオ」を配したポスターが作られ、私も放送博物館で現物を見ている。一九四〇年に入ると、契約者数が五〇〇万を越え、一世帯六人平均として三〇〇〇万人、内地人口の約四割以上の聴取が可能になったのである。

（4）ラジオ番組の中の「短歌朗読」

紀元二六〇〇年、一九四〇年初頭より日本放送協会は各種の記念番組を編成、一一月一〇日には「宮城外苑」で紀元二六〇〇記念奉祝式典が開催され、北原白秋はつぎのような詩を作る。

紀元二千六百年頌（北原白秋）

盛りあがる盛りあがる国民の意志と感動とを以て、盛りあがる盛りあがる民族の血と肉を以て、個の十の百の千の万の億の底力を以て、今だ今だ今こそ祝はう。紀元二千六百年ああ遂にこの日が来たのだ。（中略）ラジオは伝へる式殿の森厳を、目もあやなる幢幡銀の鉾、射光の珠を。嚠喨となりわたる君が代の喇叭。金屏の前に立たします。（後略）

一九四〇年一二月、内閣情報部が廃止され、情報局として強化され、放送番組の指導監督は逓信省からこの内閣情報局に移管されることになる。一九四一年二月「特別講演の時間」が「政府の時間」に、「戦況日報」が「戦時報道」になり、同年四月一日からは、「学校放送」を「国民学校放送」に、「子供の時間」を「少国民の時間」とそのネーミングを変えている。振り返れば、一九四一年一二月八日の三日前、同月五日に情報局により「国内放送非常時態勢要綱」が制定されていた。その一項目に「警戒管制中は放送番組は官庁公示事項、ニュース、レコード音楽に重点を置き、講演、演芸、音楽等一般放送は人心の安定と国民士気昂揚を中心とし積極的活用を図る」とある（『日本放送史』上巻、以下同書、五〇一頁）。また、「番組確定表」でわからなかった部分を別の資料で補いつつたどってみると、いくつかの講話、開戦の臨時ニュース、経済市況、音楽（レコード）、君が代、時報の間を各種行進曲の吹奏楽が放送され、そのメインは正午から始まったとされる「詔書奉読」（中村茂代読）「大詔を拝し奉りて」（内閣総理大臣陸軍大将東條英機）であった。午後は大日本陸海軍発表、政府声明朗読、定時・臨時のニュースが続き、夕方からは吹奏楽に加えて、合唱や管弦楽が入る。この日に登場する歌人としては、合唱曲「敵性撃滅」（伊藤昇作曲）の作詞者としての土岐善麿の名であった。短歌だったのか、詩であったのか、その内容が分からない（『現代史資料四四マス・メディア統制』みすず書房　一九七五年　三七一頁）。ただ、『短歌研究』一九四二年一月の「宣戦の詔勅を拝して」特集にて善麿は、「敵性撃滅」と題した五首を発表しているので、参考のため一部記しておこう。

・撃てと宣らす大詔遂に下れり撃ちてしやまむ海に陸にそらに
・悪辣なるかの敵性はわが眼にもまさにしみたり撃たざらめやも
・ルーズヴェルト大統領を新しき世界の面前で撃ちのめすべし

以降、番組の中核は、戦況ニュースを中心とした報道番組となった。放送現場でも番組検閲と国策への積極的な活用が喫緊の課題となった。

この時代の文学作品の朗読は、番組編成上は、教養・芸能・報道のくくり方で、「芸能」の中で扱われている。大江賢次の戦記もの、徳川夢声朗読による吉川英治「宮本武蔵」、富田常雄「姿三四郎」などが人気であったという（五四八頁）。開戦直後から企画された「愛国詩朗読」は、前述のように、大政翼賛会文化部の指導のもと詩人たちが活躍したのだが、その実際を「番組確定表」に登場する詩人やその作品を探ってみたい。

「愛国詩朗読」という番組では、野口米次郎、西條八十、堀口大学、村野四郎、安西冬衛ほか、下記の詩人たちのつぎのような作品が繰り返し放送されている。佐藤惣之助「殉国の歌」「海の神兵」、高村光太郎「彼らを撃つ」「地理の書」「最低にして最高の道」、尾崎喜八「此の糧」、室生犀星「日本の歌」、吉田絃二郎「戦捷の春」、草野心平「帰還部隊」、三好達治「おんたま故山に迎ふ」、室生犀星「日本の朝」、山本和夫「その母」、百田宗治「わが子に」、佐藤春夫「撃ちてし止まむ」、島崎藤村「常磐樹」、長田恒雄「声」など。朗読は、ときには自作朗読もあったが、大方は、和田信賢、館野守男、浅沼博アナウンサーらや丸山定夫、東山千栄子、中村伸郎、山村聡、汐見洋、三津田健、山本安英、石黒達也ら演劇人が動員されている。

詩や短歌の朗読については、「厚生娯楽的な意味も兼ねて」早朝、昼、夜間に、単独ないし総合番組のコーナーでも随時放送され、短歌では「斉藤茂吉、佐佐木信綱、北原白秋、土屋文明、吉植庄亮ら」が活躍したとある（前掲『日本放送史』下巻　五六〇頁）。

「番組確定表」には、詩については題名と作者名が記入されている場合が多いが、短歌は作者名だけでどんな作品が朗読されたかは不明だった。

以上、戦時下の朗読用のテキスト類及び日本文学報国会の機関誌『文学報国』、『日本放送史』の三つの資料から短歌朗読の実態を探ってみた。もう一つの私の気がかりは、こうした短歌朗読を当時の国民は実際どのように受け止めていたのか、であるが、別稿に譲りたい。

（5）現代の「短歌朗読」

『声に出して読みたい日本語』（斎藤孝　草思社　二〇〇一年）ブーム、今世紀に入っては川島隆太提唱の脳トレに有効という「音読ドリル」がにわかに脚光を浴びている。朗読の実用性と生理的カタルシスが、自らの健康法に留まるならば、それもいいだろう。しかし、選択された「美しい日本語」「名句・名文」の内容による教育的要素は大きく、影響力も無視できない。ちなみに、『声に出して読みたい日本語』は昨年までに五冊刊行されている（二〇〇八年一月、発行元の草思社倒産の報に接した）が、万葉集や百人一首に加えて、近現代の歌人では、正岡子規、石川啄木、釈迢空、坪野哲久、山崎方代、河野裕子、俵万智らの短歌作品が登場していることがわかった。

また、現代の歌壇において、冒頭にあげたように、岡井隆、福島泰樹などによるパフォーマンスの流行は、多分にその歌人の演技、タレント性が評価されているのだろうと思う。現に、岡井隆は、対談で朗読会のことを問われて「自分のことだから言いにくいのですが、どうも声の質、しゃべり方、作品のテーマ、ああ、おもしろいなと思わせるような、ちょっと小説的な構成のしかた、そういったものを含めて、自分は朗読向きの歌人の一人だと思う」という自負の裏側には、岡井自ら否定する「ナルシスト」ぶりを垣間見せていた（『短歌』二〇〇八年八月）。

（『ポトナム』二〇〇八年三月〜一〇月）

2　竹山広短歌の核心とマス・メディアとの距離について

最近、「竹山広の作品から三首をあげよ」というアンケートに答えるため『竹山広全歌集』(二〇〇一年)ほか近著をあらためて通読することになった(『短歌往来』二〇〇八年八月、参照)。二〇〇八年一月から連載の『ポトナム』の回転扉「一首鑑賞」においても、執筆者は対象の『射禱』のみならず全歌集を読み通し、渾身の鑑賞をされている。執筆者の多くが指摘するように、どの歌集においても見事に貫かれているのは、客観性と情緒の排除であった。その客観性に徹した姿勢をさらに色濃く反映している作品群があった。私は、メディア自体をうたった作品、メディアと作者自身との距離をうたった作品に着目した。

一　戦時下の初期作品

その萌芽は、太平洋戦争下、作者が二〇歳を迎えた頃によんだ作品にも表れている。

①戦争の記事に満ちたる新聞を朝な朝な読む病忘れて　(病む日々　一九四一年九月)

②枕べに近くラジオを持ちきたり軍の動きを昼も夜も聞く　(病む日々　一九四一年九月)

③映画館に昂ぶりしことも儚くてかぎろひの立つ街をきにけり　（復職　一九四二年四月）

いずれも、佐藤通雅の尽力で発表された「全歌集」未収録の初期作品からである（「竹山広初期作品」『路上』九二号二〇〇二年五月）。初出当時、政治権力が検閲統制のもと戦意高揚のために活用したマス・メディアの先端ともいえる新聞・ラジオ・映画との接触、受容がうたわれている。そこには、当時の国民にありがちな「戦勝に胸おどる」「なみだし流る」といったあらわな表現もなく、淡々とうたっているのが特色といえる。

④敵艦に身をうち当てて沈めきと立ち歩くまも身慄ひやまず　（南方戦線）

「撃沈」の報道に接したときの想像力からきたす生理的な「身慄ひ」に近い、正直な反応が抑制された表現でなされた一首ではなかったか。私には、竹山作品は、パフォーマンスにも思える覚悟や述志に及ばないところが、特色である。

二　三五年後の第一歌集

竹山の長崎での被爆体験は、後世、他人が踏み込める余地のないほどの壮絶さであったろう。一〇年の沈黙を破って一九五五年以降発表された。『とこしへの川』（一九八一年）という、遅れて編まれた第一歌集をはじめ、以後の歌集にも繰り返しうたわれている。被爆以降、沈黙の一〇年間は何を意味していたのだろうか。

⑤なにものの重みつくばひし背にさへ塞がれし息必死に吸ひぬ
⑥血だるまとなりて縋りつく看護婦を引きずり走る暗き廊下を
⑦傷軽きを頼られてこころ慄ふのみ松山燃ゆ山里燃ゆ浦上天主堂燃ゆ
⑧水を乞ひてにじり寄りざまそのいのち尽きむとぞする闇の中の声
⑨夢にさへわれは声あぐ水呼ばふかばねの群に追ひつめられて
（以上「悶絶の街」）

『とこしへの川』巻頭「悶絶の街」五六首の冒頭には「昭和二十年八月九日、長崎市、浦上第一病院に入院中、一四〇〇メートルを隔てた松山町上空にて原子爆弾炸裂す」とある。後続の作品は、一挙に一九五五年時の「入院」「療養日日」となり、当時の養鶏による苦しい生計、竹山の病状悪化、ストレプトマイシンによる奇跡的な回復、などの経過が作品としてもあらわれる。

⑩原子爆弾に生きて十四年よひよひの夢に声あぐることもなくなりぬ
（「相向ふ死者」）
⑪敗戦ののち十六年立ち直り得たる者らを見むと来給ふ
（「奉迎の位置」）
⑫乞ふ水を与へ得ざりしくやしさもああ遠し二十五年過ぎたり
（「原爆忌」）

三　一四年間の沈黙の後――マス・メディアとの距離

昭和三〇年代の古い『短歌研究』を読んでいて、竹山の「ルルドの水」（一九五九年六月）に出会ったときは感慨深かった。病の死の底からの生還を静かに詠んだ二〇首だった。そしてさらに、同誌八月号には、『ポトナム』の小崎碇之介の「焱と死者の街」が、「原爆の生き残りの作者が十四年間、筐底に秘めた広島挽歌」として発表された年でもあった。

⑬高き空襞をつらねて暮るるとき息をつながむ喉ひらきをり　（「ルルドの水」『とこしへの川』一九八一年）
⑭奇跡呼ぶ信仰になほ遠くして胸にルルドの水はつめたし　（同右）
⑮投げ上げしごとくに合歓の花うかぶ生きて一夜の朝明けしかば　（同右）

この『短歌研究』への登場後、作歌は断続的となり、再び歌壇に名を見せるようになるのは、一九八一年、六一歳にして出版された第一歌集『とこしへの川』以降である。この間、仕事に追われながらも、年譜の一九八四年には「この年から、市民による核実験反対の座り込みに参加」とあり、市民運動へのかかわり方の相違も如実にあらわれ、マス・メディアへの姿勢も明確になっていく。現場にいたものしか理解できない取材カメラへの違和感、距離というものが、浮き彫りにされる。

⑯涙すすりて黙禱に入る遺族らを待ち構へゐしものらは撮りぬ　（「一年のうちのいち日」『とこしへの川』一九八一年八月）
⑰黙禱の我らを撮りしカメラマンらすぐに去りゆきて躰くつろぐ　（「ばらばらの列」『残響』一九九〇年一一月）

活字メディアに心寄せた、かつての自分を振り返るのが、次の作品だろうか。

⑱綜合誌の巻頭にもかかる歌ありと諳んじたりし歌も忘れき
（「白鳥の脚」『残響』）

さらに、今世紀に入ると、湾岸戦争以降の戦争報道に象徴されるような、報道の、あるいはメディアの裏側、仕組みのようなものをしだいに、肌で感じるようになるのだろうか。

⑲テレビジョンにこよひ公憤のごときもの湧きて用なき机を灯す
（「眇歌」『射禱』二〇〇一年）

⑳映すゆゑ見る戦争の映さざる部分を思ひみることもせず
（「茶の間の戦争」『遐年』二〇〇四年七月）

㉑原爆をわれに落しし兵の死が載りをれば読む小さき十六行
（「詞書・二〇〇二年七月二十日二首」『空の空』二〇〇七年八月）

また、歌人として、「ナガサキ」の証言者として、マス・メディアの取材に応ずる機会も増えていったのだろう。

㉒深仕舞ひせるかなしみを取り出だすごとくに語るカメラに向きて
（「詞書・テレビ収録のため原爆公園に入る」『空の空』二〇〇七年八月）

原爆報道を通して、いわば、マス・メディアの裏も表も知り得た現在、そのことを踏まえて、なお、その取材に応じている誠実さがにじみ出ている作品でもある。

北京オリンピック二〇〇八年八月八日の開幕前後にもいくつかの敗戦記念記事や番組を見た。その一つ、NHKスペシャルの「解かれた封印～米軍カメラマンの見たNAGASAKI」（八月七日放送）が印象深い。一九四五年九月、当時一九歳の米軍カメラマン、ジョン・オダネルは、被爆状況を記録するため長崎に入った。軍の命令に反して残した、被爆した子供たちの写真三〇枚は四三年間自宅のトランクに封印されていた。その公開と講演により原爆の恐ろしさを説き、自国の反省を迫る、昨年亡くなるまでの軌跡を辿るものだった。

（『ポトナム』二〇〇八年一一～一二月）

＊竹山広氏は、二〇一〇年三月三〇日、他界された。

3　教科書の中の「万葉集」「短歌」

一　一九四五年前後の「中等國文」一、二、三

物置の資料の整理をしていたら、一九三三年生まれの亡兄の中学校の国語教科書が出てきた。つぎの三冊は、一九四五年四月入学の疎開先の千葉県佐原中学校、敗戦後一九四六年夏、編入後の東京の私立中学校で使用したものだろう。ポトナム会員の中にはこの教科書を使用された方も多いのではないか。

①中等國文一　文部省著刊　昭和一八年一二月一四日発行（一九年一二月五日修正発行）　九〇頁（36銭）35円
②中等國文二　文部省著刊　昭和一九年八月二二日発行　八三頁（34銭）35円
③中等國文三　文部省著刊　昭和一八年一二月三一日発行（一九年一二月一五日修正発行）　一〇八頁（40銭）

①には、巻頭に「一　富士の高嶺　萬葉集」として山部赤人「田子の浦ゆうち出でて見れば真白にぞ富士の高嶺に雪は降りける」と長歌を収録。「十一　朝のこゝろ　橘曙覧」には「神國の神のをしへを千よろづの國にほどこせ神の國人」ほか合計一一首を収録、橘曙覧（一八一二〜一八六八）の特徴でもある「たのしみは……のとき」という「独楽吟」

からの収録はない。「六　戦國の武士　常山紀談」「九　武士気質　藩翰譜」の大部分が切り取られている。一九四五年九月、文部省の「国体の護持・平和国家建設・科学的思考」の養成を柱とする「新日本建設の教育方針」による削除と思われる。

②の巻頭も「一　わたつみ　萬葉集」でつぎの二首ほか柿本人麻呂、高市黒人、大伴家持、防人の歌を含め九首が並ぶ。

・わたつみの豊旗雲に入日さしこよひの月夜あきらけくこそ　（中大兄皇子）

・熟田津に船乗りせむと月待てば潮もかなひぬ今はこぎ出でな　（額田王）

「四　す、きの穂」には良寛、大隈言道、平賀元義の一一首を収録。「平家物語」「太平記」「駿台雑話」「蘭学事始」などと散文、徳富健次郎「一門の花」、久保田俊彦「湖畔の冬」、中谷宇吉郎「馴鹿橇」、富田高慶「尊徳先生の幼時」、河合又平「眞賢木」という詩も、削除の対象にはならなかったようだ。

③では「一　宇智の大野　萬葉集」の中皇命「たまきはる宇智の大野に馬並めて朝踏ますらむその深草野」と長歌が収録され、「六　磯もとどろに（源実朝）」では「五月雨に水まさるらし菖蒲草うれ葉かくれて刈る人ぞなき」「木の葉散り秋も暮にしかた岡のさびしき森に冬は来にけり」など一〇首が並ぶ。

さらに、「十二　明治天皇御製」として一五首まで読めるが、その後が削除されていた。

・國といふくにのかがみとなるばかりみがけますらを大和だましひ　（鏡）

・暑しともいはれざり戦の場にあけくれ立つ人おもへば
（をりにふれて　明治三八年）

・ひろくなり狭くなりつゝ、神代よりたえせぬものは敷島の道
（道）

目録（目次）によれば、上記の削除ほか「十　心の小径」一部、「十一　学者の苦心」全部が切り取られていた。このような教科書で、現場の教師はどのように指導していたのだろうか。指導者・生徒双方の混乱ぶりはいかなるものだったのか。私も亡兄からは聞き損なっているのだ。

上記のように「中等國文」の各巻、いずれも巻頭に「萬葉集」が配されていることは、やや特異に思えた。しかし、「万葉集」は敗戦直後の教科書においても削除されることなく生き続けたともいえる。教科書に限らず、戦時下、いや遡れば明治以降、「万葉集」が偏重されてきたのはなぜなのだろうか。「万葉集」は『新萬葉集』『台湾萬葉集』『出版人の萬葉集』『平和万葉集』などのようにアンソロジーの普通名詞にもなった。その辺りの謎を明快に解いたのが品川悦一『万葉集の発明』、近刊『斎藤茂吉』であった。

二　一九四五年前後の「中等國文」一、二、三

「中等國文」の各巻、いずれも最初の単元として「一　富士の高嶺」「一　わたつみ」「一　宇智の大野」と題して「万葉集」の作品が配されていた。戦後教育を受けた私の感覚からいえば、国語教科書としてはかなり特異に思えた。しかし、その中身の収録の作品は、いわゆる「名歌」とされる作品でもあり、なじみのある作者でもあり、あまり突出したようには感じられなかった。というのも、私は中学校、高校で、以下の教科書で「万葉集」を学習した。

④中学校教科書『中等国語（改訂版）三上』（三省堂編修所編　三省堂　一九五三年）「Ⅲ古典入門」内の「三　若の浦（万葉集の鑑賞）」（編修者執筆　一一〇～七頁）

⑤『高等総合国語六』（教育文化研究会著　教育図書　一九五七年）「七　上古の文学」内の「二　万葉集（一）最古の歌集（五味智英著、二九～四四頁）、（二）万葉集抄（四四～六六頁）

「八　漢詩・漢文」内の「一　万葉集の中に見られるもの（青木正児　六九～七四頁）」は、「万葉集」が中国文学の影響をいかに受けたかが論じられていた。

前述の『万葉集の発明』（品川悦一著　新曜社　二〇〇一年）は、近代日本において「人々に『国民』という意識を喚起する必要」から、数ある古典群の中から、「当初から至宝の地位を与えられ、やがて広範な愛着を集めることになった」として、万葉集がいかに重用・利用されてきたかを解明する。「万葉集」が「国民歌集」として、現代に至るまで永らえているのはなぜかについては、つぎのように分析する。一つは「古代の国民の声があらゆる階層にわたって汲みあげられている」というもので、「昭和の戦時翼賛体制下では、この（天皇から庶民までという）側面に内在する政治性が極端に強調され、忠君愛国の象徴としての万葉像が国を挙げて喧伝された」（『万葉集の発明』三二頁）と例証する。さらに「貴族の歌々と民衆の歌々が同一の民族的文化基盤に根ざしている」という側面が「戦後も長く国民歌集としての地位を保ちづづける」ことに貢献したと分析する。明治時代の国文学者や歌人たち、大正・昭和時代の出版文化が支え、同時に教育政策や教育現場が支えたことになる。

ちなみに、上記の私の教科書にも万葉集の作者が「天皇・皇族、中央・地方の官吏、農、漁民、僧俗・男女などその範囲がすこぶる広く」(④一一一頁、同旨⑤三六頁)とあり、「私たちが万葉に接して第一に感ずるのは、作者の感動の真実さであり、それを表わす態度の率直さである」(⑤三九頁)とあった。さらに『万葉集の発明』の著者は、戦後の国語教育においても「もっぱら文化的に表象される万葉像を取り込み、ナショナル・アイデンティティの再建に利用し」て、万葉集の「二つの側面を使い分けながら時流に対応し、本質的には無傷のまま現在まで生き残ってきたのだった」(三一二頁)と結論付ける。

なお、私は、植民地、とくに台湾における「国語(日本語)教育」のなかでの万葉集の位置づけは、後の『台湾萬葉集』などとも関連し、深い関心を寄せている(拙著「植民地における短歌とは――『台湾万葉集』を手掛かりに」『現代短歌と天皇制』風媒社　二〇〇一年)ので、今後の課題としたい。

また、同じ品川悦一の新刊『斎藤茂吉』(ミネルヴァ書房　二〇一〇年)でも、茂吉を語る上で、近現代における「万葉集」受容の変容が大きなテーマになっていた。なかでも茂吉の『万葉秀歌』が戦時下のベストセラーとなってゆく秘密を探っていたのが興味深く思われた。学徒出陣世代の恩師から『万葉秀歌』を戦地にまで携えて行った、と聞いたことを思い起こすのだった。

三　切り取られた明治天皇の短歌

「中等國文三」には、「明治天皇御製」の章がある。明治天皇は生涯で一〇万首に近い短歌を作ったとされる。これまで歌集や鑑賞の書は幾度か公刊されてきた。歌集としては、教科書編纂時までには、天皇没後一一年、『明治天皇御集』(入江為守他編　文部省　一九二二年)が刊行され、編纂過程で、総歌数九万三〇三二首とされ、その内、一六八七首が収録された。つぎに、『明治天皇御製集　昭憲皇太后御歌集』(『現代短歌全集』別巻)(佐佐木信綱編　改造社　一九二九年)がある。一九四五年以降では、つぎの二歌集がある。『新輯明治天皇御集』(甘露寺受長・入江相政・木俣修他編　明治神宮　一九六四年、八九三六首収録)、『新抄　明治天皇御集　昭憲皇太后御集』(甘露寺受長他編、角川書店　一九六七年、明治天皇一四〇四首収録)が刊行されている(木俣修「明治天皇――作歌十万首の歌人」『評論明治大正の歌人たち』　明治書院　一九七一年、田所泉『歌くらべ明治天皇と昭和天皇』　創樹社　一九九九年、参照)。ちなみに、いま筆者の手元にあるのは、古書として入手した、非売品とある『明治天皇御集・昭憲皇太后御集』(明治神宮　一九五二年)で、一九四〇年発行の原本を一五の事項別に編集し直し、初句索引を付したものである。生涯に詠んだ歌の数からしても類歌が多い。私が読んだものに限っても、「いくさ」や「外国」というより「海外領土」について歌ったものが多く、木俣や田所が引く歌の中でも日露戦争における戦況、軍人や兵を歌うことも多くなる。上記中等教科書「三」における日露戦争時の歌やつぎのような韓国併合や清国末期の歌と日本政府の外交・軍事政策の歌との違和感は拭いようもない。

・へだてなくしたしむ世こそうれしけれとなりのくにもことあらずして　(隣　一九〇七年)
・おもふことなるにつけてもしのぶかなもとゐさだめしひとのいさををを　(をりにふれたる　一九一〇年)
・おのづからおのがこころもやすからず隣の國のさわがしき世は　(をりにふれたる　一九一一年)

上記二首目は、安重根に撃たれた伊藤博文を偲んだものとされる。

切り取られた部分に収録された明治天皇の「御製」はどんな歌が何首あったのかは、いずれ、図書館などで削除されていない教科書を閲覧しなければと思う。いまでこそ、歴史を一通り学び、明治天皇の短歌を客観的に読めば、「よく言うよ」のような感想が述べられるけれども、当時の教師は、これを教材に何を教えていたのかを思うと、思想や教育の自由がない恐ろしさが迫って来る。そして、敗戦後は一転してGHQの指令により、墨塗りをさせたり、破り捨てさせたりした教師の戸惑いと心情はいかなるものであったろうか。現代にあっても、検定教科書、指導要領、一片の通達による管理体制などの実態を知ると、決して過去の問題ではないはずであることもわかってくる。

（『ポトナム』二〇一〇年一一月〜一二月）

コラム4

中学校教科書「公民」「歴史」に登場する昭和天皇の短歌

今どきの教科書は、どうなっているのか。それにかつて「あたらしい歴史教科書をつくる会」による扶桑社版の教科書問題が、いまは、内輪もめを経て新たな火種になっている。六月二八日、佐倉市中央公民館での検定済教科書展示会に出かけた。今回は時間もないので、自分の関心事である、中学校の国語教科書に「近・現代短歌」がどう扱われているか、歴史・公民教科書に「昭和天皇」がどんなふうに登場するのか、だけでも知りたかった。

節電で暗い展示コーナーは、そっけなく、「今使われている教科書」「これから使われる教科書」の仕切りがあるだけの机上に無造作に立てられ、並んでいた。コピーでもとれると、まだよかったのだが、尋ねたところ、「県や市に問い合わせてから」とラチがあかない。何のことはない、写真を撮っているのは、いろんなブログでも見ていたのだから、撮ればよかったのだが、気が付くのが遅かった。国語教科書は別稿に譲るとして、「公民」「歴史」に登場する天皇の「短歌」について、記録にとどめておこう。

①『新しい歴史教科書』（自由社）「昭和天皇――国民と共に歩まれた生涯～立憲君主的な立場を貫きつつ、国民の安寧を祈り続けた　無私と献身の生涯とは」
②『新しい公民教科書』（自由社）「もっと知りたい・天皇のお仕事」という二頁のコラム
③『新しい日本の歴史』（育鵬社）「国民とともに歩んだ昭和天皇」
④『新しい日本の公民』（育鵬社）「第2章私たちの生活と政治～日本国憲法の基本原則」、表題頁には「天皇による内閣総理大臣の任命」の写真

①には、最晩年の「思はざる病となりぬ沖縄をたづねて果たさむつとめありしを」（一九八七年）の昭和天皇の「御製」を引用し、「沖縄への思い」を強調している。
③には、「身はいかになるともいくさとどめけりただたふれゆく民をおもひて」（一九四五年、本書九頁参照）の敗戦時における昭和天皇の短歌を引用し、「終戦を決断された時の御製ですが、ここにも天皇の覚悟が見てとれます」と説かれている。マッカーサーとの会見や東京裁判の過程で見せる天皇の動揺は、その後の歴史研究や側近の日記などからも明らかになっている現在、かなりの無理が「見てとれる」ではないか。
また、一九四一年九月の御前会議で昭和天皇が読み上げたという明治天皇の御製「四方の海みな同朋（はらから）と思ふ世になど波風の立ちさわぐらん」（一九〇四年、日露開戦時）も登場、「戦争より日米交渉を重臣たちに示唆」した証のように綴られている。
この二社の教科書の天皇に対する記述には「国民のことを思う平和主義者」としての天皇、昭和天皇を強調するばかりで、天皇の政治的発言や行動が政府や軍にとってどんな意味と役割があったかに着目していない。心情を吐露したとする「短歌」によって責任を回避しているに過ぎない、としか私には思えなかった。

（「内野光子のブログ」二〇一一年七月四日の記事より）

4　主題の発見――国家・政治・メディア

われらには知らされ難き真実か知り難きかと嘆きて語る　土岐善麿『六月』(一九四〇年)

世の動向(うごき)とらへかねてはあへぐ日の誰ぞわれに来て真(しん)ををしへよ　館山一子『彩』(一九四一年)

われ子らに少し語りつジャーナリズムが迎合して行きし過去　柴生田稔『入野』(一九六五年)

テレビジョンにこよひ公憤のごときもの湧きて用なき机を灯す　竹山広『射禱』(二〇〇一年)

映すゆゑ見る戦争の映さざる部分を思ひみることもせず　竹山広『遐年』(二〇〇四年)

女川が「チェルノブイリとなる」予感飲みつつ言へり記者たちはみな　大口玲子『ひたかみ』(二〇〇五年)

被災地の一人となりて見えてくる点の情報孤立の恐怖　山口恵子『短歌』(二〇一一年五月)

たびたびの事故隠したる原発を想定外と吾は認めぬ　遠藤幸子(朝日歌壇佐佐木幸綱選二〇一一年五月一六日)

ほんとのことを知らむと見つむtwitterの断片の流れその電子文字　阿木津英『短歌』(二〇一一年六月)

いつよりか啜り泣きさへ「号泣」と載せて恥づなき広告の文字　澤田尚夫『短歌現代』(二〇一一年六月)

菅首相は、記者たちの前で、「未曾有の国難とも言うべき今回の地震」(二〇一一年三月一二日)」といい、「必ずや国民の皆さんが力を合わせることで、この危機を乗り越えていくことができると確信」(三月一三日)すると発言した。

その後は、マス・メディアともども「国をあげての総力戦」「日本は強い、日本は一つ」などと世論形成に躍起となった。しかし、行方不明者の捜索もままならず、被災者の過酷な避難生活が続く。「ただちに影響がない」と言い続けていた原発事故は収束するどころか、拡大する一方、政府は対策本部・会議などの立ち上げに奔走するばかりだ。

ＡＣジャパンのＣＭではないが「政治や国家は誰にも見えないけれど、政治家や政局は見える」というのが率直な感想である。取材・調査をし、報道するのがメディアの役目なのに、政府や企業の「発表」の後追いに終始し、むしろ見えなくしている。さらに、メディアは、一握りの点景にすぎない奇跡の救出、家族の絆や再会、子どもたちの卒業や旅たち、仕事の再開・再建などの明るいドラマを盛んに流し、タレントやアスリートたちの炊き出しを追っかけ、皇族たちの被災地訪問をことごとしく報じている。スポーツ紙や週刊誌などにしても、原発推進・反原発・脱原発などを政局がらみや学者の確執のような視点からの記事が圧倒的に多い。

多くの国民の知恵と決断とともに、救援・支援・復旧への有効な具体策を探り、再生への道筋を示さねばならない国や政治が見えてこない。

そんな状況の中、大震災を主題とした短歌は、新聞歌壇や短歌雑誌に溢れ出た。その多くは、テレビからの情報が作歌の動機であったが、やがて、そこに被災者自身の体験をモチーフとする作品も加わってきた。

ある歌人は「原子力は魔女ではないが彼女とはつかれる（運命とたたかふみたいに）」（『短歌研究』二〇一一年五月）、「どうしても敵が欲しいと思ふらしいたとへば原発つて内なる敵が」（『短歌』同年六月）と歌い、次のような文を寄せている（岡井隆「大震災後に一歌人の思ったこと」『日本経済新聞』二〇一一年四月一一日）。

「原発は、人為的な事故をおこしたわけではなく、天災によって破壊されのたうちまわっているのである。原発

《事故》などといって、まるでだれかの故みたいに魔女扱いするのは止めるべきではないか。これは、あくまで少数意見であろうから『小声』でいうのである。」

少数意見という「ことわり」を付して、「日経」というメディアで風向きを確かめながら、後進の歌人たちをけん制してみたかったのだろう。一方、被災地仙台市に住む歌人、佐藤通雅は、個人誌『路上』において、地震直後の吹雪の中、「ただ事でないと直感した私は、揺れのおさまったところで町内会長さんと共に独り暮らしの家と幼児のいる家を巡回しはじめました」と記す。メディアからの「大方の論評には激しい違和感を覚えました。（中略）高所から、つまり安全地帯から見下ろす論評。この事態を前にすべての言説の根拠が崩壊したというのに、なんと能天気な――と思うばかりです」と続ける。そして、最後に、終刊まであと一号を残すのみとなった『路上』、「このまま表現を終えるわけにはいかない」と結んでいる（「一一・三・一一手稿」『路上』一一九号　二〇一一年四月一〇日）。生活者としての感性と理性は、日常の創作姿勢とも連動しているに違いない。「安全地帯」から、韜晦的にものをいう「有識者」の発想にはない行動に思われた。

二人の歌人のエッセイは、国とメディアとの関係をいみじくも対照的にとらえている結果で、今回のような大震災に遭遇して、一層明確になったといえよう。だから、短歌の主題として国家・政治をと思うなら、まずメディアを直視することが先決だと思う。

かつてマス・メディアは、権力への監視機能を持する自負をこめて、「第四の権力」「無冠の帝王」などと称されることもあった。しかし、私たちは、明治時代における「新聞操縦」、昭和の「大本営発表」報道、被占領下におけるＧＨＱの検閲をはじめ、さらには、テレビやインターネットという新しいメディアを手にしながらも、情報操作や自主規制のもとに情報統制が連綿と続いていることも知った。

「国」や「政治」を見えにくくするメディア、そのメディアをしっかり見据えることによって見えてくるものがある。決して新しい主題ではないが、見逃してはならない主題といえよう。

（『短歌現代』二〇一一年七月）

5　中学校国語教科書の中の近・現代歌人——しきりに回る「観覧車」

二〇一一年六月、来年度から使用される検定済みの中学校教科書の展示会に出かけた。その後、あらためて、五社による「国語」教科書に目を通し、近代・現代短歌歌人と作品がどのように登場し、扱われているかについて、平成一八年度から二三年度（二〇〇六～一一年度）まで使用されている教科書と平成二四年度（二〇一二年度）から使用される教科書を比較してみることにした。今回は、国立国会図書館分館の国際子ども図書館（二〇〇二年以降の教科書）と教科書研究センター付属図書館（明治以降の教科書を網羅的に所蔵）で閲覧・複写した。

指導要領改訂は一〇年ごと、教科書検定は四年ごと、ということで、タイムラグが生じる。たとえば、平成一四年度（二〇〇二年）の指導要領改訂によって平成一二年度検定がなされ、原則的に四年ごとに検定がなされる。しかし、この間、検定申請がなされなかったので、中学校国語の場合は、今年度まで、六年間同じ教科書を使用していたことになる。指導要領改訂を踏まえた検定済み教科書について、各県は、採択のための参考資料として各社教科書の分析報告を作成することになっている。東京都の場合、その報告は東京都教育委員会のサイトで見ることができ、整理や確認に利用できる。以下、今回作成した〈表Ⅲ－1〉「中学校国語教科書〈短歌関係〉平成一八年度・二四年度比較表」をもとに概観したい。

①学校図書

作品一五首の中に、土岐善麿と平井弘、荻原裕幸が並び、中学校教科書に岡井隆が登場するのは珍しい。与謝野晶子が登場しないのも、この教科書だけである。旧版に登場する草地宇山（母逝くと吾子のつたなき返しぶみ読みて握りて耐へてまた読む）という名の作者は、私は今回初めて知ったのだが、辺見じゅん『収容所（ラーゲリ）から来た遺書』（一九八九年）で紹介された作品であった。新版で入れ替わった植田多喜子（一八九六～一九八八）（顔よせてめぐしき額撫でにけりこの世の名前今つきし児を）は、植松寿樹に師事し、『沃野』同人、ベストセラーとなった私小説『うづみ火』の作者でもある。教材が著名歌人の作品に限る必要はないが、いずれもマイナーな作者ではないかと思う。掲載の意図はどの辺にあるのだろうか。また、三年用に登場する俵万智（「あいみてののちの心の夕まぐれ君だけがいる風景である」）が、古典和歌、藤原敦忠「逢ひ見ての後の心にくらぶれば昔はものを思はざりけり」との出会いから、「歌の源流へ（万葉集・古今和歌集・新古今和歌集）」といざなう解説導入文になっている。現代の中学生と古典和歌との懸け橋としての俵万智の登場は編者の苦心のしどころだったかもしれない。

②東京書籍

晶子、茂吉、啄木、修司、万智の五首は新・旧変更がないが、道浦母都子の書下ろしエッセイでは鑑賞作品を変えた。旧版は、俵万智は別として、大口玲子、永井陽子という、やや玄人向けな選出から与謝野晶子、寺山修司、栗木京子というポピュラーな人選となった。

③三省堂

タイトルも「現代の国語」から「中学生の国語」に変更され、短歌の単元の編成も変え、作者・作品の入れ替えも行った。旧版の島木赤彦、近藤芳美が消え、新版に釈迢空、佐佐木幸綱、穂村弘が加わった。新版には、編集部による鑑賞文のなかに、晶子、修司、牧水、子規、茂吉が取り入れられた。新・旧版ともに収載の李正子「〈生まれたらそこがふるさと〉うつくしき語彙にくるしみ閉じ行く絵本」と、穂村弘「シャボンまみれの猫が逃げ出す午下がり永遠なんてどこにも無いさ」の二首が他社にない特色と言えるだろうか。前者は在日コリアン二世としての苦渋と穂村のアンニュイというか刹那主義を中学生にどう理解させるのかが、教師の指導力にかかってくるのだろう。

④教育出版

短歌に関して、やや編成を変えた。近代短歌五首の作者・作品に変わりはない。穂村弘のエッセイが三年から二年に移動した。三年に佐佐木幸綱の書下ろしによる、古典・現代の歌の鑑賞の手引きが収録された。「恋の歌」として、万葉集から天武天皇(「我が里に大雪降れり大原の古りにし里に降らまくは後」)と藤原夫人(「我が岡のお上に言ひて降らしめし雪のくだけしそこに散りけむ」)との相聞から現代の恋歌として、栗木京子(「観覧車回れよ回れ想ひ出は君には一日我には一生」)と俵万智(「『寒いね』と話しかければ『寒いね』と答える人のいるあたたかさ」)が登場する。さらに「季節の歌」として、古今和歌集の凡河内躬恒(夏と秋と)、藤原敏行(秋来ぬと)を引用する趣向は、学校図書版の三年「言葉との出会い」同様の試みだろう。現代の中学生には、ストレートに古典和歌に入るのは難しいのかもしれない。

⑤光村図書

今回の検定で、最も変更が大きかった教科書である。二年の鑑賞のためのエッセイの執筆者が玉城徹から馬場あき子に変わり、子規、晶子、茂吉、白秋の近代歌人に加えて、寺山修司、俵万智の現代歌人が採録された。「短歌十二首」では、作者・作品が入れ替わる。伊藤左千夫、島木赤彦、長塚節、前田夕暮、佐藤佐太郎、塚本邦雄が消え、窪田空穂、木下利玄、岡本かの子、前川佐美雄、斎藤史、佐佐木幸綱、高野公彦、河野裕子の八人が加わる。左千夫、赤彦、節、夕暮、佐太郎、空穂、利玄、かの子、佐美雄などは、私自身も中学校や高校で出遭ったような歌人の登場を懐かしく思うのだった。近代・現代短歌にかなりのこだわりを持つ人選に思われた。

以上のように、新・旧版で劇的な変更がなされた教科書はなかったといえるが、全体的に見れば、登場歌人の「世代交代」が徐々に進んでいるのは確かだろう。

五社の新版における収載の歌人・作品の上位は次のようになった。五社すべてに収載された歌人は、石川啄木、斎藤茂吉、栗木京子、俵万智の四人で、その収載作品は以下の通りだ。括弧内の数字は収載出版社（教科書）の数であり、未記載のものは一社である。栗木京子の一首、旧版では三社であったが、新版では五社すべてが収載した。俵万智は四社から五社へ、啄木と茂吉の作品数は変わらないが、作品に入れ替わりがあった。茂吉の「死に近き」は、四社から三社となった。茂吉や啄木などの作品一首一首の解釈や鑑賞は、ある程度定着してきている。しかし、たとえば、栗木京子の「観覧車」について、比較表④「伝え合う言葉三」新版において、佐佐木幸綱は「（前略）一緒に並んで乗っていながら、二人の心の中は同じではない。対立仕立てになっている下の句が、対照的な二人の心を描き出しています。失恋の歌です。せつないですね」と断定的に説く。作者自身は、学生時代にゼミ仲間で遊園地に遊んだ折に「すんなりできてしまった一首」であって、深刻でもない、哀切な歌でもないと明かしている（『短歌を楽しむ』岩波書店　一九九九年　一〇七頁）のは興味深い。他に、俵万智や松村由利子の「読み」も微妙に異なっていたのを読んだことがある。

小学校では、短歌は六年で学習するが、与謝野晶子「金色の」の収載が圧倒的に多い。俵万智の場合は、各社各様の選出である。啄木、茂吉、牧水など中学校と重なる作品も見受けられるが、どのように発展させていくのだろうか。高校では、テキストの数も多いし、スペースも多いので、実に多種多様な作者・作品が収録されている。今ここでは触れない。

〈資料――掲載作品と収録教科書の数〉

栗木京子
観覧車回れよ回れ想ひ出は君には一日我には一生（五）

斎藤茂吉
死に近き母に添寝のしんしんと遠田のかはづ天に聞こゆ（三）
みちのくの母のいのちを一目みん一目みんとぞただにいそげる（二）
のど赤き玄鳥ふたつ屋梁にゐて足乳根の母は死にたまふなり
蚊帳のなかに放ちし蛍夕さればおのれ光りて飛びそめにけり

石川啄木
不来方のお城の草に寝ころび空に吸はれし十五の心（三）
やはらかに柳あをめる北上の岸辺目に見ゆ泣けとごとくに
ふるさとの訛なつかし停車場の人ごみの中にそを聴きにゆく

誰が見てもわれをなつかしくなるごとき長き手紙を書きたき夕べ

俵　万智

「寒いね」と話しかければ「寒いね」と答える人のいるあたたかさ（二）

「この味がいいね」と君が言ったから七月六日はサラダ記念日

白菜が赤帯しめて店先にうっふんうっふんかたを並べる

思い出の一つのようでそのままにしておく麦わら帽子のへこみ

あいみてののちの心の夕まぐれ君だけがいる風景である

さらに、与謝野晶子（五首）と寺山修司（四首）が四社に登場、若山牧水（四首）と正岡子規（三首）は三社に登場していることがわかる。以下は二社で収載している作品である。

与謝野晶子

なにとなく君に待たるるここちして出でし花野の夕月夜かな（二）

若山牧水

白鳥は哀しからずや空の青海のあをにも染まずただよふ（二）

正岡子規

くれなゐの二尺伸びたる薔薇の芽の針やはらかに春雨のふる（二）

（『ポトナム』二〇一一年一二月）

表Ⅲ-1　中学校国語教科書〈短歌関係〉平成18年度・24年度比較表

教科書名 編者	平成一八～二三年度版 （二〇〇六～一一年）	平成二四～二七年度版 （二〇一二～一五年）
① （学校図書） **中学校** **国語** 野地潤家 安岡章太郎 ほか ↓ 野地潤家 安岡章太郎 新井満ほか	**2年　短歌（解説）：** 佐藤正午「ありのすさび」からの引用の中に俵万智（「この味がいいね」）が冒頭に 短歌十五首： 正岡子規（くれなゐの）道浦母都子（秋草の）河野裕子（振りむけば）永井陽子（馬にでも）石川啄木（不来方の）平井弘（困らせる）栗木京子（観覧車）寺山修司（わがシャツを）釈迢空（た、かひに）土岐善麿（遺棄死体）荻原裕幸（おお！偉大なる）斎藤茂吉（死に近き）岡井隆（眠られぬ）草地宇山（母逝くと）佐佐木幸綱（のぼり坂） **3年　言葉との出会い（解説導入）**： 俵万智（あいみての）を引用	**2年　短歌（解説）**：変更なし 佐藤正午「ありのすさび」からの引用の中に俵万智（「この味がいいね」）が冒頭に 短歌十五首： 十四首の作者作品は変わらず、草地宇山の一首が植田多喜子（顔よせてめぐしき額撫でにけりこの世の名前今つきし児を）に入れ替わる **3年　言葉との出会い（解説導入）**： 変わらず、俵万智（あいみての）を引用
② （東京書籍） **新編新しい** **国語** 三角洋一 相澤秀夫ほか	**2年　短歌を味わう（五首）：** 与謝野晶子（なにとなく）斎藤茂吉（死に近き）石川啄木（誰が見ても）寺山修司（わが夏を）俵万智（今日までに） **道浦母都子:「言葉でパチリ」（鑑賞）（三首）：** 俵万智（白菜が） 大口玲子（讃美歌の） 永井陽子（寂しいひとみと）を引用	**2年　短歌五首：** 表題が変わるが、作品変わらず **道浦母都子「短歌を楽しむ」（鑑賞）（三首）**：「言葉でパチリ」と入れ替えで 与謝野晶子（金色の） 寺山修司（海を知らぬ） 栗木京子（観覧車）を引用
③ （三省堂） **現代の国語** 金田一春彦 長谷川孝士 ほか ↓ 中学生の国語 本編・資料 中洌正堯ほか	**2年　短歌の世界（一三首）：** 正岡子規（いちはつの） 寺山修司（列車にて） 栗木京子（観覧車） 島木赤彦（みづうみの） 与謝野晶子（海恋し） 斎藤茂吉（みちのくの） 北原白秋（春の鳥） 若山牧水（白鳥は） 石川啄木（やはらかに） 近藤芳美（白き虚空） 馬場あき子（つばくらめ） 李正子（生まれたら） 俵万智（「寒いね」と）	**2年　短歌の世界（九首）：** 石川啄木（不来方の） 北原白秋（草わかば） 釈迢空（葛の花） 馬場あき子（つばくらめ） 佐佐木幸綱（噴水が） 俵万智（「寒いね」と） 李正子（生まれたら） 栗木京子（観覧車） 穂村弘（シャボンまみれの） **短歌を味わうために（鑑賞）（五首）**： 与謝野晶子（海恋し） 寺山修司（列車にて） 若山牧水（白鳥は） 正岡子規（いちはつの） 斎藤茂吉（みちのくの）を引用

教科書名 編者	平成一八～二三年度版 (二〇〇六～一一年)	平成二四～二七年度版 (二〇一二～一五年)
④ (教育出版) **伝え合う言葉** **中学国語** 木下順二 加藤周一ほか ↓ 加藤周一ほか	**2年　近代の短歌(九首):** 母の歌・斎藤茂吉 (みちのくの、死に近き、のど赤き) ふるさとの歌・石川啄木 (やはらかに、ふるさとの) 旅の歌・若山牧水(幾山河、白鳥は) 恋の歌・与謝野晶子(なにとなく、小百合さく) **3年(補充と発展)穂村弘:** **それはトンボの頭だった(エッセイ)** 中学生の短歌作品四首引用、 自作「ハロー　夜。ハロー　静かな霜柱。ハロー　カップヌードルの海老たち」を掲載	**2年　近代の短歌(九首):** 作者、作品変更はないが、ふるさとの歌と母の歌の順序が変わる 穂村弘:それはトンボの頭だった(エッセイ):3年から2年へ移動 **3年　佐佐木幸綱**: 古典の歌、現代の歌(鑑賞)(四首) 現代短歌の「恋の歌」として 栗木京子(観覧車) 俵万智(「寒いね」と) 「社会的なできごとをうたう歌」として、 竹山広(死屍いくつ) 正田篠枝(大き骨は) を引用
⑤ (光村図書) **国語** 宮地裕ほか	**2年　玉城徹:短歌を味わう(エッセイ)(三首)**: 北原白秋(草わかば) 正岡子規(瓶にさす) 石川啄木(こころよき)を引用 **短歌十二首:** 伊藤左千夫(九十九里の) 島木赤彦(まばらなる) 与謝野晶子(海恋し) 長塚節(しめやかに) 斎藤茂吉(死に近き) 前田夕暮(風暗き) 若山牧水(ゆふぐれの) 佐藤佐太郎(夜更けて) 宮柊二(むらさきに) 塚本邦雄(ずぶ濡れの) 栗木京子(観覧車) 俵万智(「寒いね」と)	**2年　馬場あき子:新しい短歌のために(エッセイ)(六首):** 正岡子規(くれなゐの) 与謝野晶子(川ひとすじ) 斎藤茂吉(蚊帳のなかに) 北原白秋(深々と) 寺山修司(海を知らぬ) 俵万智(思い出の)を引用 **短歌十二首:** 窪田空穂(鳳仙花) 若山牧水(白鳥は) 石川啄木(不来方の) 木下利玄(街をゆき) 岡本かの子(桜ばな) 前川佐美雄(ぞろぞろと) 宮柊二(新しき) 斎藤史(はとばまで) 佐佐木幸綱(ジャージーの) 高野公彦(白き霧) 河野裕子(土鳩は) 栗木京子(観覧車)

コラム5

新聞歌壇はこれでいいのか――小・中学生の入選の是非

新聞歌壇のあまり熱心な読者ではないが、近頃、「朝日歌壇」の妙な現象が気にかかっている。四人の選者が競うように、小・中学生の短歌を入選作として選び、お孫さんの成長に目を細めているような光景なのだ。二〇一〇年頃からか、ある小学生姉妹と母親の家族三人がそろって同じ日の「歌壇」に発表されることが多くなり、話題を呼んだ。二〇一一年には、父親も加わって家族四人の歌集まで出版されていた（松田わこ・梨子・徹・由紀子『たんかでさんぽ』角川出版）。これまでも、坂口弘、公田耕一、郷隼人ら、その境遇とあいまって一般読者の話題になったこともあった。

昨年の大震災以降、私は他の新聞歌壇とともに少し目を通すようになり、被災者の入選作からは、多くのことを学ばせてもらっている。「朝日歌壇」では、依然として、小・中学生たちの入選が相次ぎ、一過性のことでもないようである。大震災後の四月一〇日、「地震の中で赤ちゃん産んだお母さん温かいシチューとどけてあげたい（富山市・松田わこ、馬場あき子、高野公彦選）」「炊き出しを笑顔で手伝う中学生青いジャージに粉雪が降る（富山市・松田梨子、佐佐木幸綱選）」に加えて、「地震きて水が止まって水くみの手伝いママになった気分（笠間市・篠原空、高野選）」の一首も加わった。

以下はいずれも九月二六日の入選作だが、永田の短評には「梨子ちゃんは子どもの歌の域を脱している。早く大人になりたい妹と逡巡する青春と。十首目の結ちゃんは小学一年生」とあり、馬場は「好調の梨子ちゃん。〈さなぎ〉の形容がいい」と記す。

①今すぐに大人になりたい妹とさなぎのままでいたい私と　（富山市・松田梨子、永田・馬場選）
②夏の日に車いすの輪の中で弾くモーツァルトを私は忘れない　（富山市・松田わこ、永田選）
③わたしはねきょうはたいへんえにっきでちがうこともしないといけない　（つくば市・藪崎結・永田選）

また、今年二月六日には、年齢は不明ながら、次のような幼い作者たちが加わっていた。常連の松田わこ作品も馬場・高野選となり、四〇首の入選作の内、八首が小学生らの作品に思われた。

④冬休みあやとりのわざできたんだきょうがはじめて四だんばしご　（京都市・室文子、佐佐木選）
⑤大みそか初めて打った除夜のかね寒さがいっしゅんおどろいてにげた　（笠間市・高野花緒、高野・永田選）
⑥直己兄ちゃん成人になる赤飯は梅の形に私がぬいた　（横浜市・高橋理沙子、永田選）

歌壇人口の高齢化が進むにしたがって、短歌総合誌の新人賞の受賞者たちの低年齢化が進み、主催者と選考委員、選者たちの一種の焦りのようにも感じられた。だからと言って、たとえば「新聞歌壇」における幼い者たちの片言のような作品を珠玉のように褒めそやすのはいかがなものだろうか。年少者のナイーブな感性を大切にし、育てたい気持ちは分かるが、現代短歌史において新聞歌壇や短歌新人賞の役割〜短歌入門者の習作・発表の場、新人の発掘、多くの読者の意見表明・感情表白交換の場でもあったことも忘れたくはない。「大人」の切磋琢磨の領分を侵すことにはならないか。歌人団体や新聞社・放送局の短歌大会、有名歌人名を冠した短歌賞などにはジュニア部門が設けられている。「学生百人一首」（東洋大学）、「短歌甲子園」（盛岡市）など対象を限る例も多い。私には「住み分け」が必要と思われるのだが、新聞社や選者たちの意見が聞きたい。

（『ポトナム』二〇一二年五月）

Ⅳ 『ポトナム』をさかのぼる

1　小島清――戦前・戦後を「節をまげざる」歌人

歌人、小島清（一九〇五～一九七九年）について、最近、短文を書く必要があって（「師と師の思い出・小島清」『ポトナム』二〇〇九年八月）、あらためて歌集を読むことになった。

小島清が、小泉苳三創刊の短歌結社雑誌『ポトナム』に拠ったのは一九二六年であった。その『ポトナム』も二〇一二年四月創刊九〇周年を迎えた。私が入会したのは学生時代の一九六〇年なので、小島清からは二〇年近く、直接、間接に指導を受けていたことになる。私の直接の師というならば阿部静枝なのだが、いずれの師にとっても不肖の教え子であった。社会人になった頃からは、しばらくの間『ポトナム』全国大会にもよく参加していたので、小島清の謦咳に接することも多く、文芸への広い知見ときびしい姿勢、やさしい人柄に惹かれてゆくのだった。

二〇〇九年は、没後三〇年にあたるが、小島清の生涯と秀歌は、すでに、最近では荻原欣子『ポトナムの歌人』（晃洋書房　二〇〇八年）にコンパクトにまとめられている。またこれまでも、下記の追悼号や『ポトナム』『風景』などでは幾編かの評伝や作品研究が残されている。ここでは「小島清年譜」（醍醐志万子編、『ポトナム』一九七九年一〇月、小島清追悼号）を傍らに、私自身の思いと時代背景にも重ねながら、三冊の歌集に少しでも分け入りたいと思っている。

一　『龍墟集』（一九三〇～一九三四年）

第一歌集『龍墟集』は、一九三四年一〇月の刊行であり、小泉苳三の「序」と作者自身の生い立ちにも触れる、自在な筆致の「後記」が付されている。

①ひつそりと鳥獣魚介のねむる夜は気象台の鉄塔に雲かかりゐむ
②絵日傘の明るさが持つおちつきは街上の女を眉目よからしむ

当時、住んでいた港街、神戸の「夜と昼」「暗と明」がたくまず描かれている。

③愛国号の爆音やうやく消えしときラヂオをとほして鴉のこゑきく
④式場放送にまじりて鴉のこゑきけば冬木に日ある代々木をおもふ

③の「愛国号」は、一九三二年一月一〇日、東京代々木練兵場で、陸軍への献納機「あいこく」第一号（爆撃機）・第二号（患者輸送機）の命名式が行われ、物々しい式場のマイクが期せずして拾った鴉の鳴き声が放送で流れたことを詠んでいる。その後「愛国号」は、七〇〇〇機近くが、個人や地域、各種団体名などを付して献納され、地元新聞などで華やかに報道されたが、その行方となると記録が残っていないらしい。機の名前はすぐに消されて迷彩色を施されることも多く、寿命も短かったという。一・二号機は、一月一五日には奉天へと飛行、関東軍に渡されたとい

う(「陸軍愛国号献納機調査報告」)。④では、神戸でのイタリア総領事館勤めの身でありながら、幼少時の東京生活をなつかしむ風でもある。

当時大阪放送局でも始まったばかりの「職業案内」放送を次のように詠み、仕事への意欲や夢も語られる。

⑤求人放送にきびしき世相を思ひつつわが食ふ飯は身につかぬなり
⑥失職をおもへば手当あがらずともよし然(しか)いひつつ母寂しげなり
⑦家庭教師をやめて衢にささやかな珈琲店ひらかむとプランをたつる

現在の「未曽有」「百年に一度」という経済危機がまるで災害のように喧伝されるけれども、経済政策上ある程度予測できたことではなかったか。手を拱いて「市場に任せた」結果ではなかったのか。企業への公的資金投入を余儀なくされ、しかも、弱者には手が届かない、その場限りの対策しかとれない政府をもどかしく思う。そしてその行く先を思うと、昭和初期の次のような作品に突き当たるのである。

⑧文明国独逸もナチスとなりてより初夏のちまたに書を焚くといふ
⑨職を賭して京大教授のあらそへる自治権擁護をわれも諾ふ
⑩京大紛争をよそに真昼を大臣は芝生かけりてゴルフしたまふ
⑪破産せし銀行前の列にゐて寒さ身に徹るとき島徳にくむ
⑫希望もとめてぐんぐんつづく移民の群に日やけせる顔子を負へる男

一九三三年、ドイツではヒトラーが首相に就任、五月には焚書事件が起き、日本では滝川幸辰京大教授の著書『刑法読本』が赤化思想とされて免官となった。さかのぼって、その年の一月には大塚金之助、河上肇が検挙され、二月には小林多喜二が検挙後拷問死する、といった思想弾圧は厳しくなり、ますます息苦しくなった時代である。ブラジル移民が国家事業の契約移民として、笠戸丸が神戸メリケン波止場を出航したのは一九〇七年四月、一九二八年には国立移民収容所がスタートし、ブラジルへの移民はすべて神戸港から日本を離れ、一九三三年頃がピークであったという。ここの収容所を舞台とした石川達三『蒼氓』が発表されたのは一九三五年であった。二〇〇八年にはブラジル移民百周年記念行事が行われたばかりである。最近の報道によれば、新たな資料の発見によって「ブラジル移民は、海運業者、財界、労働力を放出したい政府の三位一体の国策であったことが読み取れる」とある（「ブラジル移民はやはり『国策』」『朝日新聞』二〇〇九年三月一一日）。

小島短歌における地名、人名などの固有名詞が一首の詠みや解釈の最大のよりどころとなることも多く、その役割は大きい。固有名詞が読者には思いがけないイメージや背景の広がりをもたらすこともある。⑪の「島徳」を調べていくと、「島徳」こと島徳蔵は北浜の相場師から「乗取り屋」の異名をとり、大阪株式取引所理事長、日魯漁業、阪急電鉄の社長などを務め、その女婿が野田卯一であり、その孫が野田聖子ということも知ることになる。

『龍墟集』の「後記」によれば、京橋区舟松町（中央区湊三丁目）に生まれ、築地幼稚園、明石小学校に通い、後、母方の祖母の家のあった牛込の津久戸小学校に転校している。一〇歳で父の仕事により神戸に転居、市立神港商業学校に進学、高原美忠教諭と出会い、作歌をはじめる。神宮皇学館出身の高原は教員生活の後一九二三年より神職の道を歩み、八坂神社宮司を長く務め、戦後は皇学館大学も務めた神道史の学究でもある。小島清は終生敬慕していたことは、「函館大火――高原先生をおもふ」の一連でもわかる。

⑬まさかと思ひをりし函館八幡は焼けて鳥居のみ残りたる写真出づ
⑭小説に耽りて生意気ざかりの中学生われをひとりかばひ通せしも先生ぞ

なお、この『龍墟集』には、幾人かの親しい友人への挽歌も収められている。一九三二年一月、犬飼武家族と同行の堀美代と播磨の名勝室津に遊ぶ、とする詞書がある「室津へ」において「枯笹の中に見いでしすみれ花にほひなけれどひとは摘み来ぬ」とうたった堀美代を、「昭和七年十二月二十三日」と題して最期を看取ることになるのだった。

⑮死に近きひとりのみとりのひまひまに在り経しことをいひて嘆きぬ
⑯ただひとり看護の座にゐてまむかへど此のきはにわれら言ふこともなし
⑰なきひとの夢に覚めたる朝空は光まばゆき風日和なり

小泉苳三は「序」において次のように述べる。

「龍墟集は主情的歌集である。青春の日の詩想が隅々まで、気品高い香気を放つてゐる。全巻を通じて、吾人の前に展開せられるものは、著者の都会人らしい繊細な神経と鋭敏な官覚とによつて描出された空間の微妙相である。さらに、それに適度の陰影をあたへてゐる律調の快適な韻である。」

さらに、茎三は近代短歌史の学究として、「子規の俳句革新運動も、短歌革新運動も、（中略）短歌領域の拡大こそ、言ひかへれば、伝統短歌のうちに時代の感情を止揚せんとする意図こそ、彼の短歌運動の出発点であるとともに到着点であつた筈である」と述べた後、次のように記す。

「龍墟集の著者に寄せる期待は二重の意義を持つ。龍墟集は、後半にいたるに従つて、短歌の進展への志向を見せてゐる。そこには、見らるる如く、主情的作品より現実的作品への移行が、明瞭な一線を画してゐる。単に、前半に於て逝く青春をして逝かしめたあとにくる、個心的心境の転換とのみいひ去り得ないものがある。これは、まことに、現代短歌の領域の拡大である」

『龍墟集』からの私の選んだ短歌は、現実的な作品に偏ったかもしれない。冒頭の①、挽歌でもあり、相聞でもある⑮⑯⑰など、この歌集の深く根ざすところでもあろう。

二　『青冥集』まで（一九三五～一九四五年、『対篁居』収録）

『龍墟集』（一九三四年）以後、第二歌集『青冥集』の出版は一九七一年となり、その収録範囲は敗戦後の作品に限られる。没後に編まれた『対篁居』には、この空白部分一九三五年から一九四五年までの作品が収録されたので、時系列でたどってみよう。

『龍墟集』の刊行が一九三四年一〇月であったが、前年一月には『六甲』の創刊に参加、『ポトナム』の二誌を中心に著作活動は活発となり、作品のみならず、エッセイ、評論、歌人論を精力的に展開し、その勢いは一九四二年ころまで続く。ジャンルを超えた交友関係も幅広く、一九三六年、大阪放送局募集の清元新曲「万葉四季寿」や箏曲「河太郎」が入選、多才ぶりをも示す。しかし、プライベートでは、「義金募集に大新聞のはりあへるは日を経るにつれてひどくいやしき」という世相のなかで、イタリア領事館の勤めを辞めることになったのはいつのことだったのだろうか。このような生活の嘆きは、現代にも通じるものがある。

①失業者外交員も図書館に時すごすといふを見て疑はず
②逃亡者名簿繰りつつ空碧き伊太利亜に住めぬ人の名を読む
③わがくらし極まる知れば世のつねのかかはりごとに目つぶりとほす
④家庭教師のつとめすませて午前零時の松原をかへること二三度ならず
⑤ひけどきの巷をゆきて職もたぬわがいきどほりの表情かくす

一九三六年四月、ポトナム同人の五井藻子と結婚、神戸市内で古書店青甲堂を開店し、母の死に遭い、長女が誕生した頃だろうか、次のような作品も残す。その店も一九三八年七月五日の阪神大水害により浸水している。資料によれば、神戸市だけでも死者六一六名、全壊・半壊家屋が一万戸を超え、浸水家屋は八万戸に及んだという（神戸災害と戦災資料館の「ホームページ」参照）。また、当時の『ポトナム』で、小島清の消息をたどってゆくと、一九四〇年神戸婦人子供服製造工業組合書記長に就任、多忙を極めたとあり、翌年半ばには「都心店協会」に勤務の記述がある。また先の年譜によれば、一九四三年年四月から大阪瓦統制株式会社に職を得たとあり、目まぐるしくもあったらしい。

⑥古本の市より帰り母上の肩を撫でつついたく嬉しき
⑦くらし立たぬ嘆はあれど谿水の流れきたりて冬にうちむかふ
⑧時変下（ママ）にあきなひのみち狭められ「キング」「日の出」など背負うてかへる

そして身辺にも戦争の影が色濃く迫る。街には戦車が走り、友人は出征し、傷兵や「英霊」となって帰ってくる隣人たちに心を痛める。

⑨坂下の人むれに冬日しみらなり戦車みえねど地をゆする音
⑩戦の彼岸に楊樹は枝はりてあしたあしたに蕾ますべし
⑪あたらしき機構に移るそれまでのくらし立たぬを嘆くぞ切に
⑫傷兵の白衣に落とす枝のかげさむさむわれは見過ぐしかねつ
⑬バスを待つわが目の前を曲がり角より戦車とどろと地を揺りきたる
⑭英霊に頭をたれし人波が地下鉄へとつづく歩をはやめつつ
⑮今われに銃後を護るといふことがいたく身につく齢となりぬ
⑯すぐる日の欧州大戦の黒幕にユダヤ人をりて国あやつりし

一九四一年には、つぎの⑰⑱などを含む「海港抒情」の七首が『文芸春秋』（三月号）に、「暁」と題し⑲⑳㉑の三首が『セルパン』（三月号）に発表された。『セルパン』は、創刊当初一九三一年福田清人、三五年には春山行夫編集となった第一書房から刊行されていた文化雑誌で、翻訳作品、時事評論にもそのユニークさが着目されていた。一九四一年四月号からは、「新体制」に添う『新文化』と誌名を変えることになるのだが、三月号は、『セルパン』と名乗る最終号でもあったのである。当時、大阪放送局は詩歌の朗読放送にかなり力を入れ、いくつかのテキストが刊行されたが、一九四二年には、『中等学生のための朗詠歌集』（一〇月、湯川弘文社、五〇〇〇部）を編集している。その「序」の冒頭では「日本精神の昂揚」をうたっているが、「特別の目的をもつて編纂したものではないから、愛国勤皇の歌ばかりをあつめてもゐない」とも記している。この書について、坪井秀人は、二か月先だって出版された、竹中郁編『中等学生のための朗読詩集』（湯川弘文社　一九四二年八月）と共に、当時の詩集として時局の反映は蔽いがたいものの「抑制的な作品」が集められ、「抑制的な姿勢」で臨んでいる点を評価する。小島による『朗詠歌集』については、「大東亜戦争五拾首」の「戦地篇」において「専門歌人ではない従軍兵士の歌を集めている点」に着目している（「〈抒情〉と戦争――戦争史の主体における公と私」『動員・抵抗・翼賛』岩波書店　二〇〇六年。本書収録「短歌の〈朗読〉、音声表現をめぐって」を参照）。

⑰かつて吾が伊太利領事館員たりし頃エチオピアいたく打ちひしがれぬ
⑱うつそみの今の世紀にたちむかふ我のしりへに子らよく育つ
⑲海かけて薔薇光に明けゆく神戸をば時の間にすぐる飛行機をおもひぬ

⑳あかつきの空をすぎゆく飛行機をめざめにきくよ昨日も今日も
㉑飛行機の音ひびき来るあかつきの凍土の上に吾子たちつくす

戦局はますます厳しくなり、情報は、統制、操作される中、市民は精一杯の国策への協力を余儀なくされた。一九四三年、㉖に見るように、仕事の傍ら町内会長を務めているが、一九四四年に入っては、紙不足などによる雑誌統合により四月から『ポトナム』は休刊となる。一九四五年には、四〇歳を目前にして防衛隊に入隊し、㉗のような作品をなした。また、神戸市も、同年三月一七日、五月一一日、六月五日の三回にわたって空襲を受け、ほぼ全市域が壊滅状態になるが、小島清の自宅も六月五日に焼失、縁者を頼って大和高田市に疎開し、そこで敗戦を迎えることになる。

㉒いのち捨てむ心きまればああ特別突撃隊の征き征きにけり
㉓捷報をよみをはりたる頃かけて汽車はあかねの淀川を過ぐ
㉔かへり来て心すなほに寝につけり明日はあしたの仕事をもちて
㉕哨戒機過ぎゆくころを常のごとわが眠りをり子ろのかたへに
㉖組長われ指揮の至らぬことなどを一日のうちに思ふいくたび
㉗子の書きしかなしき葉書を身につけて老兵われのきほひ居りつつ
㉘みいくさのをはりしくにのやまと路に立ちてかなしもまなつのひかり

三　『青冥集』（一九四五〜一九七一年）

一九四五年六月五日の空襲で神戸の家を焼け出された小島清は、疎開先の大和高田から神戸に通勤することになる。その勤務先は、一九四三年四月から勤めていた大阪瓦統制株式会社との関係なのだろう、一九四六年からは兵庫県粘土瓦株式会社（総務課長）となり、一九四九年春まで勤めていたようである。焦土の町に復興に必要欠くべからざる瓦という建材にかかわる仕事に励んでいたことがわかる。

①蚊柱のたちゐる庭にひととせのわれのくらしの悔しさを思ふ
②野の鳥のひそみ啼きつぐ路にしてわれかなしまむこの薄明を
③年月を住みし神戸に勤めをもちてよそびとのごとく通ふ日日
④焼けやけし街と思へど宵はやく闇市あたり灯のつきはじむ
⑤空深き神戸にわが家の焼けあとあり再びは見ずかかる焦土に

この間、一九四六年に神戸新聞社が公募した「戦災者奮起の歌」に入選し、須藤五郎作曲により三月三日には神戸ガスビルにて発表会が開催されている。さらに、この年、「筒井おどり」「復興生田音頭」の作詞もしている。なお、「戦災者復興の歌」の作曲の須藤五郎（一八九七〜一九八八年）は、たしか共産党の国会議員ではなかったかくらいの認識だったが、稀有な経歴の持ち主であることを今回知った。三重県鳥羽の旧家に生まれ、一九二三年東京音楽学校を卒業、声学が専門だったらしいが、同年一二月、宝塚歌劇団に作曲者として就職した。以後、毎年、年間を通して数本の演目――喜歌劇・歌劇・舞踊・お伽歌劇などのジャンルでの作曲を担当し、一九四六年まで続く。敗戦時の八月宝塚公演は、小林一三構成・須藤五郎作曲の神代錦らによる舞踊「新大津絵（中途で盆灯籠に改題）」となっている（「宝塚作品集一九一四～二〇〇三年」）。戦後は、宝塚歌劇団の春日野八千代、天津乙女を労働組合副委員長とし、自ら委員長となる。一九四八年日本共産党に入党、一九五〇年には参議院議員に当選し、政治家の道を歩む。うたごえ運動や労演運動、新日本婦人の会にもかかわる。戦時下には国民歌謡「希望の乙女」（大木敦夫作詞）、「あとひと息だ」（堀口大学作詞、「戦意昂揚・軍人援護強化大音楽会」一九四三年一〇月三日、日比谷公会堂、発表）なども作曲し、音楽による「報国」にも関与している（櫻本富雄『歌と戦争』アテネ書房　二〇〇五年、など）。戦後の転換ぶりは何であったのかは糾明課題であろう。参議院議員時代、核実験に対する路線変更の党議に反して国会対策委員長を免じられたこともあったという。

戻って、敗戦直後の小島清は、一九四七年四月より阪口保の紹介で新設の神戸山手女子専門学校の国文科で非常勤講師を務め、同校が女子短期大学に移行する一九五〇年まで続けた。この間、小島は、短歌の教え子だった島尾ミホの依頼により、夫、島尾敏雄にも同学校の非常勤講師の職を紹介したという。島尾は、その後、父、島尾四郎の縁故で神戸外事専門学校（神戸外国語大学の前身）に就職するのである（島尾敏雄「敗戦直後の神戸の町なかで」。寺内邦夫『島尾紀――島尾敏雄文学の一背景』和泉書院　二〇〇七年。遠藤秀子「島尾敏雄夫妻と小島清」『鹽』三号　二〇〇八年二月）。

一九四七年には、京都の黒谷に転居、以降、住まいは変えるが、京都を離れることはなく、⑩のようにも歌うのだった。一九四九年には業界紙（「京都商店新聞」）の編集や出版の仕事の傍ら、『ポトナム』内外の短歌指導や京都歌壇での活動が多忙となる。

⑥黒谷の寺の一間に夜おそく燈をちかづけて物かきつづく
⑦新刊の幾冊かを書棚に返しつつうらぶれしおもひは今日のみならず
⑧心をゆさぶり過ぎし歳月の塵労の中にも噴泉ありき
⑨停電の町の一角をすぎくれば月明疎水は蒼じろき水
⑩この町は戦をしらぬ町にして夜空はなやぎ遠あかりしつ

一九四八年一一月、鈴江幸太郎と京都を訪ねた斎藤茂吉と会った時のことを何首か残している。「あらたま」を筆写していた当時であったから、感激は一入だったらしい。小島の友情、友人を大事にする心情もあふれていよう。

⑪「あらたま」を新しき古典とはいはばいへ読みかへしゐて心和ぎくる
⑫憲吉の墓参をすませたまひたる光のごときその友情や

一九五〇年代も後半に入ると、京都歌壇での各種歌会、講演、選者としての活動、歌人を案内するなど、各地への旅行の機会も多くなる。一九五六年、師の小泉苳三の死に遭う。師の出版という仕事への志を継いだ形で一九五八年初音書房を営むことになる。国文学関係のテキストや教材の出版が主であったが、一九六〇年代になると営業政策的にも、歌集の出版が大方を占めるようになり、一九七〇年代は飛躍的に点数が伸びている。『ポトナム』はもちろん『高嶺』、『林泉』など多くの結社の歌人の歌集出版を引き受け、その良心的な編集は定評があった。

『青冥集』後半に入ると、一九六〇年代の社会情勢を背景に、自らの青年時代を重ねて次のように歌った。ちなみに、⑭について、『ポトナム』の先達、昭和初期、無産運動にも携わった阿部静枝は、「一団の声は硝子戸に遮られてここには届かない。人の表情も見えない。大きくまた烈しく振られているのは赤旗・旗のうごきから、声と表情を自分は受け取る。今の政治への体制への批判抵抗拒否が、無声映画のような印象で伝わる」と深い理解を示して、評していた(『ポトナム』一九七一年九月)。

⑬汗たりて籠る真昼をただよひて原爆ゆるすまじの歌ごゑきこゆ
⑭窓の向うの十字路に坐る学生ら声聞こえねば振られゐる赤旗
⑮ムッソリーニ全盛のころを禄食みきいくらか左傾のわが青年期
⑯若き日のアナキズムに土ふかく埋没されて微動だになし

神戸へ仕事で出かけることも多かったのだろう。次のような作品も残す。

⑰岸壁に一本のクレーン高高し業休む日の大き鈎みゆ
⑱新聞の選歌を終へて倦怠す遠くに海あり響をつたふ
⑲藤の実のはじく季にきて立ちつくす日ざしうすらぐ総領事館の址

旅の歌も多く、⑳などは好んで色紙に書いていた作品であった。

⑳荷をつけて峡くだりくる馬もなし飛騨にかかりて深き曇り日
㉑山はらにわれら来たりてかなしむは冬永かりし葬のその日
㉒足摺へ発つ朝を雨の墓地に来て世をはばかりし君の名をよむ

なお、小島清の出自にも関わる、次の二首を含む「叔父の忌」（一九六五年一月）が気になり、㉓の「碧海の解剖の書」とは何かを調べてみた。著者名「小島碧海」で国立国会図書館の目録を調べてみると、小嶋碧海画『人体解剖図』（理学研究会　一九二八年）が出てきた。さらにインターネット上の「慶應義塾大学医学部解剖学教室史」には、つぎのような記述があった。教室の創始者岡嶋敬治教授の著書『解剖学』（一九三三年）が収録する〈解剖図譜〉は「日本人体を材料としたもので、小嶋碧海画伯の筆になるものであり、独逸文と和文を併記した記述とともに独創的な内容として解剖学の名著と評価され、我が国の医学生の教科書として大きな役割を果たした」と記され、㉔の背景も明らかになった。なお「碧海」は雅号で、小島清の父清吉（～一九五四年）の出身でもある愛知県碧海郡（野田村大字依佐美）の「碧海」からとったものであろう。

㉓ドイツにて名のありし叔父碧海の解剖の書を戦火に焼きぬ
㉔歌詠みの医者の一人がわれにいふ碧海画伯の書をつね恃みきと
㉕アナキスト仲間と遊びし少年のわれを目もて抱きしは叔父

『青冥集』は、次の一首で締めくくられている。小島清自身は絵こそ描かないが、美術への造詣が深かったことは何首かの作品からもわかる。須藤五郎といい、島尾敏雄、小島碧海といい、ややわき道にそれもしたが、小島短歌の背景、人間関係に分け入ることで、さらにその鑑賞が深まったようにも思うし、知る過程が楽しめるものでもあった。

㉖美術館出づれば日ざししづまれり秋づくといふ声をうしろに

四　『対篁居』（一九七一〜一九七九年）

年齢でいえば小島清、六六歳から亡くなる七四歳までの歌集で、遺歌集であった。一九七二年には、八幡町（現八幡市）長谷の新しく開発された男山団地に転居し、自ら「対篁居」と名づけて暮らした、その様子は、次のような作品となった。

①ふたり住む処を得むと目ざし来し丘しらしらと段づくりせり
②落ちあひて一つ流れとなりしよりうねりのままに保つ芦むら
③書斎にときめし部屋より前方の大竹藪に日のおつる見つ

京都での出版の仕事も軌道に乗り、結社を超えての歌人からの信頼も厚く、多くの歌集出版を手掛けている。

④いくたびか職をかへしを思ひをり如何なる時も本を買ひにき
⑤旧蔵の馬酔木は二三の欠本ありき倶伎羅の歌を新しく読む
⑥対篁居と名付けし部屋に昼間より籠りて雑誌の整理をはじむ
⑦紙不足の日ごと続けばずるずると先細りゆくか老の生業
⑧戦後のしばしを歌にきおひにき厳しきときは皆あはれにて
⑨テキストの出版やめむと決めしよりいくらか心落着きはじむ
⑩今にして古き町すじを日毎来てつひの仕事の安けくあれよ

しかし、「夕べには海を昏めて雪降るか暫く神戸をみることもなく」「盆地なす町に二十余年すみつきて暑のみは今もさいなむごとし」などに見るように、神戸への憧憬も消えることはなかった。このころ、神戸の中学校のクラス会に顔を出し、教え子のポトナム同人遠藤秀子の計らいもあったのであろう、神戸山手女専のクラス会にもしばしば参加し、短期間ではあったが同僚であった島尾敏雄らとも旧交を温めている。

⑪高原美忠先生を囲みわれらをりああ八十歳を越えまししかな
⑫この丘に海見しことを思ひをり大正三年神戸に住みて
⑬生き残りわれらみづから労れと鯛のかぶと煮刺身を前に

振り返ってみれば、小島清の絶唱ともいえる「くづはをとめ」一連には、さまざまな解釈がなされているが、没後三〇年のいま、静かにまむかいたいと思う。

⑭さやさやと朝ふく風に芦むらの夏へいりゆく道のしづけさ
⑮ふた流れの川の一つになりてより芦むら高し中洲たもちて
⑯花を手に何かなしむや女童のひとみ明るし芦間いで来て
⑰葬送の列を追ひゆく女童ら素足なり清き池のほとりを
⑱池にそひて歩むは死者かいにしへの跡をとどむる樟葉の森へ

そして、最晩年にあっては、次のような作品におだやかな満ち足りた気持ちとぬぐいきれない生への残照を見るのであった。

⑲歌の上に節をまげざるわれのため今周辺によき友らあり
⑳深谷へゆく人影を浮きたたせ夕照る紅葉のきらきらしさよ
㉑桜一樹の花ひらかむ頃か退院も二月三月ああ四月のなかば

四月二〇日、三〇回目の命日には間に合わなかったけれども、この小島清作品鑑賞をひとまず終わることにしたい。この三〇年間、時代は、歌びとは、どう変わったのだろうか。

（「内野光子のブログ」二〇〇九年三月一五、一六日、四月八日、二二日の記事より）

［追記］

最近、私のブログに「小島清　歌人」の検索ワードによるアクセスが散見されたので、たどり直してみると、思いもかけず、小島清の長男小島素治氏にかかわる情報が浮上してきた。二〇一一年一〇月に、彼の足跡をたどった『Get back, SUB!　あるリトル・マガジンの魂』（北沢夏音著　本の雑誌社）が出版されていたことを知り、さっそく読んでみた。日本のサブ・カルチュアの歴史に残る仕事と数奇な生涯をあらためて知ることになった。この本の著者は、多くの関係者からの証言をたどりながら、小島素治の稀有な才能と感性に拠る足跡を追い、時代の精神を問い続けている。私は、小島素治氏とは、国立国会図書館時代に一度会っている。一九七〇年代の初め、当時、バームクーヘンで有名な「ユーハイム」の創業者のカール・ユーハイムの評伝を執筆中だった頴田島一二郎氏が、カール・ユーハイムが一時収容されていた似島捕虜収容所の写真を探されていて、ようやく見つけた写真帖の写真を複写したいということで、カメラマンとして訪ねて来られたのだった。

小島素治（一九四一〜二〇〇三年）は、ちょうどその頃、神戸を本拠地とし、雑誌『ぶっく・れびゅう』一〜二号（一九七〇年四月〜七月）、その後継誌『ＳＵＢ』一〜六号（一九七〇年一二月〜一九七三年七月）などの編集者として、目覚ましい活躍をしていた時代でもあった、と後で知ることになる。各号の目次をみると、当時としては画期的な、ジョン・レノンやビートルズ、スヌーピー、世紀末としてのファッション、情報としてのカタログ……などをテーマとする特集を組んでいる。その執筆陣は、滝口修造、草森伸一、植草甚一、秋山邦晴、谷川俊太郎、寺山修司、横尾忠則、淀川長治、三島由紀夫、森茉莉……、諏訪優、富士正晴らの連載もあり、浅井慎平、吉田大朋らの写真が毎号載っている。想像を絶するメンバーで、サブ・カルチュアというより、一九七〇年代の文化の息吹と熱気が伝わってくるような編集ぶりに、いつか実物に眼を通してみたいと思うようになった。その後、彼には、紆余曲折があって、競馬・麻雀・酒・病・放浪、経済的苦境の末、裁判で上告中、病死するという、いわば、破滅的にも思える生涯を閉じたことも知るのだった。

小島清は、小島素治のもっとも輝いていた時代を見届けていたと思われる。小島素治は、父を追悼する文章を、次のように結んでいた（「親父のこと」『ポトナム』一九七九年一〇月〈小島清追悼号〉）

「確かなことは、変化の激しかった大正・昭和の時代を歌い続けきた明治の星が、春を迎えようとする前に、一つ消えたことだ。僕はロマンの好きだった父を愛していた。そんな風に生きた父が僕の誇りですらある。」

（「内野光子のブログ」二〇一二年四月二〇日の記事より）

2　『ポトナム』時代の坪野哲久

坪野哲久が、プロレタリア短歌運動にかかわる直前、短期間ではあるが、『ポトナム』の同人であったことは知られるところである。『ポトナム』にどんな作品を残し、どのような活動をしていたのか。私の手元には、『昭和萬葉集』選歌の際、講談社が所蔵機関で全冊複写をしてくれた『ポトナム』の副本がある。昭和戦前期二〇年分がほぼ揃ってはいるのだが、昭和初期には欠号が多い。いまは、それを頼りに調べることにした。

一　『ポトナム』の入会・退会はいつか

『ポトナム』の年表によれば、坪野哲久の「一九二五（大正一四年）『ポトナム』入会」が定着しているが、『坪野哲久論』（山本司著）の巻末「年表」によれば、「一九二五年四月、東洋大学入学後、『アララギ』に入会、島木赤彦に師事し、一九二六年三月、赤彦没後に、大学の短歌研究会のメンバーの影響で『ポトナム』同人となる」とあり、一年食い違っていることがわかった。山田あき編「坪野哲久略年譜」にも「一九二五年四月アララギ入会」、「一九二六年三月ポトナム同人となる」と明記されている（『短歌』一九八九年一〇月）。『ポトナム』の記述はいずれ訂正しなければならないだろう。

退会については、一九二八年(昭和三年)一〇月ではないかと思われる。一〇月号「十月集(その一)には作品があり、一一月号にはなく、その年の『ポトナム』一二月号巻末に「坪野哲久氏は短歌戦線に加盟される為にポトナムを去られた。岡部文夫氏も共に。広い前途を祝福して遠くお祈りする。」(五七頁)という記述がある。

先の山本「年表」には、一九二八年一〇月新興歌人連盟に加わる、一一月同連盟脱退、無産者歌人同盟を結成、とあり、とくに、『ポトナム』退会については触れられていない。そして、一九三〇年(昭和五年)一月刊行の『九月一日』が発禁処分となるのである。

二　合著『冬月集』(一九二七年一〇月)から『九月一日』(一九三〇年一月)へ

つぎに哲久が『ポトナム』誌上に残した足跡を、作品と評論からたどってみたい。この間、哲久は『ポトナム』で何を考えていたのか、分かるかもしれない。

《一九二七年》

一月　愛憎(七首)

にくしみて別れし後も心弱く吾はひたすらにあひたかりけり

〃

氷雨《ひさめ》ふる川沿道の夜の深さ君をにくみて死なんとしけり

二月　冬日(八首)

かそかなる動きをみせて川床のたまり朽葉は水にさからふ

三月　いのち(八首)

愛しさの思ひ極りいやはての命ふれしめと嘆《なか》しむ吾を

四月　寥心(六首)

雪あかりしみらに動き朝たけぬ命と思ふ文を書きつつ

ひたすらに働きいます老いし母に吾が寥《さび》しさを告げやりなむや　　五月　寥心（七首）
御灯明《みあかし》のともしくゆらぐさびしさよ経よみつぎて母ゐ給ふ　　六月　母とゐる（九首）
祖母《おおはは》のまわす紡車《くるま》の音きこゆ友になかされて帰る門べに　　七月　幼児追憶（一〇首）
眼のいたみ夜もすがらやまず向田の蛙のこゑはひそまりにけり　　九月　眼を病みて（八首）
月見草の花さきつづく下道のゆきかひさびし人をうとみつつ　　〃
向日葵のたねむすびたる花をりてみ前にたむけなげかふ吾は　　〃
軒かげに夕べあかるき雪の光《かげ》さびしとみつつ薬をのみをり　　一〇月　寥心抄（四五首）『冬月集』収録
磯芝に夕ごもりつつなく千鳥すかんぼの茎をとりてわがをり　　〃
麻《を》をつなぐぶんぶん車の音すなり夕べあかるく時雨ははれて　　〃
草いきれ胸にせまれり山の上の紅桃の実は熟れおちむとす　　〃
河岸の鶏頭の花はゆれやまず雨しろじろとふりそぎをり　　一二月　本所旧居（五首）

《一九二八年》

破璃戸から月の光が白く流れ五月と言ふに蚊のなくこゑす　　六月　ポトナム本社短歌大会作品（高点歌）
闇の中を強き足取りつづきゆけりどつしりとした力張る　　七月　思想的混惑（一九首）
たくましき手をつなぎ合ひわが仲間人にはばからず奪はんとす　　〃
雪の野を遠くわたりて汗つめたしただゆきゆきて死にはてんとす　　〃
日の入りの静けさは野にただよへり遠山の雪の一際《ひときわ》光る　　〃

死なうとしこころはつきり澄みゆくに母の打消しがたし　八月　憂鬱なる断層（一二首）
わが部屋を幾つもの眼がのぞく深夜《ふかよ》心いらいらと寝られずゐる　〃
新しい紺《こん》絣の単衣をきて坐り今宵わが部屋明るく感ず　〃
どす黒く降る煤煙か夕日にて街角はいま群衆にみたさる　一〇月（題および歌数不明）
いつかくずれゆく世としるとき心臓に血がみちあふれくる　〃
いつか崩してみせるといきりたち夕べの街より疲れて帰る　〃

《一九二九年》
あぶれた仲間が今日もうづくまつてゐる永代橋は頑固に出来てゐら　四月『プロレタリア短歌集』
血みどろになつて倒れた渡政よ！キールン埠頭は石畳だ　〃
いくらぶつ立ててもかんとはねかへるツルハシだ前のめりにふらふら道路に倒れてしまふ
九月『短歌前衛』（創刊号）

一九二八年前半の『ポトナム』が未見なのは残念だが、『九月一日』前夜にいたる作品を見てみると、一九二八年後半には、前年までの傾向との違いが明確に表れている。同年九月には「醜悪なる相貌」（歌数不明）と題する一連もあるらしい。傍線で示すように第五句が動詞の終止形と意欲を示す「〜せんとす」という表現が急増する。やや口語的ではあるが、まだ文語表現の域にあるといっていいだろう。それが一九二九年四月刊行の『プロレタリア短歌集』は、無産者歌人連盟参加の一八名の合著で、哲久は、伊沢信平、石榑茂（五島茂）、渡辺順三、柳田新太郎、前川佐美雄、浅野純一と編集委員を務めたアンソロジーであるが、ここで、上記のように、一転した作品となり、『九月一日』へとつながっていく。

山本司『坪野哲久論』において、『冬月集』の「寥心抄」は、島木赤彦の定型の習作の成果であり、『九月一日』は、思想形成の過程でやむにやまれぬ破調・口語的発想による憤怒を表出し、独自の韻律形成をはかったとする。「相対立するがごとき二つの作歌体験は、まさしく今日の哲久短歌の土台」であると、双方を高く評価している。

この間、哲久は『ポトナム』に「歌壇検察」(一九二八年一月～一〇月)、「明日への短歌に対する考察(1)(2)」(一九二八年七月～八月)という仕事を残していた。

「歌壇検察」というのは、『ポトナム』の編集所に届く短歌雑誌六〇～七〇種類の各誌各月の記事リストである。ほとんどの記事を、主な短歌作品と評論・随筆などに区分をして著者と表題を収録した書誌である。毎月六～八頁を費やしている。当初一〇ヶ月間は、坪野哲久・青山(後の平野)宣紀・淵浩一の三人の共同作業であったが、一九二八年一一月～一九二九年六月は哲久が退会したので、青山宣紀・淵浩一の二人の作業となった。当時より「労多くして派手ならざる此欄の継続一年半たり」(頴田島一二郎「昭和四年　歌壇清算略表」『ポトナム』一九二九年一二月)と評価されていた。哲久にとって、わずかな期間の「歌壇検察」ではあったが、この仕事を通して得た成果とも思える上記「明日への短歌に対する一考察」において、「現歌壇の各方面を探索し、検討した結果によつてみれば、そのあまりに無反省、無自覚なる歌の多数を示してゐるのに一驚を喫するのである」と述べている。さらに「生活内容を持つてゐない歌の惨めであると云ふ事実を、吾々は近頃になつて明確に確認することが出来た」という件りには、哲久の「転向」の予兆が見えるのではないか。

「歌壇検察」の仕事を共にした淵浩一は、後に、「歌壇検察」スタートの経緯を「或る日茎三先生御夫妻が訪ねて来られ、その時の話に青山君と坪野君が君と三人で『歌壇検察』といふのを始めるといつてゐるが、どうするつもりだといふことであつた。」と述べ、青山・哲久の発案による、この企画に、茎三も並々ならぬ思いをもっていたことを伺わせる。さらに淵は「年があけて歌壇のなにかしら求めようとする動きは、一層濃厚になつてきた。一月号から発表された《歌壇検察》はこの求めようとするものを具体化しようとする試みに外ならなかつた。全歌壇しらみつぶしにして、何かしら新しい動きを感じようとし、一方においてはそれを促進しようとした」と記している（「『九月一日』の著者」『ポトナム』一九三〇年五月）。

三　哲久が「歌壇検察」から得たもの

短歌雑誌記事索引を「歌壇検察」と命名して、一結社誌が毎月八頁近くを費やしたことの意味は大きい。直接に作業を続けた三人の努力もさることながら、主宰者小泉茎三並びにそれを支えた同人たちの「心意気」が伝わるような仕事であった。現在の歌壇、短歌ジャーナリズムにあって、九誌に及ぶ短歌総合雑誌が発行されながら、このような地道で大切な仕事を手放し、見向きもしない状況を、私は憂慮していただけに、『ポトナム』の先人たちの意欲を伝えたいと思った（拙稿「ここがヘンだよ、歌壇にひと言・女性歌人の着物姿より大切なものは何か」『短歌』二〇〇一年六月）。

短歌関係文献を素朴に網羅的に客観的に展望するという営為が、歌人の心を突き動かす原動力になることも、今回、哲久の『ポトナム』時代を調べることによって知ることができた。哲久の思想転換・口語的・散文的表現への転換に、この「歌壇検察」の仕事が重大な影響を与えたのではないかと考えている。

主要参考文献

淵浩一「『九月一日』の著者」『ポトナム』一九三〇年五月
坪野哲久「短歌と生活意欲について」『ポトナム』一九三六年四月（一五周年記念）
新津亨（大津徹三）「回想のプロ短歌」『ポトナム』一九七六年四月（六〇〇号記念）
和田周三「小泉苳三の軌跡——現実的新抒情主義まで」『ポトナム』一九九二年一二月（八〇〇号記念）
平野宣紀「歌壇と校友」『東洋大学校友会一〇〇周年記念誌』一九九四年一一月
山本司『坪野哲久論』短歌新聞社　一九九五年
大西公哉「山川越えては越えて——ポトナム七十五年小史」『ポトナム』一九九七年四月（七五周年記念）

（『月光』二〇〇二年二月）

コラム6

『ポトナム』のジャーナリストたち――石黒清介氏を悼む

一月二七日、石黒清介氏が亡くなられた。一九一六年、新潟県出身、九六歳。一九五三年に短歌新聞社を興し、『短歌新聞』を創刊、一九七七年には『短歌現代』を創刊し、多くの歌人を見出し、多くの短歌ジャーナリストを育てた。新聞や雑誌には、伝統的短歌と地方歌人への目配りがあって、幅広い読者から信頼されていた。一昨年、自らの手で社を閉じた。戦後の短歌史、戦後歌壇を語る上では欠かすことのできない短歌ジャーナリストであった。短歌の出発は、一九二八年頃、小千谷市出身で教師を長らく勤めた遠山夕雲の手ほどきによるという。こうした略歴は、すでに知られるところだが、一九三四年に『ポトナム』に入会、当初は、石黒桐葉の名で、その後は石黒清作の本名、石黒清介の名で短歌を発表していたことはあまり知られていない。一九四三年に応召、一九四六年に復員している。一九四一年の後半以降、『ポトナム』誌上に石黒氏の短歌は見当たらない。しかし、戦争・戦場体験にもとづく作品は、敗戦直後の『樹根』（新藁短歌会　一九四七年）以降の二十数冊に及ぶ歌集にしばしば登場する。

・借りて来し蓄音機ならしつつ元日のひるを炬燵にひとりこもりぬ　　新潟・石黒桐葉（『ポトナム』一九三五年二月）

同じ号には、石黒と同年、二十歳の森岡貞香の「吐息白く消えたる先に輝ける北極星のおごそかなれや」のような作品が頴田島一二郎選歌欄に並び、頴田島評には「石黒：よく見るべきところを見てゐて可」とあり、「森岡：吐息白く野心的にて佳」とあって興味深い。

・撃てどうてど人は死なざる空砲を汗あへて我等撃ち続けをる　（栃尾郷青年学校聯合演習）
新潟・石黒桐葉（『ポトナム』一九三五年九月）

この頃の頴田島評によれば「父の命により歌作を中絶するといふ悩」みもあったらしい(『ポトナム』一九三五年一一月)。

・夕冷ゆる秋山深く木樵われ鳥の巣くふ樹を挽りにつつ　石黒清作(『ポトナム』一九三六年一月)

・ここらあたり本屋と思ひてくぐりぬける雪のトンネルひやりと身に沁む　石黒清作(『ポトナム』一九三六年三月)

・岩床の起伏を走る寒の水ひびきをあげて平らかならず　石黒清作(『ポトナム』一九三九年八月)

・平穏に日々ありたきを曇などあかくもゆるに血を湧かしつつ　栃尾・石黒清介(『ポトナム』一九四〇年一一月)

・新刊書の裁断面を美しきものの一つに我はかぞふる　栃尾・石黒清介(『ポトナム』一九四一年三月)

「木樵」と称しつつ、文学への志が秘められている一連である。

『ポトナム』には、当時すでに編集者だった同人、石黒氏のようにのちに出版人となった同人も多い(以下敬称略)。福田栄一、松下英麿(ともに中央公論社)、只野幸雄(短歌公論社)、小峰広恵(小峰書店)らは、『出版人の萬葉集』(エディタースクール出版部　一九九六年)にも登場するが、他に、小泉苳三(白楊社)を筆頭に、新津亨(時事新報社勤務、パンナム書房)、尾崎孝子(歌壇新報社)、小島清(古書店、初音書房)、不破博(経林書房)、薩摩光三(短歌山脈社、岡谷市民新聞社)、片山貞美(角川書店)らがいる。ユニークな業績を残した出版人であった。石黒には、先のアンソロジー『出版人の萬葉集』に次の一首がある。

・不公平の公平をこそ期すべしと編集者の我に教へたまひき　(土岐善麿先生死去)

(『ポトナム』二〇一三年五月)

3　内閣情報局は阿部静枝をどう見ていたか――女性歌人起用の背景――

一　「最近に於ける婦人執筆者に関する調査」（内閣情報局発行）を契機として

二〇〇五年、久しぶりに出会った友人から内閣情報局第一部発行の部外秘輿論指導参考資料「最近に於ける婦人執筆者に関する調査」（一九四一年七月付、七五頁）のコピーを譲り受けた。彼女は近代日本政治思想史を専攻、女性史関係の論文も多い。勤務先のS教授から「利用できるのではないか」と託された資料だという。資料は、時代的にも、内容的にも、むしろ私の関心に近いのではないか、阿部静枝のデータも載っている、とのことで私のところにめぐってきた。

しかし、この「部外秘」とされた調査資料の背景や成立ちがいま一つすっきりしない（以下「調査資料」と記す）。どこでコピーをされたものなのか。すでにこれを利用している先行研究があるかもしれない。もしやと思い、ながく国立国会図書館憲政資料室に勤務された、図書館時代の先輩の手をわずらわすことになった。すぐに届いた手紙には、この資料を紹介している彼女自身の論考のコピーが同封されていた（山口美代子「近代女性史史料探訪――国立国会図書館憲政資料の中から」『参考書誌研究』四〇号、一九九一年一一月　一〇～一八頁）。それによれば、「調査資料」は、憲政資料室の『新居善太郎文書』（新居は、戦前に鹿児島県知事、内務省国土局長などを務め、戦後は恩給審議会会長、地方財政審議会会長などを務める）に収められ、「いわゆる戦時下において内閣情報局が言論指導の名のもと、言論統制を行ったその具体的な方針が見出され、とくに女性を対象とした稀有な資料」と評価されていた。

今回、この「調査資料」の裏づけのために、少なくとも静枝の著作に関しては、可能な限りまず「八婦人雑誌」にあたった。現在のところ、あらたに見出した文献が二件、雑誌名・発行年月が異なっているもの各一件があった。同時に、この際、静枝が執筆活動を開始した一九二三年（大正一二年）頃からの〈表Ⅳ－4〉「阿部静枝著作年表・戦前篇（～一九四五年）」（以後、「著作年表」と略す）を作成し、『ポトナム』追悼号（一九七五年二月）に作成・発表した年表の大幅な改定をおこない、形式も変更した。短歌作品・短歌評論以外の著作や活動にもできるだけ目を配ってきた。多くは、この三十年間、『婦選』『婦女新聞』などの女性雑誌の復刻あるいは種々の索引・目次集などが作成されたことの恩恵に浴したことによる。さらに、国立国会図書館所蔵雑誌がデジタル化され、各号目次が示されているので、複写依頼がし易くなったことにもよる。

筆者には、追悼号以降、①「阿部静枝——敗戦前後の軌跡——付年譜及び作品年表」上・下（『ポトナム』一九九七年四月・六月）、②「女性歌人たちの敗戦前後——短歌雑誌・女性雑誌における位置づけをめぐって」（『扉を開く女たち——ジェンダーからみた短歌史一九四五－一九五三』　砂子屋書房　二〇〇一年）などの論考があるが、太平洋戦争期についてては一部重なる部分があるかもしれない。また、③「溢れ出た女たちの戦争詠」（『女たちの戦争責任』　東京堂出版　二〇〇四年）、④「〝婦人雑誌〟に登場した歌人たち——［溢れ出た女たちの戦争詠］補遺ノート」（『風景』一一五号二〇〇五年四月）において、「調査資料」の対象期間と重なる一年間を中心に、女性雑誌に大きくのしかかった言論統制とそこに登場する歌人たちが果たした役割について考察したことがある。あわせて一読いただければと思う。

「調査資料」では、阿部静枝に関し、歌人としてではなく、執筆頻度が著しく高い「評論家」としての活躍を実証する。静枝の活動の背景には、歌人であることと昭和初期からの無産女性運動や普選運動における活動家としての実績があったことを見逃してはならないと思う。

二　「調査資料」からみた女性雑誌の女性執筆者の量的な傾向

「調査資料」の「凡例」によれば「本書は長期戦下の一端を担ふ婦人に対し或程度の指導力を持つと認めらるる婦人執筆者群の動向に関して調査し、輿論指導上の参考資料として」編纂したもので、一九四〇年五月号から一九四一年四月号までの一年間の「八婦人雑誌に於ける主たる婦人執筆者に就き量的質的の二方面より考察し」たとある。さらに、「調査目的」としてつぎのように記す。

「今や、時局は未曾有の国家総力戦下にあり、高度国防国家建設の急務の叫ばれる折柄、其の使命を帯びる国民の半数なる婦人の指導問題は極めて重要にして、指導の任にあると看做される婦人群の再吟味、再検討が従来、等閑視せられ、今尚、其の傾向あるは寧ろ奇異の観を与へる。名実ともに適任者と看做される人、極めて少なく、有名人は徒らに有名に堕する傾あり、無名の新人は姿を見せざる時、出来得る限り各方面からの情報に耳を傾けつつ、公正を期して、既述の調査目的に副い度い。」

なぜこのような「調査資料」がこの時期に作成されたのだろうか。その背景を確認しておく必要がある。資料冒頭の日付は一九四一年七月、調査対象期間が前年五月からの一年間といえば、中国戦線の膠着状態から日本軍は南方進出に転じ、一九四〇年七月、第二次近衛内閣は「大東亜新秩序」「高度国防国家建設」を打ち出し、九月日独伊三国同盟調印、一〇月大政翼賛会発足、一一月紀元二六〇〇年祝賀行事と続き、翌年三月には、国防保安法公布、治安維持法改正により、思想弾圧は強化され、国防国家に邁進する。

言論・出版統制にあっては、一九四〇年五月新聞雑誌用紙統制、一二月内閣情報局・情報官設置、日本出版文化協会発足、一九四一年に入ると二月情報局による総合雑誌執筆禁止者リスト提示、五月雑誌編集企画と執筆者リストの事前の提出などが義務付けられる。

さらに、女性雑誌関係においても統制政策は露骨さが増す。一九三八年五月に内務省警保局により「婦人雑誌に対する取締方針」が発表されていたが、一九四〇年一一月女流文学者会議発足により執筆者を束ね、一九四一年六月婦人団体統合閣議決定で団体を束ね、一九四二年大日本婦人会が発足する。同時に女性雑誌の内容までに立ち入り、一九四〇年一二月大政翼賛会が「母たる自覚の鼓吹」を要請する。また、「調査資料」の冒頭で「結果の好ましからざるに端を発し」たとし、作成の動機にもなったと記す、一九四一年五月内閣情報局による女性指導者との時局懇談会、七月警視庁「家庭婦人雑誌」発行人を招いて雑誌の整理統合を要請、八〇誌から一七誌への統合という事態に立ち至ったのである。これらの動向を〈表Ⅳ－1〉「言論・出版統制の動向と女性雑誌・歌壇の推移（一九三六－一九四五）」としてまとめた。

こうした状況を背景にしての「調査資料」作成であった。表題紙に「内閣情報局第一部」とあり、企画・情報・調査三課の中、作成者は第三課（調査）に属していたと思われる。この資料で筆者が着目するのは、次の二点である。女性執筆者の手になるさまざまな分野の作品、散文、座談の発言などの発表雑誌・発表頻度などの量的調査はかなり正確なデータを提供している点である。また、質的調査という、女性執筆者各人への戦時下における「情報局の利

表Ⅳ-1　言論・出版統制の動向と女性雑誌・歌壇の推移（1936~1945年）

社会事項	言論・出版統制事項	婦人雑誌関係	歌壇関係
1936.2.26　二・二六事件、翌27日戒厳令	1936.5.29　思想犯保護観察法公布 1936.7.1　内閣情報委員会（官制）設置 1936.7.10「講座派」研究者ら検挙		1936.11　日本歌人協会解散、大日本歌人協会発足
1937.5.31　文部省「国体の本義」刊 1937.7.7　日中戦争始まる 1937.6.24　帝国芸術院（官制）創設 1937.8.24「国民精神総動員計画要綱」閣議決定 1937.12.13 南京大虐殺事件	1937.7　雑誌出版の事前「内閲」開始 1937.8　新聞各社の作家従軍派遣開始 1937.9.25　内閣情報部（官制）設置 1937.11.20 大本営陸・海軍に報道部設置 1937.12.15 労農派幹部ら400人検挙	1937.2.27　内務省警保局より宮本百合子ら作品発表禁止	1937.2.11　文化勲章令公布、この年、佐佐木信綱受章 1937.12　改造社『新萬葉集』刊行 ＊「日本短歌」誌上における国文学者・歌人等による短歌滅亡論議続く ＊事変歌是非論争続く
1938.3.29　メーデー全面禁止 1938.4.1　国家総動員法公布 1938.8.16　ヒットラー来日	1938.2.1　「労農派」系教授ら検挙（第1次・第2次人民戦線事件） 1938.2.18　石川達三「生きてゐる兵隊」掲載の「中央公論」発禁 1938.3　内務省警保局、雑誌社に掲載見合わせリスト内示 1938.8.12　商工省、雑誌用紙節約指令　9.1実施 1938.9.11　内閣情報部、陸海軍ペン部隊として作家ら派遣開始 1938.9.16　馬場内務大臣、出版社に国家総動員法に協力要請	1938.5　内務省警保局、婦人雑誌に対する取り締まり方針発表 1938.9.5　内務省図書課、総合・婦人・大衆・娯楽各雑誌社代表を召集、貞操軽視の小説などを不可と指示 1938.11.8　内務省、婦人雑誌編集者に健全な母親教育、用紙節約を要請 1938.12.9　企画院、婦人団体幹部30人に時局対策協力要請 1938.12.16 厚生省、婦人雑誌編集者に戦没者出征遺家族精神援護を要請	1938.12　『支那事変歌集戦地篇』刊 ＊岡山巖「歌壇の旧派化を救へ」「短歌研究」をめぐる短歌革新論議続く
1939.3.9　兵役法改正公布、以降度々改正	1939.4.5　映画法公布、文化ニュース映画強制上映	1939.2.18　市川房枝ら婦人時局懇談会開催、婦人関係国策への建議・協力	1939.4　斎藤瀏「短歌人」創刊

社会事項	言論・出版統制事項	婦人雑誌関係	歌壇関係
1939.7.8　国民徴用令公布 1939.9.1　興亜奉公日実施開始(1942.1.8からは大詔奉戴日となる)	1939.6.21　内閣情報部(官制)改正 1939.7　内務省・自由主義的図書言論取締強化		1939.6　歌人逗子八郎(井上司朗)内閣情報部情報官として任官、後、第5部第3課(文芸)課長となる
1940.7.7　奢侈品使用禁止令 1940.9.27　日独伊三国同盟調印 1940.10.12 大政翼賛会発会 1940.11.10 紀元2600年祝賀行事	1940.5.17　新聞雑誌用紙統制委員会設置 1940.7.10　内務省、左翼出版物取締強化 1940.8　内務省、図書課を情報局に移管 1940.9　「出版新体制」営利、興味本位、自由、個人主義排除 1940.12.6　内閣情報局(官制)設置、情報官発足 1940.12.19 日本出版文化協会発足	1940.11　女流文学者会議発足 1940.12.20 大政翼賛会、婦人雑誌編集者に母たる自覚の鼓吹要請	1940.6　土岐善麿『六月』刊 1940.7　『新風十人』刊 1940.11.6　大日本歌人協会解散 1940.12　斎藤瀏「新体制と短歌」(「短歌研究」)
1941.1.8　東條英機陸相「戦陣訓」達 1941.3.10　治安維持法改正公布、予防拘禁可となる 1941.4.1　国民学校令公布 1941.7.1　内務省、ラジオを通じて全国隣組一斉常会 1941.7.2　帝国国策要綱決定、9.6改正、対米英戦準備、2月から日米交渉続くが、12月1日開戦決定 1941.7.21　文部省「臣民の道」配布 1941.10.18 東條内閣成立 1941.12.8　太平洋戦争開始	1941.2.26　情報局、総合雑誌執筆停止者リスト提示 1941.3　日本出版配給会社成立 1941.5　雑誌編集企画と執筆者リスト事前提出 1941.12.13 新聞事業令公布 1941.12.19 言論出版集会結社等臨時取締法公布	1941.5.13　内閣情報局婦人班、時局懇談会召集、高良富子、金子しげりら11名参加 ***1941.7　内閣情報局第一部「最近に於ける婦人執筆者に関する調査」(世論指導参考資料)作成*** 1941.7.19　警視庁、家庭婦人雑誌発行人召集、整理統合を要請80誌から17誌に	1941.1　「座談会・歌壇と新体制」(「日本短歌」) 1941.6.1　大日本歌人会発足 1941.8.2　内閣情報局、大日本歌人会との時局懇談会実施(井上司朗情報官司会)情報局第5部長川面隆三挨拶「時局と歌人の使命」(「短歌研究」9月号再録) 1941.10　『支那事変歌集銃後編』刊 1941.11.9　大日本歌人会主催「短歌報国講演会 1941.12　渡辺順三ら『短歌評論』グループ検挙

社会事項	言論・出版統制事項	婦人雑誌関係	歌壇関係
1942.4.30　第21回総選挙（翼賛選挙、推薦者381名、非推薦者85人当選）	1942.5　新聞一県一紙制始まる	1942.2.2　大日本婦人会発足（愛国、国防婦人会など統合）10月『日本婦人』創刊	1942.1「宣戦の詔勅を拝して」特集（「短歌研究」） 1942.5.21　第1回芸術院賞、川田順他 1942.5.26　日本文学報国会創立（会員3000人中女性200人） 1942.6　日本文学報国会短歌部会発足 1942.11.20 同上短歌部会選定「愛国百人一首」発表 5.29　与謝野晶子、11.2北原白秋没
1943.2　ガダルカナル島の撤退開始 1943.10.21 文部省学徒出陣壮行会（20歳以上の文科系学生全員入隊措置）	1943.9　日本出版会、原稿校正段階での事前審査強化		1943.3　『短歌研究』「撃ちてし止まむ」特集 1943.9　『大東亜戦争歌集』刊
1944.2.25　決戦非常措置要綱閣議決定 1944.6.30　学童集団疎開を閣議決定 1944.10.24 海軍神風特攻隊初出動 1944.11.24 東京の空襲始まる	1944.1.29『中央公論』『改造』編集者検挙、7.10出版元廃業	1944.3　『婦人公論』終刊 1944.4　『婦人新報』終刊 1944末　婦人雑誌『主婦之友』『婦人倶楽部』『新女苑』のみとなる	1944.4　歌誌統合16誌となる 1944.11　『短歌研究』改造社廃業に伴い日本短歌社より発行となる
1945.3.6　国民勤労動員令公布（これまでの各種徴用、動員令を統合） 1945.4　米軍沖縄本島に上陸開始 1945.5　独軍連合国に無条件降伏 1945.6.8　御前会議、本土決戦方針決定 1945.8.6　広島原爆投下、9日長崎原爆投下 1945.8.14　ポツダム宣言受諾決定 1945.8.15　天皇終戦詔書放送	1945.4.27 内閣情報局に陸軍・海軍・外務・大東亜の各省の情報部局を移行一元化 1945.4～　多数の知識人検挙横浜事件 1945.12.31 内閣情報局廃止		

表Ⅳ-2 八大女性雑誌における女性執筆者のジャンル別人員・執筆点数一覧表（1940年5月～1941年4月）

雑誌名／発行部数 創刊年・発行期間	小説		評論		随筆		報告		感想		座談		自伝		詩歌		計（延）		調査資料作成者の評価
婦人公論 19万3000部 1916年～	11 点	4人	7	5	34	17	6 **(1)**	6	24 **(1)**	23	4	4	10	7	5	5	101 **(2)**	71	総合・文化雑誌、知的水準が高い。一流作家起用
婦人朝日3~5万部 1910～1958年	6	5	5	5	16	16	5	5	17	15	4	4			2	2	55	52	知的婦人の娯楽雑誌的
婦女界2万9000部 1910～1952年	19	16	1	1	10	8	1	1	5 **(1)**	5	14 **(2)**	9			6	5	56 **(3)**	45	未婚婦人向け、近年の質的向上顕著
新女苑6万4000部 1937～1955年	19	6	14 **(1)**	5	18	14	5	4	20	11	3 **(3)**	2			1	1	80 **(4)**	43	総合・文化雑誌、知的水準が高い。一流作家起用
婦人画報1万8000部 1905年～	5	4	5	2	28	27	1	1	11 **(2)**	2	2	2					52 **(2)**	42	有閑階級向け
主婦之友122万部 1916年～	11	3					14	7	7	7	3	3					40	20	大衆家庭雑誌、一流夫人の指導力、無名婦人による共感を期待
婦人倶楽部98万部 1920～1988年	2	2					7	5	1	1	9 **(2)**	7					19 **(2)**	15	娯楽雑誌的
婦人之友8万5000部 1908年～	6	1			13	4	7	4	2	1	12	5					40	13	自由学園友の会員対象限定、指導者養成、営利的でない
合計	84	41	32 **(1)**	18	119	84	46 **(1)**	33	87 **(4)**	69	51 **(7)**	36	10	7	14	13	443 **(13)**	301	

＊発行部数は、「調査資料」による。創刊年・発行期間は、筆者が加筆した。カッコ内の太字は、阿部静枝執筆点数を示す。「調査資料」にない『婦人画報』の「感想」、『婦人倶楽部』の「座談」に各1点を追加している。

用価値から見た評価」および「出版・編集者サイドの評価」が記されている点である。

「調査資料」の「篇数表」「人員表」を合体し、筆者は、再点検した静枝限りにおいて補正して〈表Ⅳ－2〉「八大女性雑誌における女性執筆者のジャンル別人員・執筆点数一覧表（一九四〇年五月～一九四一年四月）」を作成した。『婦人画報』のエッセイ、『婦人倶楽部』の座談会をあらたに加え、〈表Ⅳ－3〉も補正した。女性執筆者の各雑誌の執筆ジャンル別の文献点数などを比較すると、顕著な傾向が見られる。まず、「調査資料」の作成者は、つぎのように分析する。

①とくに『主婦之友』、『婦人之友』の二誌は、他の六誌が各方面の執筆者を集めているにも関わらず、ごく一部の執筆者が独占的な地位を占めている。
②ジャンル別にみると、随筆一一九篇が群を抜き、感想雑文八六篇、小説八四篇、座談、報告と続くが、評論に類するものがわずか三二篇一八名に過ぎず、読者の求めるものが興味本位なものか安直な断片的知識と見られる。
③座談・対談が多いのは、雑誌社側が婦人指導者を駆り立てて比較的水準の低い婦人層に安易にして軽便に時局認識を与える企図がある。
④報告が多いのは流行に乗ったきらいはあるが、読者層の見聞を広めるのに役立っている。

さらに、発行部数との関連で、つぎのように結論づける。知識層を対象とする『婦人公論』、『新女苑』はその発行部数を寄せても発行総数二六四万部の一〇分の一程度にすぎない。絶対多数の発行部数を有する『主婦之友』、『婦人倶楽部』の二誌は合わせて、三五人の執筆者により五九篇の執筆を見るに過ぎない、という偏りを見せる。その執筆者の影響力の重大さは、「絶対多数の読者が無批判、無反省なる故を以て、さらに重要であらう」というのが作成者の量的考察の結語である。

〈表Ⅳ－2〉では、静枝の執筆篇数を括弧内の数字で表してみた。また、後掲の「著作年表」においては、「調査資料」の対象期間の文献の表題を太字で示した。また、雑誌への評価も付記した。「調査資料」作成者の読者の捉え方が実に単純で短絡的すぎ、読者の実態はそんなにも明快なものとは思われない。この時代の女性雑誌読者の実態や研究は見当たらないが、当時の雑誌購読にあっては、雑誌一冊の背後には家族など複数の読者が付いていたことや友人などとの回覧によって一人が複数の雑誌を読んでいたことなども想像にかたくない。

三 「評論家、阿部静枝」としての活動実績と背景

「調査資料」に見る阿部静枝

著名歌人としての通常の活動には、所属短歌会での執筆・運営活動、自作短歌の一般誌・紙への発表、種々歌壇の選者としての活動などがあるが、歌人の肩書きを付して社会的な活動をする例も多い。静枝については、一九四五年の敗戦前後を問わず、評論家として、多くのエッセイや評論を残し、一部はまとめられ、出版されていることは筆者も承知していた。ところが、今回の「調査資料」の裏づけ調査や遡っての調査をしてみると、その執筆活動は想像を超えて夥しいことがわかってきた。

まず、「調査資料」にあらわれた、評論家阿部静枝の執筆活動に着目してみよう。静枝（一八九九－一九七四年）は、

東京女子高等師範学校在学中から尾上柴舟に師事、『水甕』を経て『ポトナム』同人となる。仙台の高等女学校教師を経て上京後、結婚、東洋英和女学校の教師も務めた。昭和初期、社会民衆党の夫と無産女性運動の指導者となったが、死別後は、幅広い評論家として活躍していた。静枝の執筆は、「調査資料」の対象女性雑誌、対象期間では、合計一三篇のうち、『新女苑』四点、『婦女界』三点、『婦人公論』『婦人画報』『婦人倶楽部』各二点であり、その表題は「著作年表」で太字とした。内容的に分類してみると、一つは家庭生活上の実用に関わるもの、一つは結婚・職業など女性の生き方に関わるものであって、歌人としての文芸的な散文というものが皆無に等しい。そしてそのいずれもが戦時の国策推進ないしは制約の中での女性としての「工夫」「生き方」に集約されるのである。そこには雑誌編集者の「歌人」という肩書きを積極的に利用する意図が見え隠れする。

さらに、対談相手、インタビュアーとしても分野を越えての見識が問われての活動であろう。評論家堀秀彦を相手に古今東西の愛情・結婚観が展開され、堀は、今日における結婚の公的な面を強調し、静枝は「今までの結婚は自分の身を固めるといふところにあつたのですが、これからの結婚は身を固めつつ国を固めること」と対談をまとめている（「愛情について――結婚倫理の尊厳性」『婦人画報』一九四一年一二月）。日本女子大学教授井上秀とは「女性の教養について」（『婦人倶楽部』一九四一年三月）語り、翼賛会国民生活動員本部長・代議士村松久義との対談（『婦人倶楽部』一九四一年八月）では、最後に「結婚による民族増強」のための女性の役割に及ぶが、静枝は、昭和初期からの無産女性運動の活動で培った知見によって国策の細部についての確認や提言をしている。当時のメディアにおいて発言をつづけていく以上は、国策に沿うものという限界があったことは、以後敗戦までの阿部静枝の執筆や社会的活動をたどるといっそう明白になる。同様のことは、戦時下に歌壇のみならず文壇、論壇で活躍が目覚しかった女性たちにも共通することであった。しかし、敗戦後、本人ならびに後継者たちが、戦時下の活動をどう評価するかは、微妙に異なる対応を示したことは、重要な問題ではあるが、ここでは詳述しない（拙著前掲②③参照）。「評論家」として、もっとも点数の多かった宮本百合子は計二二点で、『新女苑』八点、『婦人画報』七点、『婦人朝日』四点、『婦人公論』三点など。続く羽仁もと子は自らの主宰『婦人之友』のみの一九点であった。さらに奥むめを九点（『新女苑』『婦人公論』など）、金子しげり七点（『婦人倶楽部』『婦女界』など）、高良富子六点（『婦女界』『新女苑』など）と続き、静枝の位置づけがわかろう。「調査資料」の作成者は、静枝をつぎのように分析する。

「東京女高師出身であるが、暫く〈働く婦人〉の夜学校に教鞭をとつてゐた時代に〈働く婦人〉に関心と同情をそそられ、それが婦人問題を考へるに至つた動機らしく思はれる。歌人であり、又評論家であると言ふ二つの面を持つ此の人は評論に多分の詩的理想主義的、又は、自由主義的なものがみられる。此の人がもつと現実に目を向け、持前の詩的感情で歪められずに動いて呉れれば幸甚である。いずれにせよ、此の人に新鮮さが感じられるのは、対象が若い女性である時、何よりの強みである。」

また、「調査資料」では出版・編集者サイドの意見をも聴取している。聴き手が情報局の人間であることは、当然ながら考慮しなければならない。静枝について、A社「此の人が婦人運動に乗り出したのは歌人としての情熱で（中略）……。性格は寧ろ強い方で、婦人仲間では親切な〈オバさん〉といった感じで評判が良い。指導的地位に就いては未亡人ではあるが、主婦であり、母である点、女性をよく理解し、又時局に対する目も鋭く、大体に於て無難な人だと思ふ」。C社「昔、C社の社員をしていたので、C社では頼み易いからよく使ふ。特に座談会などに来てもらふのに極めて都合がよい。指導者として利用しても決して裏切られる人ではないと思ふ」。E社「所謂リベラリストではあるが、若い婦人の行くべき方向を見定め、女性の立場で物分り良く、指導して行ける人だと思ふ。何よりもものの見方が良い意味での常識的である」とコメントしている。一方、「調査資料」は、宮本百合子については、夫宮本顕治が今なお獄中にあることを述べた後、つぎのように記述しているのも興味深い。

「宮本百合子が未だ転向を声明しないのも、顕治を背景に考へる時、首肯出来る。中條から宮本に改名したのも、此の夫君の検挙後のことであれば、尚更、問題視されて良い。元来、作家としてプロ文壇に登場した人であつたが、早くから天才少女として知られてゐただけに、評論に、随筆に、批評に、其の存在は、思想の貧困を喞つ女流言論界に今尚異彩を放つてゐる。此の多方面な才能は現時の婦人雑誌界に於ける彼女の地位を不動のものとし、極めて便利な、重宝なる人としたのであるが、それだけに婦人層に与へる影響力は、其の大半が無批判を極める層であつてみれば、心理的にも大きく、彼女の才能のためには残念ではあるが、自重が望ましい。」

さらに、「調査資料」の作成者は警視庁当局にまで取材し、宮本に山川菊栄、神近市子、帯刀貞代と窪川稲子、中本たか子を加えたグループについては「最も問題視されるべきは宮本で、其の偽装が巧であればある程警戒を要する」と付記している。半年を経ない一九四一年一二月八日直後に百合子自身が検挙されるのである。

阿部静枝登場のメディアの広がり

なお、静枝の評論家としての活動を少し長いスパンで見てみよう。静枝の活動実績の背景を探ることにもなろう。

「著作年表」からも明らかなように、静枝には、歌壇以外の一般メディアに頻出していた二つの時期が見て取れる。一つは、昭和初期、夫温知と共に労働運動、政治活動に従事していた時期、一つは夫の急逝以降、太平洋戦争開始前後に重なる一九三九年から一九四二年の時期である。

一九二七年阿部温知の法律事務所と住居を京橋に移し、夫婦ともども社会民衆党での党活動が活発になる。一九二七年一一月社会婦人同盟を赤松常子らと結成、中央執行委員となり、一九二八年七月、社会民衆婦人同盟と改称、機関紙『民衆婦人』が創刊されている。一九二八年といえば、全ての男子に選挙権・被選挙権を与えた普選による総選挙が実施されるのと引き換えに、治安維持法改正や共産党員の全国的検挙が開始し、三・一五事件、翌年の四・一六事件へと弾圧は強化されていた。前後して社会民衆婦人同盟は、婦選獲得共同委員会にも参加、また、終始取り組んできたのが母子扶助法制定であった。一九二九年には、夫が東京市市会議員に当選するが、その後の国政選挙には敗れている。

ところで、一九二八年から三〇年まで、静枝の京橋の住まいは『ポトナム』の発行所となり、編集所も兼ねていた時期で、『ポトナム』関係者ほか歌人の出入りも多かった。大正末期、一九二五・二六年にも静枝の三河台の住まいが発行・編集所になった時期がある。その当時から出入りをしていた、ポトナム同人松下英麿、新津亭らのエッセイに拠れば、「阿部さんには、子どもがいなかった」という記述もあることから、一九二二年誕生の長男英郎は、『霜の道』にあるように一緒には暮らさず、里親に預けていたものと思われる。この間の事情は、後の『阿部静枝歌集』に自筆解説で「普通のめでたい結婚へあっさり入りがたい事情が双方にあった」とだけ記される。長男と共に暮らすようになったのは、自筆年譜の一九三八年、夫の病没直後に「五月、居を麻布信濃町に移す。家族は、一子の長男と末妹なり」とあるから、この頃だったのだろうか。静枝の母子扶助法への思い入れは格別であったかもしれない。

いずれにしても多忙を極めた昭和のこの時期を経て、静枝は社会民衆婦人同盟の中央執行委員として活躍、そして、一九三一年二月八日芝公園協調会館で開催された無産婦人大会に至る。この集会では、「臨監席」から弁士の演説中止による弾圧を続けざまに受けた上、集会終了後、静枝を含む三〇人が愛宕署に検束されている。集会は、日本大衆党系無産婦人同盟と社会民衆党系社会民衆婦人同盟の「共同闘争」として共催され、日本労働総同盟傘下の組合にも呼びかけ、「打倒浜口不景気内閣、満一八才以上の男女の選挙権・被選挙権獲得、婦人政治結社権獲得、男女同一労働同一賃金の制定、女子人身売買の禁止」などのスローガンが掲げられた。無産婦人同盟からは堺真柄、菊川君子、松村喬子、岩内とみゑ、織本貞代、社会民衆党からは、静枝、赤松明子、赤松常子らが演壇に立った。共催双方の機関紙の集会報告によれば、日本大衆党浅原健三、社会民衆党片山哲両代議士を先頭に警察署との釈放交渉、安達内相官邸では決議文を手交し、巡査による暴行に抗議したとある。ちなみに、彼女たちが〝欺瞞的〟と糾弾する「婦人公民権法案（制限案）」は、同月衆議院本会議で可決したが、貴族院で否決されている。三月の地久節には、島津治子を理事長、吉岡弥生、井上秀子、内務・文部官僚らを理事とする大日本連合婦人会が、いわゆる「官製女性団体」として結成され、この日を「母の日」として家庭教育振興運動を展開し、機関誌『家庭』を創刊した事実は記憶にとどめたい。

一九三一年五月社会民衆婦人同盟は、労働婦人連盟と合同した折も、静枝は中央執行委員を務め、同年九月からは労働総同盟婦人部とともに婦人労働者保護法制化運動に取組み始める。九月の満州事変を受けて、一一月、社会民衆婦人同盟は国家社会主義実現を目指すとの声明、三大要求獲得闘争デーとして母子扶助法制定、無料託児所及び産院設置、女中待遇改善の要求へと微妙にシフトする。静枝はこの年、つぎのような「社会民衆婦人同盟歌」を作詞（作曲小松清）、『民衆婦人』四月二五日号、『労働婦人』四一冊（号）に発表され、楽譜も付されている。現実にどのくらい歌われたものなのだろうか。二番で労働婦人を、三番で農村婦人を歌い、五番で締めくくり、「堅く腕を組み進む我等　社民婦人の旗の下に」が各番で繰り返しになる構成である。ちなみに一番と四番を記しておく。

㈠あくなき資本の　攻勢に／圧しひしがる　民衆の
　鉄鎖を断たん　時ぞ今
　堅く腕を組み　進む我等／社民婦人の旗の下に
㈣次の時代の　光明と／命をかけて　子を守る
　母の権利を　闘はん
　堅く腕を組み　進む我等／社民婦人の旗の下に

一九三〇年を機に『労働婦人』への登場が頻繁になる。日本労働総同盟婦人部が一九二七年一〇月に創刊し、ほぼ月刊で一九三四年二月まで七三冊（号）が発行された。静枝は、早くより労働総同盟の教育部講師を務め、『労働婦人』には、自らも以下のような短歌をしばしば発表、「読者歌壇」を設け、一九三二年からは「短歌講話」連載、組合員の短歌指導にもあたっている。これらの短歌作品は、静枝の言によれば「散逸」していたものと思われ、『霜の道』（女人短歌会一九五〇年）にも収録されていない。

夫のためわが身を尽す胸せまるうれしさありて立働くも
（せんきょ　『労働婦人』28号一九三〇年三月）
みな捨児ですといふ名札を下げた小さな寝台の幾列
（労働婦人よ・養育院　『労働婦人』37号一九三一年一月）

閉じた工場の破れ硝子戸の黒く息づく灯ともらぬ村　（農村　『労働婦人』43号一九三一年七月）
日曜の朝はなほ早く起きて街を呼び流しもの売る児達　（旅の町から　『労働婦人』46号一九三一年一〇月）
少女等の歌元気よくもれきこゆ幾十日の闘い疲れず（関紡東京闘争本部を訪ふて　『労働婦人』53号一九三二年七月）

また、この時期静枝の短歌は短歌雑誌に発表するより新聞や一般雑誌に寄稿することが多かったのではないか。

金につまつて手離す馬の多さに底なしに競り落されて　（東北寒村　『改造』一九三一年二月）
少女の眼で眺めた故郷を今見直し、嘆息しながらうなづく　（故郷　『報知新聞』一九三一年三月一〇日）
裸木を吹き研ぐ風の中、凍る硝子戸に寄り聴く会場を溢れた人たち　（同右）
凶作の田一面朝霧にかがよふ陽光のむしろすさまじく　（北辺　『短歌研究』一九三五年一月）

プロレタリア短歌と一線を画しながらも、社会的なテーマに口語的表現で挑戦しているのが、よく分かる短歌である。それというのも、上記のような実践活動に裏付けられているからだと思う。『ポトナム』の「プロレタリア派」が脱退したのは一九三一年だったが、静枝は、「主流派」との間に立って苦慮したという。
もう一つの静枝執筆のピークは、一九三八年二月に夫温知が病没した直後からの数年間一九四二年頃までである。翌一九三九年になると、執筆件数は急増し、執筆メディアも広がり、全国紙の『東京日日新聞』『読売新聞』などに連載ものを持つようになる。『東京日日』の「亭主教育」、『読売』の「女の立場から」などは、当時としてはちょっと歯切れのいい男性批判や女の生き方や暮らしの知恵などを提示したエッセイで、一九三九年六月には、『亭主教育・

表Ⅳ-3　女性歌人の女性雑誌寄稿一覧（1940年5月〜1946年4月）

（　）内の数字は短歌作品寄稿を示す

		婦人公論	婦女界	新女苑	婦人朝日	婦人倶楽部	婦人画報	合計
3篇以上の歌人	今井邦子	2(1)	5(1)	1	2(1)		1	11(3)
	五島美代子	1(1)	1(1)	1(1)	1			4(3)
	茅野雅子	1	1				1	3
	柳原燁子		1	1		1		3
1・2篇の歌人	四賀光子		1(1)					1(1)
	杉浦翠子		1(1)				1	2(1)
	築地藤子						1	1
	津軽照子		1					1
	中河幹子						1	1
	山川朱美（北見志保子）						1	1
	若山喜志子		1(1)					1(1)
評論家	阿部静枝	2	3	4		2	2	13

女の問題』（大隣社）として一冊にまとめられている。広く読者から受け入れられていた証ともいえよう。しかし、それは、国家総動員法（一九三八年四月公布）を核とする灯火管制や米の配給統制などに象徴される統制国家、国民生活の窮乏にいかに耐えるかの知恵や工夫に目を向かせる政策への加担をも意味していた。「調査資料」の対象期間の一年間を含む時期である。

ここで、静枝の執筆の舞台となった主なメディアについて、紙数の範囲で、時代に沿って振り返ってみよう。

「著作年表」では、『玄土』『橄欖』『水甕』『ポトナム』に発表の短歌作品は省略している。短歌雑誌の枠を超えての登場は、大正期にさかのぼり、一九二四年（大正一三年）の『婦人公論』（一九一六年一月創刊　中央公論社）に掲載の小説だろうか。『青鞜』の廃刊と入れ替わりのような形でスタートし、長い間、女性知識層、女性解放のオピニオン誌であり、一九四一年婦人雑誌の統合にあっても生き残った。静枝は、夫との死別後、自らの母子家庭のルポルタージュとして「母情苦患」を発表し、以後年表に見るごとく時々登場するようになる。

昭和初期、アンケートの回答者として登場する『婦選』は、一九二七年一月、市川房枝らを中心とした婦選獲得同盟の機関誌として創刊された。婦選獲得同盟はその前身が一九二五年発足、婦人結社権・婦人公民権・婦人参政権獲得を目指した。一九三六年『女性展望』と改題、静枝は、当時の一流女性文化人を招いての座談会にもしばしば参加している。短歌作品も扉やコラムに掲載されている。夫への挽歌と哀悼記事を紹介しよう。長年の同志ともいえる金子しげりは、静枝の「過ぎし日」五首に続き、追悼文を寄せている。

・夫の眼を背にかんじてふとふり向けりかくて笑みあひし日は過ぎしもの（阿部静枝）

（「過ぎし日」より『女性展望』一九三八年四月）

（前略）静枝氏は実は私の御茶の水でクラスメート、四十歳の春浅くして独りずみになられやうとは思ひも初めなかったこと。温知氏とも結婚当初から知り、社大党（社会大衆党）内に在つても市議時代、府議時代を通じてフェミニストらしく行動して下さつた方でしたのに、哀悼に堪へえません。（金子しげり）

（『女性展望』一九三八年四月）

『女性展望』には女性歌人の寄稿も多い。『婦選』創刊号には岡本かの子、山田（今井）邦子が祝辞を寄せ、中河幹子、水町京子らに続き、静枝も第四号に「をみなみな盟（ちか）ひうつくしくはたらきて明るからん世わが想ふなり」ほか七首を寄せている。以後、当時の著名女性歌人の短歌が毎号寄せられている。詩では与謝野晶子、深尾須磨子、竹内てるよらの名が見える。しかし、彼女らの作品も、一九四〇年九月、大政翼賛会発足とほぼ同時に婦選獲得同盟が解散、「婦人時局研究会」に合流という事実に象徴されるように、国策協力体制に組み込まれて行き、『女性展望』も一九四一年八月廃刊となる。

静枝の名が頻出するメディアに週刊『婦女新聞』がある。その編集発行人福島四郎の名前とともに知ってはいたが、復刻版により今回はじめて通覧することになった。一九〇〇年（明治三三年）五月、福島四郎によって創刊、一九四二年三月廃刊される。その綱領は、①男女対等・機会均等、②家庭内における妻・母として地位確立、③男女協力による社会平和の実現の三点に要約される。静枝が登場するのは、一九三八年六月五日号の「社会時評」からであり、七月からは法律学者の田辺繁子とともに「婦女新聞論説委員」となる。これも夫の病没と無関係ではないだろう。一九三九年末には、小説「冬の山脈」の短期連載もある。東京で教師として働く女性が東北の生家の祖母・家族との確執と恋愛を絡めた物語であった。

静枝の時評などの論調は、青少年の犯罪多発からは愛情の大切さを、生活苦の母親の自殺からは国民養老年金制度の確立の要を説き、女性の姦しさを戒め国民としての自覚を問い、男子・上流婦人たちの家事参加を訴えるなど、現代にも通ずる発言ながら、「この戦時下の社会状勢の故に、婦人も漸く公人として扱はれかけて来た」「常態の社会になつた折ふたたびしめだされない為にも、此際向上に心がけるべきであらう」という結論に導かれる限界を擁していた。しかし、『婦女新聞』自体も、一九四二年を迎えて、福島四郎は「時代の大浪を乗切るだけの総力が足りないから」と無念の「自爆」を宣言、多くの読者や出版人たちに惜しまれながら廃刊に至る。

「調査資料」対象の八大婦人雑誌の内、静枝と縁が深かった『新女苑』『婦女界』『婦人画報』についてのかかわりを述べておきたい。縁がなかったと思われる『主婦之友』『婦人之友』は、前者はその徹底した大衆性から、後者は自由学園の羽仁家のカラーが強く、会員制をとっていたことからも理解できよう。

「調査資料」対象の一年間で、静枝は、『新女苑』の対談に三回、評論に一回登場している。『新女苑』は、一九三七年に実業之日本社から創刊され、当時としては新しいセンスにあふれた、若い女性向きの教養雑誌であった。実業之日本社にはすでに『少女の友』の実績を踏まえ、内山基編集長は、従来の主婦向けの実用的な雑誌にはない、文芸中心の教養雑誌を目指し、執筆者、内容とともに表紙絵、グラビア、広告などにも他誌に見られぬ斬新さを打ち出していた。小磯良平の表紙、吉田絃二郎のエッセイが長く続き、長編・短編小説、翻訳もの、映画・読書・演劇、時局記事、海外事情報告、女の生き方、暮らし・ファッション情報などに至るまで、バランスの取れた構成が目を引く。林芙美子、窪川（佐多）稲子、評論では宮本百合子、山川菊栄、奥むめを、金子しげりなどの女性運動家も常連で、その流れのなかで、静枝も対談の聞き手として登場する。また、読者文芸欄にも力を入れ、小品－川端康成、詩－深尾須磨子を経て高村光太郎、短歌－窪田空穂の選が長く続いた。短歌は、戦時末期を除けば、毎月三頁にわたり、百首の入選・佳作を掲載し、台湾、朝鮮、満州などからの投稿もある。編集長が交代した後も、基本的な編集方針は受け継がれ、他誌同様、統制が強化された中、さらに用紙不足の中で、小冊子のようになっても、合併号などで敗戦期を乗り切るのである。

『婦女界』の創刊は一九一〇年（明治四三年）にさかのぼる。一般に女性雑誌の構成要素として知識・教養的な情報、生活・実用的情報、エンターテイメント情報があげられる。どれに重点を置くかによって、その性格も変わるのだが、当時の『婦女界』は、『主婦の友』『婦人倶楽部』にならう生活・実用的要素が高い。例えば静枝が座談会とエッセイとで登場している一九四一年四月号を見てみよう。グラビアが海軍省提供の「海に生きる」、「科学する女性」など。谷川徹三と円地文子の対談「若き世代の女性・結婚・文化を語る」とセットのような形で静枝の「結婚朗話二題」

が組まれている。「お米の配給と勤め人のお弁当五種」（香川あや）など料理関係記事が五本、座談会「純綿とスフの代用の研究」がある。文芸記事としては、荻原井泉水の遍路紀行、今井邦子の万葉集鑑賞、斉藤瀏・前川佐美雄の短歌各五首が載り、歌人の活躍は著しい。さらに、情報局情報官井上司朗（歌人逗子八郎）が時事解説で登場している。小説は読み切りで短編をふくめ六本、歌壇は生田蝶介選の二頁。一九四二年一一月号では、頁は少なくなり、歌壇も一頁弱の編集部選、一七首となっていた。また、読者相談コーナーでは「和歌の上達法」が問われ、婦女界短歌係鮎川紀代が結社への入会を勧めている。女性のみの結社として、「明日香」（今井邦子）、「草の実」（川口千枝子）、「御形」（中河幹子）、「花房」（高橋英子）、「短歌至上主義」（杉浦翠子）、「月光」（北見志保子）が住所とともに掲載されていた。敗戦後の『女人短歌』の立ち上りにはこれらの結社を支えていた女性たちの潜在的な力が実ったとも思わせる。

『婦人画報』は、国木田独歩を編集長として創刊したのが一九〇五年七月だから、二〇〇五年、一世紀を経て健在していることになる。一貫して、ヴィジュアルな雑誌を目指し、当代一流のカメラマン、デザイナー、画家たちを動員し、先駆的な役割を果たした点が注目に値する。さらに、もう一つの特色は、グラビアを中心とする皇族情報の多さである。増刊号としての『皇族画報』に加えて毎月のグラビアにおける皇族の登場が他の女性雑誌に比べて圧倒的に多い。発行所や編集方針にも変遷があり、とくに、一九三〇年頃から五・六年の間は、センセーショナルな特集を毎号組み、話題を呼んだらしい。現代に比べたら他愛ないものではあるが、「破婚時代」（一九三〇年九月）、「見合いから新婚旅行まで」（一九三一年九月）、「奥の奥男の急所女の急所」（一九三五年九月）などである。女性の論客としては、神近市子、宮本百合子などが活躍、武井武雄、初山滋、伊藤喜朔、猪熊弦一郎、佐野繁次郎など斬新を誇っていた表紙も一九四〇年一月からは『主婦之友』並みの女性の肖像画が描かれるようになる。短歌や女性歌人との関係はといえば、読者歌壇は創刊当初より佐佐木信綱と与謝野晶子の選者時代が長い。途中やや推移はあるものの、一九三七年まで信綱一人が選者を務めていた。一九三七年一二月号後記には、不振を理由に、恒常的な歌壇が閉じられることが報じられる。しかし、創刊以来、若山喜志子、岡本かの子、山田（今井）邦子、柳原白蓮、原阿佐緒、栗原潔子、中原綾子、茅野雅子、中河幹子など、かなり限定されるものの、女性歌人がエッセイや短歌作品を幾度となく寄稿している。阿部静枝は一九四〇年代に登場するが、短歌作品を見出すことができなかった。歌人といっても、夫の肩書や話題性、華やかさが求められていたためではなかったか。

四　女性歌人たちの実績と背景

「調査資料」において、執筆頻度の高い女性歌人として、今井邦子一一点（『婦女界』、『婦人公論』、『婦人朝日』など）、五島美代子四点、茅野雅子三点、柳原燁子三点があげられ、四賀光子、杉浦翠子、中河幹子、築地藤子、山川朱実（北見志保子）、若山喜志子らの名が続く。ここにおいても作品としての「短歌」を発表する例はむしろ少なく、執筆の多くは一般読者向けの随筆・雑文・古典鑑賞などである。今井邦子の一一点中、短歌作品自体の寄稿は四点であった。短歌作品と短歌鑑賞・評論がほとんどであった短歌総合雑誌の調査とは大きく隔たるのは当然のことではある（拙著②）。「調査資料」の女性歌人への言及は少なく短歌以外「他に見るべきものがなく」とされるにとどまり、五島美代子、若山喜志子のみには、つぎのようなコメントが付されている。いずれも女性歌人には「文化教養面」「女性の情操の陶冶」における役割を期待している文面であった。当時の性役割分担を如実に反映しているといえる。

「五島美代子――同人は歌人として優れた人であり、家庭人としても大阪商大教授五島氏の夫人として地味な落ちついた感を与へ、何よりものの見方が純粋で、主義主張に依り乱される事なく、女性の文化教養面に関しては、今井、茅野、柳原の三氏と並んでもつと表面に出て欲しい人である。」

「若山喜志子――歌人牧水未亡人や若山喜志子は、若くして郷里を出、牧水の人間を求めて苦難の人生行脚を歌に詠んだ人で、詩に思想が求められないやうに、歌人喜志子から何ものかを引き出さうとするのは誤つてゐるが、女性の情操の陶冶に欠くべからざる人である事はいふに及ばない。」

この「調査資料」では、「歌人」としての阿部静枝は登場しなかったが、「評論家」としての執筆や発言が「婦人雑誌」にかくも重用されたのは、なぜだったのか。冒頭でも述べたように、昭和初期、夫阿部温知と共に社会民衆党の活動家としての実績が大きな要素になっていることは確かである。さらに、夫の東京市会議員としての活動やその後の選挙活動を支援した実践、日本労働総同盟婦人部のリーダーとしての活動、婦選獲得同盟・日本大衆党系の無産婦人同盟などとの連帯活動などの経験が、重畳的に培ってきた識見や社会性、弁舌・執筆能力などが評論家としての基盤になっていたにちがいない。さらに、夫の病没後は、子どもを持つ「未亡人」、経済的自立を余儀なくされた働く女性という「立場」も一つのポイントになっていただろう。さらに、また、女高師以来短歌研鑽の道は、一九二六年第一歌集『秋草』として実を結んだが、以降は、一九五〇年『霜の道』まで歌集にまとめることはしていない。しかし、社会的な主題にも意欲的な作歌傾向と臨機応変の文章表現能力、物怖じしない弁舌、作歌の指導力などが相乗的に女性歌人としての地位を不動のものにしたのではなかったか。その「歌人」としての肩書きを短歌と関係のない仕事の折に付することによる読者への効果を、彼女自身も、メディア側も十分予測してのことであったにちがいない。自らの経済的要請をも満たし得て、時代のメディアに登用されることへの充足感、さらに自分に期待される表現活動へとシフトさせてゆく能力と引き換えに得られる蜜の味には、静枝も弱さを露呈した。しかし、これは何も、戦時下の静枝に限らず、現代の表現者にも日常的に迫られる選択でもある。その選択の軌跡は、紛れもなく歴史が証明することになろう。

（『ポトナム』二〇〇六年一～二月）

表Ⅳ-4 阿部静枝著作年表・戦前篇（～ 1945）

年／著書（図書）	短歌（題名）・歌数（掲載誌・月）	短歌評論ほか（掲載誌・月）	社会評論・エッセイ他（掲載誌・月）	備考その他
	＊玄土・水甕・ポトナム・橄欖に発表の場合は除いた。合同歌集、アンソロジーは、各年本欄末尾に書名とともに採録した ＊作品名末尾の数字は短歌の数を示し、未記入は、現物未確認ながら記載した	（文章は判明の限り採録したが、原則的に歌集などの序文などは除いた。論文収録の図書は書名とともに採録した） 1923年『莎鶏集』を読みて（ポトナム8） 1924年小説「表彰」（婦人公論8）	1899年2月28日　宮城県石森村生る 1916年4月　東京女子高等師範学校入学。在学中、国文・短歌を尾上柴舟に学ぶ。1918年林うた（子）名で「水甕」1918年12月より短歌発表、後1921年11月二木静枝名となる 1920年4月　東京女高師卒、仙台の東華高等女学校赴任、仙台市内の短歌グループ玄土社で、石原純の指導を受ける。「玄土」（1920年8月創刊）1920年10月号～1921年9月号、林うた名で作品発表 1922年　退職、上京。弁護士阿部温知と結婚、長男英郎生る 1922年4月　「ポトナム」創刊 1923年　「水甕」6月号より二木静枝より阿部静枝となる（1924年10月まで作品発表）。「ポトナム」に参加し、7月号より阿部静枝名で発表 1924年6月　夫、革新倶楽部より東京府議会議員に当選（京橋区） 1924年10月　東洋英和女学校教諭（26年3月まで） 1925年1月　「ポトナム」発行所を麻布三河台阿部静枝方に置くが1927年移転	
1926（大正15） 10月『秋草』 （ポトナム社）				**12月　大正天皇没**
1927（昭和2）	現代女流歌人百人一首1（婦人公論1） をみな7（婦選4）	『秋草』批評特集号（ポトナム1） 今日まで（ポトナム4） 「瑞枝集」の人々に（選歌評）（ポトナム6）	㋐一票が自己の全人格たれ（婦選＊4） ＊1月創刊	夫、社会民衆党（1926年12月結成、安部磯雄委員長、片山哲書記長）に入り、支部長、労働総同盟法律部員として活動 5月　北見志保子らの「ひさぎ会」に参加（～1938年1月） **3月　金融恐慌**

年／著書（図書）	短歌（題名）・歌数（掲載誌・月）	短歌評論ほか（掲載誌・月）	社会評論・エッセイ他（掲載誌・月）	備考その他
1928（昭和3）	自選歌（草の実6） 作品3（令女界11） 晴れ（沙羅10） （愛誦10） 蕗の薹　『昭和一萬葉集』（素人社）	雲に入れる鳥に語る（ポトナム2） 歌舞伎細見（飯塚友一郎）に（ポトナム2） 『冬月集』作者相　（ポトナム3）		静枝、社会民衆党婦人同盟結成に参画、執行委員となる 2月　「ポトナム」発行所、京橋炭町阿部静枝方に移る **2月　第16回総選挙、普選初** **3月　蔣介石、国民政府樹立**
1929（昭和4）	大島10（短歌雑誌2） 日本橋付近（文芸時代6） 殻10（短歌月刊11） 解散と総選挙12（まるめら5）	高原の人々（作品評）（ポトナム5）	夫婦の危機をどう乗り越えた（読売新聞10／15）	3月　夫、社会民衆党より東京市会議員当選 **10月　世界恐慌始まる**
1930（昭和5）	［名流和歌抄］（読売新聞連載） 金解禁5（1/11） 無産陣裡5（2/17） 炎暑5（7/25） 夜学を始めて5（11/22） 冬5（雄弁2） 戦陣3（報知新聞2） せんきょ3（労働婦人＊28号3） ＊1927年1月総同盟機関誌として創刊、1934年1月終刊 無産陣10（短歌雑誌3） グラビア（週刊朝日夏季増刊号） 無産陣裡10『現代新選女流詩歌集』（太白社編刊）	『曇天と樹木』（大坪唱一）小感（ポトナム3） 晴れたる『植物祭』（前川佐美雄）（心の花10）	㋐制限公民権をどうみるか（婦選8） 婦人の社会化を促す（読売新聞10/23） 生活戦線を飛び超えて（読売新聞11/9） ㋐私が結社権を得たら（婦選11）	2月20日　夫、第17回衆議院総選挙、社会民衆党より立候補、4000余票とるも落選 6月21日　社会民衆婦人同盟中央執行委員長山田やす子、委員に赤松常子、静枝ら選出される。母子扶助法の制定を内務省社会局長に面談、迫る（「報知」6月23日） 12月6日　社会民衆婦人同盟第1回全国大会、引き続き静枝中央執行委員 **10月　台湾、霧社事件**
1931（昭和6）	労働婦人よ8（労働婦人37号1） 東北寒村5（改造2） 養育院10（短歌雑誌2） 飢うる母子10（短歌月刊3） 春夜3（雄弁3） 女流和歌抄／故郷8（報知新聞3/10）	女流歌人論（短歌月刊1） 選歌評（ポトナム4） 生きているものへ（短歌月刊5） 『冬艶曲』（福田栄一）の著者への待望（ポトナム6） 特別読物としての女流の創作を（短歌月刊9）	参政権と無産婦人（読売新聞1/30） 中部地方に戦線は拡大す（民衆婦人＊21号2/25） ＊1928年7月社会民衆婦人同盟機関誌として創刊	2月8日　無産婦人大会「徹底普選実施」決議文を安達内相に手交時、静枝愛宕署に検挙、釈放される 5月　社会民衆党同盟中央執行委員となる

年／著書（図書）	短歌（題名）・歌数（掲載誌・月）	短歌評論ほか（掲載誌・月）	社会評論・エッセイ他（掲載誌・月）	備考その他
1931（昭和6）	労働群の中に10 （短歌月刊6） 作品 （星座9） 農村5 （労働婦人43号7） 大鐘紡女工10 （短歌雑誌8） 旅の町から4 （労働婦人46号10） 現代女流歌人百人一首1 （短歌月刊10） 空から呼ぶ5 （朝日新聞11/24）	女流歌人論1・古代 （ポトナム12） 一九三一年の女流歌壇 （短歌月刊12）	我等の無産婦人大会記 （労働婦人39号3） 女性から見る世相・華やかな勇敢さ　痛ましい勇敢さ （朝日新聞4/19） 社会民衆婦人同盟歌 （民衆婦人23号4/25） 社会民衆婦人同盟歌 （労働婦人41号5） 無産婦人 （新月5） ㋐中等女教員への要望（婦選8） 家庭講座・女中の教養 （NHKJOAK　12/3）	11月22日　社民党の宣伝ビラを東京上空、飛行機より散布 12月　社会民衆党婦人同盟赤松常子らと三井合名の阪井徳太郎と会見 **9月　満州事変始まる**
1932（昭和7）	空から呼ぶ日6 （労働婦人50号2） 作品 （短歌創造2・3） 作品 （短歌月刊3） 関紡東京闘争本部を訪ふて2 （労働婦人53号6） 争議6 （労働婦人56号9） 秋の部屋から9 （短歌研究11） 運動19（『年刊歌集昭和7年版』アトリエ社3）	春 （短歌月刊1） 女流歌人論2 （ポトナム2） 詠草（その二）評 （ポトナム2） 詠草（その二）評 （ポトナム4） 書架の歌集 （ポトナム5） 秋の部屋 （ポトナム10） 私の母 （日本短歌創刊号10） 短歌講話1～3 （労働婦人57～59号10～12） 女流歌壇回顧（NHKJOAK12/3）	助産婦の意味 （読売新聞11／12） 草木と生活の詩歌・別巻 （日本国民〈日本女性〉6）	2月20日　夫、第18回衆議院総選挙に立候補、3500余票で落選 8月27日　社会民衆党分裂、社会大衆党（安部磯雄委員長）に参加、社会大衆婦人同盟（赤松常子中央執行委員長）に参画、中央執行委員・宣伝部長となる **1月　上海事件** **3月　満州国建国宣言**
1933（昭和8）	作品5 （芸術新聞1/1） 京橋5 （短歌研究1） 春の施療院10 （短歌研究3） 黒い空気10 （日本短歌3） 頽勢9 （短歌月刊9） 敗戦裡10 （短歌研究5） 三原山10 （短歌研究8）	短歌講話3～15 （労働婦人60～71号1～12） 風景 （日本短歌1） 座談会・女流歌人（短歌研究1） 『黄薔薇』を評す （短歌月刊2） 花を詠める名歌一首 （短歌研究4）	㋐女宝受けた差別待遇（婦選1） 旅先から送って頂いたもの （朝日新聞9/19）	1月　『ポトナム』現実的新抒情主義提唱 3月　夫、社会大衆党より東京市会議員選挙に立候補、落選 **1月　ヒトラー、ドイツ首相に** **3月　国際連盟を脱退**

年／著書（図書）	短歌（題名）・歌数（掲載誌・月）	短歌評論ほか（掲載誌・月）	社会評論・エッセイ他（掲載誌・月）	備考その他
1933（昭和8）	秋の村10（短歌研究11） 花寂しく9（婦人運動7）	ＡＫ寸景（歌壇新報24号） 機械と自然（短歌春秋8） 歌壇人の不親切（日本短歌9） 新興女流歌人の歩み（短歌月刊12） 送年記（ポトナム12）		**4月　滝川事件**
1934（昭和9）	冬10（短歌研究1） 伊豆の冬6（日本短歌2） 静物9（短歌月刊2） 早春8（短歌研究3） 春の島8（少女画報3） 春雪8（短歌研究5） 過ぎ去ったから8（短歌研究6） 三原山・秋の村・春19（『年刊歌集昭和9年度版』立命館出版部7）	我が身辺記（婦人運動1） 古くなった新人達（ポトナム4） 何を読んだら～善麿新歌集のこと（ポトナム5） 今春の歌壇の収穫（短歌研究6） 小さな手紙（ポトナム10） 現実的抒情主義の弁（短歌研究11） 前月歌壇作品合評（日本短歌10）	街と郊外（短歌新聞1） 家庭講座（NHKJOAK3/12） 所謂無職—職業にちなむ話（日本短歌8）	
1935（昭和10）	新年9（日本短歌2） 癩8（日本短歌6） 火山辺8（短歌研究7） 都市5（中央公論12）	一二月歌壇評感（日本短歌1） 北方（歌壇新報1） 追憶（石河和夫追悼）（短歌巡礼4） 旅（ポトナム7） 五首選評同人短歌欄（ポトナム7） ポトナム集Ⅱ評（ポトナム8） 『和琴抄』（今井邦子）読後（ポトナム9） 不平帖（日本短歌11） 現代女流歌人論（短歌研究11）		7月　『ポトナム』内に、板垣喜久子、森岡貞香らと女性のみの会を結成、後、男女による「青楊会」へ
1936（昭和11）	夜影8（短歌研究1） 荒天9（日本短歌5） 選挙期8（短歌研究8） 秋8（短歌研究11）	小説幻の母（少女の友6） 前月女流作品表（短歌研究10）	座談会・社会時評（金子しげりほか）（女性展望9） ＊1月婦選、女性展望に改題 ㋐私が大蔵大臣になったなら（女性展望11）	6月、夫、社会大衆党より東京府議会議員に2位当選（京橋区） **2月　2・26事件**

年／著書（図書）	短歌（題名）・歌数（掲載誌・月）	短歌評論ほか（掲載誌・月）	社会評論・エッセイ他（掲載誌・月）	備考その他
1936（昭和11）			座談会・社会時評（石本静枝ほか）（女性展望12）	
1937（昭和12）	冬5（短歌新聞1） 新日5（女性展望1） 正月のうた（婦人運動1） 苑8（短歌研究2） 冬花8（短歌研究5） 東北部落5（婦人文芸8） ニュース映画を見つつ5（女性展望10） 寒日5（新女苑12）	歌人クラブ待望（日本短歌1） 『ははこぐさ』（板垣喜久子）評（ポトナム1） 海の彼方のこと（日本短歌3） 新万葉集と新人（短歌研究7） 前田夕暮近作鑑賞（短歌研究10） 「女性短歌読本」について（歌壇新報11）	㋐私生児はどうしたらなくなる？（女性展望1） ㋐現下の時局を婦人は何と見るか（女性展望3） ㋐母子保護法に寄す（女性展望4） 座談会・社会時評（窪川稲子ほか）（女性展望4） ㋐近衛内閣は女はどう望む（女性展望6） ㋐保健社会省に望む（女性展望8） 秋立つ頃（NHKJOAK8／14） ㋐われらは何をなすべきか（女性展望10） 座談会・社会時評（望月百合子ほか）（女性展望11）	3月、夫、社会大衆党より東京市会議員選挙に立候補、落選 **7月　盧溝橋事件、日中戦争始まる。** **12月　南京占領**
1938（昭和13）	作品3（短歌新聞1） 神苑朝5（日本短歌1） 銃後の冬5（セルパン2） 死別8（短歌研究4） 過ぎし日6（女性展望4） 夕影8（日本短歌7） 白花8（短歌研究7） 青葉期10（歌と観照8）	作品評・作品1から（ポトナム2） ㋐事変は歌壇に何を与えたか（短歌研究5） 前月歌壇作品評（短歌研究8） 歌人陸相夫人（婦女界8） 心に残った3首（ポトナム10）	座談会・女性の社会時評（伊福部敬子ほか）（女性展望3） 職場に更生する傷痍軍人を訪ねて（婦女界3） 結婚難の世相の解剖（婦人公論5） 社会時評・犯罪と愛情枯渇ほか（婦女新聞6/5） 社会時評・栄養指導所の設立ほか（婦女新聞6/19） 社会時評・偽若様の毒牙事件ほか（婦女新聞7/3） 母情苦患（婦人公論7）	2月24日　夫阿部温知死去、のち四谷区西信濃に転居 6月　「婦女新聞」社会時評欄、田辺繁子と隔週担当 7月　「婦女新聞」論説委員となる（1942年3月終刊） **4月　国家総動員法公布**

年／著書（図書）	短歌（題名）・歌数（掲載誌・月）	短歌評論ほか（掲載誌・月）	社会評論・エッセイ他（掲載誌・月）	備考その他
1938（昭和13）			座談会・女性の社会時評（円地文子ほか）（女性展望7） 社会時評災害保険の国営ほか（婦女新聞7/17） 社会時評子供の災禍ほか（婦女新聞7/31） 姦しさからの向上（婦女新聞9/11） 弱きもの酒豪（真理10） 座談会・女性の社会時評（帯刀貞代ほか）（女性展望10） 女学生と小説（北國新聞10/12） 一人一題白い指の敗北（婦女新聞11/27）	
1939（昭和14） 6月 『亭主教育・女の問題』（大隣社）	雪影11（短歌研究3） 鷺山雑詠6（短歌研究9）	花ふむとき（婦人運動3） 最近女流歌壇（短歌研究5）	座談会・長期建設の春に語る（東京日日1/14～20） 亭主教育（東京日日1/26～） 座談会・女性の社会時評（神近市子ほか）（女性展望1） 一人一題・無用訪問の廃止（婦女新聞1/20） 寡婦の一年（婦人公論3） 女性の幸福はどこにあるか・夫を助力し得た時（婦女界3） 職場に更生する傷痍軍人を訪ねて（婦女界3） ［女の立場から］（読売新聞連載） 知らざる憐さ（3/9） 秘し貯金の公認（3/28） 女の環境（4/21） 爪は隠そう（6/28） 着物に代るもの（8/15）	**9月　ドイツ、ポーランドへ進撃、第2次世界大戦始まる**

年／著書（図書）	短歌（題名）・歌数（掲載誌・月）	短歌評論ほか（掲載誌・月）	社会評論・エッセイ他（掲載誌・月）	備考その他
1939（昭和14） 6月 『亭主教育・女の問題』（大隣社）			職業からの美（9/19） 仕事への愛情（11/9） 景気と幸福（11／30） 許婚の新しい意義（婦人公論4） 一人一題くずれるな（婦女新聞4/23） 座談会・女性の社会時評（市川房枝ほか）（女性展望6） 回答・われらは如何に生活を刷新すべきか（女性展望6） 家族主義の検討（婦女新聞7/30） 回答・時事小感（女性展望10） 銃後の日曜日（読売新聞11/11） この秘策突破戦術（読売新聞12/2） 冬の山脈1～3（婦女新聞12/10～12/24） 仕事への愛情（婦人運動12）	
1940（昭和15）	生活の小節14（日本短歌6） 樹の花5（短歌研究7） 夏更けぬ15（日本短歌11） 夜空10（政界往来9） 秋山8（姉妹10）	私の遊楽（日本短歌2） ポトナムと私（ポトナム4） 現代女歌人論（短歌研究4） 現代の歌に現はれた男性（日本短歌4） 女流歌人と歌壇（日本短歌8） 書評『萬葉読本』（今井邦子）（日本短歌8） 潮音の歌風（短歌研究10） 女流今年の業績（日本短歌12） アンケート新体制と歌壇への要望（日本短歌12） **働く婦人の歌（婦人公論12）**	座談会・年頭に語る（村岡花子ほか）（女性展望1） 冬の山脈4～8（婦女新聞1/15～1/28） ［女性春秋］（読売新聞1/19、2/20、3/5、4/16、5/22） 哭いてゐる妻（婦人公論2） 婦人雑誌はこれでよいのか（婦女新聞3/3） 公定恋愛（サンデー毎日3） 回答・この頃一番感じていること（女性展望3）	10月9日　服飾改善委員会：商工、農林厚生省関係者、静枝、大妻こたか、和田三造らと参加 **9月　日独伊3国同盟調印** **10月　大政翼賛会発会式**

年／著書（図書）	短歌（題名）・歌数（掲載誌・月）	短歌評論ほか（掲載誌・月）	社会評論・エッセイ他（掲載誌・月）	備考その他
1940（昭和15）			回答・新支那の建設と日本婦人（女性展望4） 新茶の香を想ふ（茶創刊号4） 一家総動員でこの成果（商店界4） 座談会・働く喜び・楽しき生活（村岡花子ほか）（婦女界4） 新結婚観（婦女新聞5/10） 回答・精動の改組（女性展望5） **対談・婦人の教養に就いて（阿部知二）（婦人倶楽部5）** **グラビア授産所の生活（婦人公論5）** 衣のため長生きして欲しい（愛育5） 一人一題・師範たるべきもの（婦女新聞6/30） **対談・優生結婚に就いて（安井洋）（新女苑7）** 座談会・これで行く新生活態勢1〜9(生田花世、高良富子ほか)（大阪毎日新聞7/9〜7/18） **対談・起ち上る銃後朝鮮同胞の新生活を語る（南朝鮮総督夫妻）（新女苑8）** 回答・新政治体制と婦人（女性展望8） 新時代の商店主婦（商店界8） **若い女性は如何なる組織をどう持つか（新女苑9）** **私の新体制食（婦人画報9）** 一人一題・女と着物（婦女新聞9/15）	

年／著書（図書）	短歌（題名）・歌数（掲載誌・月）	短歌評論ほか（掲載誌・月）	社会評論・エッセイ他（掲載誌・月）	備考その他
1940（昭和15）			**対談・新しき生活（堀切善次郎）（婦女界10）** 隣組の性格（政界往来10） 行儀正しく（読売新聞11/2） 隣組に望む（読売新聞12/3） 家族制度について（婦女新聞12/15） **七・七禁令以後の街（婦人公論12）** 回答・女子国民服への要望（女性展望12） 母の生活（愛育12） 女性と着物（染織之流行12）	
1941（昭和16） 9月 『寡婦哀楽』（時代社） 11月『女性教養』（日本短歌社）	冬情5（短歌研究2） 近詠5（女性展望1） 海風13（日本短歌6） 山緑8（日本の風俗6） 白浜辺にて13（日本短歌10） 望郷13（日本短歌12） 夢見る18（『ポトナム歌文集』ポトナム短歌会12）	座談会・歌壇と新体制（斎藤瀏ほか）（日本短歌1） 『魚歌』（斎藤史）観（短歌研究1） 『女流新鋭集』を読む（日本短歌2） 現代女流歌人（文芸情報2） 復活号の頃（ポトナム4） 私を養った歌（ポトナム4） 今井邦子と若山喜志子（短歌研究7） 「戦線の夫を想ふ歌」から（ポトナム7） 作品5首評（ポトナム8） 『空は青し』（富岡冬野）評（短歌人8） 従軍看護婦の歌（日本短歌9） 初秋感想（ポトナム10） 職域日記・愛情の栞（ポトナム12）	座談会・新しき家を語る（大浜英子ほか）（女性展望1） ㋐二千七百年まで成し遂げたいこと（婦女新聞1/1） お小遣いの与え方（読売新聞1/9） 幼稚園談義（読売新聞2/15） **職業婦人と教養（婦人画報2）** **対談・新しき女性の生活を語る（高良富子）（新女苑2）** 井野農林大臣に食糧問題を聴く（生活科学2） 時事解説（愛育3～7、9～12） 保護者会に望む（読売新聞3/12） 婦人と文化（新文化3） 春の野花（少女画報3） **対談・女性の教養に就いて（井上秀子）（婦人倶楽部3）**	7月19日 警視庁、家庭婦人雑誌整理統合を要請、80誌から17誌へ、 **1月 東條英機陸相「戦陣訓」示達** **10月 東條内閣成立** **12月8日 太平洋戦争始まる**

年／著書（図書）	短歌（題名）・歌数（掲載誌・月）	短歌評論ほか（掲載誌・月）	社会評論・エッセイ他（掲載誌・月）	備考その他
1941（昭和16） 9月 『寡婦哀楽』（時代社） 11月『女性教養』（日本短歌社）			この頃の女学生気質（逓信協会雑誌3） 教育機関を整備して（婦女新聞3/2） 一人一題膝を容るる処（婦女新聞3/9） **結婚朗話二題（婦女界4）** **座談会・働く喜び・楽しき生活（本多静六ほか）（婦女界4）** 社会事評伝統の食物ほか（婦女新聞5/18） 社会事評酔っ払いのことなど（婦女新聞5/25） 座談会・新省道徳の照準1～4（消費者代表の一人として）（東京日日新聞5/30～6/2） 友好の情（婦人朝日6） 北満の友へ（令女界7） 座談会・子どもを増やすために（奥井復太郎ほか）（時局雑誌7） 大東亜戦争下の生活（逓信協会雑誌7） 座談会・婦道について語る（河崎なつほか）（女性展望7） 新しき結婚（婦人朝日8） 対談・戦時国家の底力となる国民生活動員に就いて（村松久義）（婦人倶楽部8） 男性との間（婦女新聞8/24） 寡婦の新倫理（婦人公論9） 服装にあらはれた女の性格（婦人画報9）	

年／著書（図書）	短歌（題名）・歌数（掲載誌・月）	短歌評論ほか（掲載誌・月）	社会評論・エッセイ他（掲載誌・月）	備考その他
			困った家庭管理（逓信協会雑誌9） 人生の旅（歴史日本9） 書評・鳴海碧子『結婚建設』（婦女新聞9/21） （女子青年・愛知県版9） 臨戦下の女性（日本女性10） 座談会・女性の立場から時局を訊く（婦人日本11） ハルビン（生活科学11） 増税と主人教育1-6（東京日日11/16～21） その後の婦人運動（婦女界11） 書評・新妻伊都子「わが母を語る」（婦女新聞12/21） （週刊朝日12/21） 対談・愛情について（堀秀彦）（婦人画報12） 皆々の日毎（『隣組婦人読本』東京府総務部振興課）	
1942（昭和17） 4月 『結婚の幸福』（宮腰太陽堂書房） 7月 『若き女性の倫理』（東京万里閣） 10月 『愛情流域』（宮腰太陽堂書房）	こころあそび5（短歌研究1） 思念7（日本短歌3） 山の春5（短歌研究6） 月明かり10（日本短歌7） 満州5（短歌研究12） 大陸行9（日本短歌12） 戦ひ明るし8『新日本頌』（八雲書林11） 作品『現代代表女流銃後歌集昭和17年版』（歌壇新報社12）	戦争と女（ポトナム1） 秋日の日『井口防疫官』（顯田島）について（ポトナム11） 現代女流歌人論（『現代歌人論』昭森社3）	女の使命のために（婦女新聞1/1） 国民徴用令と女性（婦女界1） この頃の家庭と子女の不良化問題（児童保護2） 今日の女学校教育がこれでは困ります（生活科学2） この頃の女学生気質（生活科学3） 日本婦人の文化（新文化3） 大東亜戦争下の生活（逓信協会雑誌3） （科学朝日3） 春の野花（少女画報3）	1月　「婦女新聞」終刊 8月　東京日日新聞・満鉄共催綴方児童使節団長として満州訪問。「婦人日本」編集顧問となる。 11月　文学報国会・内閣情報局「愛国百人一首」発表 12月　大日本言論報国会会員となる **5月　日本文学報国会創立** **6月　ミッドウェー海戦、4空母失う** **7月　情報局、1県1新聞に統合**

年／著書（図書）	短歌（題名）・歌数（掲載誌・月）	短歌評論ほか（掲載誌・月）	社会評論・エッセイ他（掲載誌・月）	備考その他
			対談・総力戦と新婦人会（川面実三）（婦人朝日4） 座談会・長期戦と新日本婦人（婦人日本4） 女性の誓ひ・一兵の心情を（婦人公論5） 座談会・女性と新世界観（城戸幡太郎ほか）（婦人日本5） 座談会・空を護る軍国少年（サンデー毎日6/3週） 座談会・女性の見たインド（婦人日本6） 対談・子どもを増やすために（奥井復太郎）（時局雑誌7） 共栄圏の友へ（横山美智子）（令女界7） 対談・百年戦争と女性（平櫛孝）（婦人日本8） 人生の旅（歴史日本9） 座談会・職場と良識（婦人日本9） 困った家庭管理（生活科学9） ハルビン（生活科学11） 義勇軍の寮母と語る（婦人日本12） 座談会・再出発の日（平櫛孝ほか）（婦人日本12） 戦争と貞操（『戦争と結婚』牧書房8） 評論家として見る（『男性論』昭和書房） 「どさ」と「ゆさ」の表情、雪女と雪小僧（『雪と文化』人文閣）	

年／著書（図書）	短歌（題名）・歌数（掲載誌・月）	短歌評論ほか（掲載誌・月）	社会評論・エッセイ他（掲載誌・月）	備考その他
1943年（昭和18） 2月 『愛の新書』（婦女界社） 5月 『苦しめど克ちてゆかん』（万里閣） 7月 『女の残置灯』（昭和刊行会）	春光13（日本短歌5） 戦ひの下に4（短歌研究6） 房州にて8（日本短歌8） 北を行きつつ8（日本短歌12）	座談会・女性精神と短歌（佐佐木信綱ほか）（婦人日本2） 歌集『三十年』（伊藤源）を読む（日本短歌3） 『時間』（福田栄一）を読みて（ポトナム6）	（女性）談話室（通信協会雑誌1～11） 太刀作る乙女等（婦人日本1） 美しき勁き力（婦人日本5） 座談会・新生に輝く共栄圏女性群（一色直文ほか）（婦人日本6） アッツ島忠魂に応へん（同盟グラフ7） 随筆（週刊毎日8/1、8/8） 家を守る・女性と決戦（女性生活10） 明るく豊かに生きる道（海之世界11） 対談・皇軍の規律と皇国女性道（佐孝俊幸）（婦人画報12） 鑑を内に（通信協会雑誌12）	8月9日大東亜省委嘱により満州開拓地視察Ｉか月間、在満女子青年隊指導者錬成会講師として1か月間滞在 **2月　英米語の雑誌名禁止へ** **日本軍ガダルカナル島撤退**
1944年（昭和19）	北を想ふ4（日本短歌2） 負傷5（短歌研究3） 国土5（短歌研究4） 北九州にて（短歌研究11） 耳も眼も1（『短歌朗詠読本』古川浩晟ほか編　四方木書房4）	歌壇時評女流の近詠（日本短歌4） 歌壇時評戦ふ生活と歌（日本短歌8） 大東亜戦争歌合評（短歌研究12）	座談会・航空機増産への生活奉還（婦人公論1） 新時代に働く（婦人日本1） 女子の勤労動員・生き生きした新しい顔（文学報国20号3） 読みつつ想ふ（通信協会雑誌3） コラム・工場の女性指導員・潜望鏡国内も作戦化・非常袋公私の別ほか連載（週刊毎日3月～12月） 満州開拓民と女性の使命（『伸びゆく開拓地と女性』大東亜省満州事務局編刊） 黙々たる強み（『戦ふ文章解釈と作法』岩田九郎編研究社）	4月　池袋に転居、長男学徒動員にて入隊日本出版会会員の歌誌の統合決定、「ポトナム」休刊、「アララギ」に合併。歌壇総合誌として「短歌研究」、新人育成歌誌として「日本短歌」他17（結社）誌が残る。 11月　日本短歌社より「短歌研究」1巻1号刊行 **1月　横浜事件** **7月　東條内閣総辞職**

年／著書（図書）	短歌（題名）・歌数（掲載誌・月）	短歌評論ほか（掲載誌・月）	社会評論・エッセイ他（掲載誌・月）	備考その他
1945年（昭和20）	戦塵　（短歌研究9） この秋10　（短歌研究12）	時評決戦下の日々（日本短歌2）	防空戦ふ空の下　（文学報国44号1）	4月　空襲にて池袋の自宅焼失、郷里で終戦。 11月　上京 **2月　米軍硫黄島上陸** **3月　東京大空襲** **7月26日ポツダム宣言発表** **8月6日広島、9日長崎原爆投下** **8月15日天皇戦争終結の詔書放送**

4　醍醐志万子――戦中・戦後を一つくくりに

一　根拠地、丹波篠山

醍醐志万子の女学校時代の写真の一枚に「浜谷農繁託児所　昭和十三年五月二十八日〜六月三日」と読める張り紙を横に、寺の本堂前に、二〇人ほどの幼児と住職家族、五人のセーラー服の女学生が並ぶ集合写真がある。少女たちは、幼児の世話をした後か、やや緊張の面持ちを漂わせ、その左端に醍醐志万子も立つ。背後のガラス戸には「国民精神総動員　曹洞宗」「勝って兜の緒を締めよ　陸軍省」、「国民精神総動員」のポスター三枚は何よりも時代を語っている。前年一九三七年八月には「国民精神総動員実施要綱」が閣議決定され、一九三八年四月一日「国家総動員法」が公布されていた。

志万子は、一九二六年（大正十五年）三月、丹波篠山の岡野村東浜谷に生まれ、一九四二年兵庫県立篠山高等女学校卒業、一九四五年東洋ベアリング武庫川工場に挺身隊として勤務、敗戦を迎える。一九四七年、作歌を始め、小島清（一九〇五〜七九年）に師事、『六甲』『短歌山脈』などに出詠、一九四九年、「くさふぢ短歌会」（現在のポトナム短歌会）に入会、頴田島一二郎（一九〇一〜九三年）の選を受け、作歌の拠点とした。一九四九年、短い結婚生活を経て、父の瓦製造業の事務を手伝う傍ら「書」の研鑽にも励む。遺歌集『照葉の森』を含め九冊の歌集を残した。長い間、書塾で教える傍ら、書家としての活動は最晩年まで続け、八十年間、篠山の生家を離れなかったことになる。

二　戦後史の起点に立つ

清潔に身を処し来り菜の花のかがよふ野べにわが立ちつくす
過ぎし日の嘆きに触るることなくて夫のかたへにわれは安らに

一首目は、結婚後まもない頃の『ラジオ・オーサカ』（大阪中央放送局の広報誌）「歌壇」（一九四九年六月号）の入選作で、選者の吉井勇は「上の二句が新しく鮮やかなところに心を惹かれる」という短評を付している。これらの二首は、岡谷から発行されていた『短歌山脈』（薩摩光三編　新光出版社）一九四九年五月号に発表された作品でもある。その後、夫婦はともに病を得て、思わぬ方向に展開をする。この二首はじめ第一歌集『花文』に収録されていない作品も多い。

二〇代の大方を軍に従ひし夫病めば何に向けむ怒りぞこれは（『花文』）
別れたる夫より長く生きむこと当然としてわが月日あり（『花文』）
臨終に喚ばるるほどの妻ならず野の草花をわれはつみつつ（『花文』）

第一歌集『花文』（一九五八年）の底流にある、これらの形を変えた相聞と次のような述志が、一体となって、戦後史の起点に立っていたことがわかる。

生業をつぐべくわれのをんなにて火のなき窯に身をもたせゐつ（『花文』）
ジェット機のいまだ上空を飛ばざれば人も鶏も静かにあるく（『花文』）

一九四九年九月創刊の『女人短歌』には、八号から参加、「一〇号記念号作品」（一九五一年一二月）に応募、葛原妙子と醍醐志万子の二人が入賞している。以下の二首を含む三〇首で、志万子二五歳であった。

燃えのぼる火に汗たりてわがゐたり動揺の日は過ぎて短く
蝋の火に蚊を焼きをりて昨日より空想にむごき結果きたる

このとき、四四歳の葛原妙子に「夕べの火燃ゆるを得たり爐の前にわれは一つの古椅子を据う」「おびただしき蛾のむくろあり一本の蝋のひかりの立ちゆらぐ中」の二首があり、モチーフの共通性に、当時の文学的雰囲気と年齢による違いが伝わってくるようにも思う。『女人短歌』の一一号では、宮田益子が、包容性の厚い素直な詠風と抵抗を感じさせない表現が内容を深め、「理知からくる直観の高度な燃焼」をうかがわせる、と評する。葛原の「自己への抵抗」「不屈さ」、醍醐志万子の「没我」「柔軟性」に着目している点が興味深い。『花文』の「解説」で『ポトナム』の先達、国崎望久太郎（一九一〇～八九年）は「『花文』の本質は、作者の人生に対する謙虚な態度と、自己の限界の認識からきた充実した美しさにある。それは背伸びしない美しさであると共に真実に満ちている平明さである」と結ぶ。
一九六五年、自宅にて書塾を開き、第二歌集『木草』（一九六七年）を刊行する。父の急逝後の翌年には『花信』

（一九七七年）を刊行するが、この間、一九六八年現代歌人協会会員となり、一九七〇年には「ポトナム関西勉強会」「現代歌人集会」結成に参加、一九七一年『ポトナム』の選者となる。『ポトナム』内外での活発な活動が続くが、「書」においては、新書人連合会の和田青篁に師事、自詠を含めて、近代詩文の作品化への挑戦を続けた。

泣くほどのこともなかりし一日のをはりを何の嗚咽こみあぐ　（『木草』）
傘のなか塩と黄薔薇をかかへたり塩はしづかにびんに充ちゐる　（『木草』）
窯のほめきに背をおし当てて九歳まで一人子なりし欠落つづく　（『花信』）
唐の墨磨りゐる机に雪どけの雫が影を落としつづける　（『花信』）
人ごとにもの言ふ声をひそめつつ父のなき子ともはやなり果つ　（『花信』）

三　小島清の死に直面して

一九七九年四月、短歌の師として私淑し、家族ぐるみの交流もあった『ポトナム』選者、小島清の急逝の衝撃は大きかった。一周忌に小島清歌集『對篁居』を出版、三回忌には自らの『霜天の星』（一九八一年）を編み、その挽歌に込められた覚悟が後の生き方を決したことになる。

人のなきあとを生くるは仇討のごとくに向ふ机上のものに　（『霜天の星』）
何事かわれの思ひに入れるあり死にたる人はまこと死にしか　（『霜天の星』）

すぐれたる身丈にませばかなしみの一生のうちに尽くるなかりし　（『霜天の星』）
かなしみは胸処にあると思ひたるのちの日なみだ喉をのぼる　（『霜天の星』）

さらに、この『霜天の星』には、次のような、志万子の敗戦前夜の原風景ともいえる二作品があり、「書」の作品化を何度か試みている。

焼跡のけぶる大阪駅前に千代紙買へるを誰か信じよ　（『霜天の星』）
還暦の三浦環の歌ひたる「冬の旅」よりいくさ激しき　（『霜天の星』）

四 『風景』の創刊へ

一九八二年四月、醍醐志万子を編集発行人とする『風景』が創刊された。ことさら「創刊のことば」も掲げず、作品・論考・エッセイとのバランスがよい簡明な第一号となった。『ポトナム』のなかの、小島清、頴田島一二郎に連なる有志が相寄り、広瀬瑞弘、林一雄、遠藤秀子、安東久子らのベテランとポトナム篠山支部の会員たちが編集発行を助けた。上野晴夫、上田一成、中野昭子らが一時参加していたこともある。

一九九三年、頴田島一二郎の他界を機に、志万子は「ポトナム短歌会」を退会し、第六歌集『玄圃梨』（一九九三年）を刊行した。季刊だった『風景』は翌年、隔月刊とし、本誌はもちろん、雑誌の出ない月にはリーフレット『風景通信』を発行、作品評・エッセイ・会員往来はもちろん「前号十首抄」「新作自選五首」などの企画が目白押しで、志万子を筆頭に、会員の意気込みにはすさまじいものがあった。『風景』は、歌碑を一切持たなかった小島清の歌碑に代わるものとして生まれたとの言もある（遠藤秀子「『風景』創刊前後」『風景』一一五号〈最終号〉二〇〇六年四月）。志万子は、決して失ってはならないものを自らの身に手繰り寄せる懸命さが顕著となってゆく。

わが母を犬を問ひくる手紙ありこのもの二つわれのうからぞ　（『玄圃梨』）
たたかひに国敗れたる冬に見しぎしぎしの葉の猛きくれなゐ　（『玄圃梨』）

一方、一九八四年より『毎日小学生新聞』短歌欄、一九八九年より『毎日新聞』京都文芸・短歌欄の選者を長らくつとめ、短歌の普及にも尽くしたといえようか。『風景』誌上では、地元の兵庫県立篠山産業高校生徒の短歌作品発表の場を提供、指導にあたっていた。

母親を看取りながら『伐折羅』（一九九八年）を成し、亡くした後には『田庭』（二〇〇五年）を編む。

これがこの丹波の寒さ正月の客の去にたる庭に来てゐる　（『伐折羅』）
長く生きてあるが仕合せとははそはの母いひければ涙ぐまるる　（『伐折羅』）
そのうちにいつか行きたき町のあり焦がるるほどのあらぬたのしさ　（『伐折羅』）
灯を消すなと言ひし母のごと小さき灯の下に眠りぬ夜の白むまで　（『田庭』）
母を看取りてありし二年を一生の満ち足りし日々と言へば笑ふか　（『田庭』）

五　『風景』の終刊と転居

二〇〇五年四月、自らが編集発行人となっていた『風景』一一五号をもって終刊とした。主に健康上の理由によるが、自宅前の県道拡張計画が本決まりになったことにもよる。立ち退きが迫るのを機に、弟（筆者の夫）の住む千葉県佐倉市に転居したのが、二〇〇六年秋だった。その翌年「人の負ひ目やすやす衝ける幼子を幼子ゆゑわれはゆるさず（『木草』）」が朝日新聞「折々のうた」（二〇〇七年三月一〇日）に掲載されたとき、「少し早い誕生日祝いかもしれない……」と目を細めたが、大岡信の「幼子がそんなにやすやす大人の〈負ひ目〉を衝けるものだろうか」というコメントに「幼子は無垢ゆえに眼も心も鋭くて相手を見抜く力を、我々大人以上に持っている。無垢かと思えばその反面魔性もしっかりひそめているのだ」と異議を唱えたのも志万子の個性であったろうか（『鹽』三号　二〇〇八年二月）。『鹽』は、転居後の二〇〇七年六月、身近だった安東久子、遠藤秀子、清水和美、本都の五人による簡素な雑誌だったが、その編集、発行は、志万子のよろこびでもあり、励みでもあったろう。しかし、この頃から、体力も衰え、酸素吸入器を手離すことができなくなった。二〇〇八年五月、緊急入院、退院後は、自宅と介護施設での療養生活が始まった。

戦前も戦中戦後もわがうちを通り過ぎ行く一つくくりに　（『短歌現代』二〇〇六年六月）
挺身隊といふ名恥かしその上に女子挺身隊となれば尚更　（『鹽』二〇号　二〇〇七年一〇月）
机の下に椅子を納めてふり返るそこには一人のわれさへ居らず　（『鹽』二号　二〇〇七年一〇月）
照葉の森に氏神のおはすとぞ八社大神と鳥居に掲ぐ　（『短歌現代』二〇〇八年一月）

われの知る山にはあらずのつたりと木木を茂らす房総の山

（『朧』三号　二〇〇八年三月）

いずれの作品も、二〇〇九年九月、一周忌に遺族らによって編まれた第九歌集『照葉の森』（遠藤秀子解説・短歌新聞社）に収録された。また、一周忌に合わせ、神戸の県民アートギャラリーにおいて「歌と書・醍醐志万子追悼展」（青心会〈和田青篁代表〉・榛の会主催）が開催された。二〇一二年九月「和田青篁書展」においては、「日當りの枯くさはらに啄める一羽の雀満ち足りてゐよ」（『田庭』）の書が大きな額に収められていた。

なお、一九七〇年来、指導していた篠山市西紀町の「西紀短歌会」は、志万子の転居後、自主的に運営され、毎年、作品集を発行、現在に至っている。一九六〇年にスタートした八上婦人会の短歌会は、現在「高城短歌会」として継続し、『風景』創刊当初から続いている「一木短歌会」の毎月の作品は、『毎日新聞』丹波文芸欄に発表され、会員の作歌の励みにもなっているという。いずれの短歌会も、会員たちの地道な努力によって活動は継続され、地域に根付いたといえよう。醍醐志万子の短歌の志が、いまもどこかで生きているように思われるのだった。

（『短歌往来』二〇一三年三月。補筆）

コラム7

想い出の場所、想い出の歌〈川崎市登戸〉

・観覧車めぐる丘まで枯れ草のひといろ身に余るほどの明るさ

池袋の実家を出てマンションに引越し、明日から出勤という夜、高熱を出してしまった。朝、職場への連絡の手立てがない。電話の架設工事が遅れていたのだ。ケータイやパソコンなどなかった時代である。当時の私は、すでに一〇年も前に母を亡くし、前年に父を亡くし、家業を継いだ兄たち家族も四人に増え、実家を離れることにしたのだ。その心細さは格別で、「自立」の道のきびしさが身にしみる朝、枯れ草の明るさが切なかった。

一九七〇年代の初め、周辺には、まだ梨畑も水田も残っていた。休日には多摩川の土手を走ることもあった。住所は「登戸」だったが、最寄りの駅は、小田急「向が丘遊園」で、通勤時の電車の混みようは大変なものだった。二度目の職場だった国立国会図書館での仕事の面白さがわかり掛けた頃だった。多摩川の鉄橋を渡るとき、定年までこうして通い続けるのかな、と思ったものだ。縁あって結婚したが、夫の職場は名古屋だった。私の仕事が名古屋で見つかるまではと、週末になると私が名古屋へ行ったり、夫が登戸に来たりの生活が始まった。「単身赴任」いう言葉が定着していない頃でもあった。検診で予定日を伝えられたのが駅向うの稲田登戸病院だった。半年後に出産を控え、仕事を失うかもしれない不安が募るなか、名古屋からの採用通知を手にしたのも、この登戸だった。年休を若干残して、三月三一日まで勤務し、その日の新幹線で名古屋に向かい、四月一日には新しい職場に出勤していた。

向が丘遊園は二〇〇二年に、病院は二〇〇六年に閉じられたという。

（『短歌』二〇一〇年七月）

5　『昭和萬葉集』に見る『ポトナム』の歌——第五巻・第六巻（一九四〇〜一九四五年）を中心に

一　選歌協力への経緯

一九七〇年代の後半、私は『昭和萬葉集』の選歌に協力していた。昭和期、一九二六年（昭和元年）から一九七五年（昭和五〇年）までの『ポトナム』から、『昭和萬葉集』への収録にふさわしい短歌作品を選ぶという仕事だった。講談社の『昭和萬葉集』の刊行が始まったのは一九七九年二月で、『昭和萬葉集』の企画が記者発表されたのは、一九七六年三月一七日だった（木俣修「『昭和萬葉集』メモ」第六巻月報「まんよう」、別巻年表参照）。顧問の三人（土屋文明・土岐善麿・松村英一）と選者一〇人が集まった第一回の会議は一九七五年一二月という。私がその企画を聞いたのは、それ以前で、勤務先に訪ねて来られた阿部正路国学院大学教授からであった。「これはまだ口外してもらっては困るのだが、講談社創業七十周年記念事業として『昭和萬葉集』の刊行が決まったので、協力をしてほしい」と重々しく語るのだった。当時、私は国立国会図書館に勤務していたので、資料面での協力・便宜をはかってほしいという依頼と理解した。ところが、私は、翌夏の出産を控え、夫の赴任地へ転居するため、翌年三月の退職を決めていた。職場や東京を離れてしまうので直接的な協力は難しいという返事をした覚えがある。退職後、名古屋での新しい職場で、慌しく過ごしていた矢先、『昭和萬葉集』編集部から『ポトナム』の選歌協力の依頼があった。昭和期の『ポトナム』

の所蔵機関の最終的な確認と複写はすべて講談社が行い、選歌担当者は網羅的に読んだ上での選歌を基本とするので、本格的なアンソロジー編集の意気込みを感じたのだった。国立国会図書館でも『ポトナム』の所蔵は欠巻が多く、手元の複写には、立命館大学白楊荘（苳三）文庫、九州大学図書館、東洋大学図書館などの蔵書印が入り混っていた。それにしても、仕事と子育てでせわしくしていたさなか、ドン、ドンと大きな段ボールで『ポトナム』の複写が届き始めたのだ。一九四五年以降、『くさふぢ』時代を含めて、私がポトナム短歌会に入会したのが一九六〇年なので、戦後から一九五九年までは、『くさふぢ』時代からの『ポトナム』会員であった篠山の義姉の醍醐志万子に選歌の担当を依頼することになった。

二　選歌の基準と採録の基準

　最近、物置から、この『ポトナム』と提出した選歌用紙の複写があらわれた。雑誌の複写は、作業終了後、私が個人的に依頼した複写の複写である。こんな依頼をも快諾、編集部の度量に感謝した。しかし、見開き二頁のＢ４判での薄い表紙の仮製本、あるいは固い黒い台紙を付けての紐綴じもある。どちらも、持ち運びや保管には苦労が多い。選歌用紙の複写を眺めていると、私が毎年ポトナムの全国大会に参加していた一九六〇年代から十数年の間にお会いしている人たち、あるいはお名前しか存じ上げない人、ポトナムを離れたかつての同人たち、ポトナムの有名・無名の先人たちが次々と立ち現れ、語りかけてくる。すでに多くの方々が故人になられた。まだ三十代だった私の選歌力に疑問は多いものの、多くを学びながら選んだ作品の数々であった。

　夥しい類歌の中から、時代ごとの事件や戦争・戦局に密着した短歌を選ぶこと自体難しかったが、当時の私は、むしろ、時代を問わず、人々の心に残る自然やいのちの大切さ、相聞や家族への愛などを詠んだ作品に心惹かれていたので、そんな思いが反映する選歌となった。だから、他の選歌協力者の場合を知らないが、採録率、収録率はけっして高くはないだろう。私の検索調査によれば、昭和一五年（一九四〇年）は、私の選んだ七三首中の七首が採録されている。一六年七七首中の九首、一七年七三首中の三首、一八年七三首中の三首、一九年一八首中ゼロという採録結果であった。労多くして実りの少ない仕事であったかもしれないが、私には忘れがたい人々の忘れがたい作品の数々であった。

まず、年ごとに、『ポトナム』から私が選んだ作品で、『昭和萬葉集』に採られた作品をすべて掲げた。他の選歌協力者による『ポトナム』誌上からの選歌か、本人の寄稿か、あるいは歌集などからの選歌によるものと思われる作品も掲載した。収載されなかったが、私としては、どうしても伝えておきたい作品の中から、一部ながら掲載してみた。その年の各月の『ポトナム』誌面の動向も紙面の許す範囲で伝えておこうと思う。掲載作品に居住地を付しているものは原誌面通りとした。かな遣いは原本のままとしたが、漢字は新漢字にした場合が多い。作品末尾に『昭和萬葉集』収録の巻数と頁を示している。表記は『ポトナム』の初出を優先した。

昭和一五年（一九四〇）（選歌七三、採録七、ほか二〇首）

①死ぬるべく召され征きたるわれ死なずわれを待ちゐし母死ににけり　（杉本茂・福井・二月）⑤246頁

②米内宰相いたくたしかに答ふれど戦ひ果つといつの日にいはむ　（平野紀久子・三月）⑤187頁

③日のなかの枯草原をあゆみあかぬ子の髪ときに光りて見ゆる　（栗林三次・四月）⑤252頁

④うちとりし首が吹きあぐる血の量をまざまざと言ふ友は戦ひを　（林翠・四月）⑤120頁

⑤昼の燈に曳く影もなき地下道の風がはかなき土のにほひす　（平松八重子・六月）⑤293頁
⑥購いし日を尋ねつつ次々に靴の切符をわたす放課後　（横山次夫・神戸・八月）⑤60頁
⑦幾度か人を征たすとききき しうたいまわれがためうたひたまひぬ　（夏木孝明＝斎藤孝明・一〇月）⑤76頁

紀元二六〇〇年にあたる一九四〇年、一一月には祝賀行事が続いた。『ポトナム』においては、小泉苳三が、四月に、従軍歌集『山西前線』（一九三八年一二月～翌年四月まで陸軍省嘱託として北支・中支に従軍）を刊行し、五月には立命館大学より国立北京師範大学教授の兼任となり、着任した。続いて『明治歌論資料集成』『近代短歌の性格』を刊行している。

四月に、編集所が福田栄一方に移り、栄一は七月刊行の『新風十人』に参加、歌壇への登場頻度は、他のポトナム同人に比して高くなり、女性では阿部静枝、板垣喜久子が、女性誌などへの活動の場を広げる。『昭和萬葉集』第五巻には、私の選歌から上記七首が採録されたが、この年は、一月号からの採録が格別に多く、他の選歌協力者がかかわっていたのだと思うが、以下一六首に及んだ。

・総予算百三億の記事の上に夕刊売子が銅貨を置けり　（石川義広・一月）⑤44頁
・兵吾に捧銃してはばからぬ支那自警軍の歩哨を笑へず　（池之上哲志・一月）⑤170頁
・管制の病院の廊下あらあらと爆創の患者列なして行く　（南部繁三・一月）⑤166頁
・英霊車駅に入りつつ霧の底晒されて白き陽はありにけり　（林賢郎・一月）ほか計三首⑤106頁
・「土と兵隊」の映画見終へて帰る道なほ砲弾の音は遠くに　（池田富三・一月）⑤102頁

・胸部貫通にて血を吐く友のいやはての声はほそりつつ　天皇陛下万歳　（松山国義・一月）⑤13頁ほか計三首
・幾万の精霊が瞼に顕ちかはりホロンバイルは初雪のふる　（鎌田純一・一月）⑤13頁ほか計三首
・国債購入に満たぬ代金は貯金通帳作れと勧むる己一途に　（田辺恒・一月）⑤43頁
・藁をあつめ寝ねたる宵の明け方に水漬きて久しき敵屍を見たり　（山根堅＝酒井俊治・一月）⑤152頁
・いくばくを大陸へ輸送するトラックは土色に塗りて路上に構内に　（蟹谷栄一郎・一月）⑤182頁
・商ひの道にかへるはは た何日ぞ職工としてあけくれをりぬ　（牛尾荒雄・一月）⑤212頁
・管制燈つけたるバスが昏れきらぬ舗道をゆけりいくだいとなく　（増田文子・一月）⑤241頁

さらに、二月号以降の『ポトナム』からの採録は、以下の八首であった。一〇月号、一二月号から採録されている斎藤孝明は、一九四六年福田栄一らが創刊した『古今』に参加しているが、ポトナム時代は夏木孝明（一九一三年生）の名であった。『昭和萬葉集』には、おそらく自ら応募されたのだろう。

・北支那の果の守りに故郷のさらら粉雪恋ひてかあらむ　（鈴木琴三・二月）⑤100頁
・面会をゆるさるる身の身の冷えは営庭に子を抱きあげていま　（中村芳夫・二月）⑤129頁
・子を遠く征かしめ給ふここの家戸口調査に来て長居しつ　（坂本清八・二月）⑤189頁
・スパイ展観て来し我等屋上より防波堤にしぶく荒潮を見ぬ　（田辺善雄・四月）⑤182頁
・読み終へし召集電報は食膳にのせ置きしまま夕餉を終る　（斎藤孝明・一〇月）ほか計三首⑤76頁
・耳鳴りを残して空に裂くるまで唸りゆく弾丸の信管二十四秒　（斎藤孝明・一二月）⑤145頁

昭和一六年（一九四一）（選歌七七、採録九、ほか四首）

①戦盲の面晴ればれとあゆませりおそるるごとくわれの行き過ぐ　（井関君枝・二月）⑤115頁
②二月尽る日のひとときの日本橋川に海苔運びたる舟並らび居り　（蟹谷栄一郎・四月）⑤293頁
③みもしらぬ鮮人と吾と車室にてひとつ世ごとを語りてをりぬ　（矢部潔・五月）⑤187頁
④ノモンハンの砂丘を駆けし甥が今畳の上にて静かに語る　（本間龍二郎・六月）⑤12頁
⑤谷路を吾に代りて父のみが担ひて登る吾が児の柩　（田辺恒・八月）⑤253頁
⑥勝ちたるものがきびしく疲れゐて喜々とする捕虜の群を守り佇つ　（西海愛彦・八月）⑤152頁
⑦征く夫と夜汽車にひと夜めざめゐてあかときとほき街に降りたり　（川崎京子・鹿児島・九月）⑤78頁
⑧この駅に夜を明かすなる軍馬らは夜更けて貨車の床蹴り止まず　（上村悟郎・新宮・一二月）⑤90頁
⑨軍人に導かれ来る一隊の遺族の群をつつしみて避く　（薩摩光三・一二月）⑤106頁

この九首のほか『ポトナム』からは次の四首が採録された。

・黄塵の中行く馬車の鈴の音とはげしき鞭の音遠ぞく　（林田壽・一月）⑤233頁
・身の冷えを山小屋の炉に温めつ霧濃くなりぬ金剛の峰は　（首藤清・一月）⑤241頁
・汽車の窓にあさのひかりはさしてきぬ英霊をいだくわが手にとどき　（桑原一・三月）⑤106頁
・血を売らん人等相寄る病室の窓に明るき陽かげ動かず　（中村静子・四月）⑤241頁

この年の四月号は、創刊二〇周年記念号で、「思い出のアルバム」を掲載、夕潮賞新設、茎三歌集『夕潮』鑑賞の連載が開始する。一月号「ポトナム前線譜」には酒井充実、只野幸雄、馬場久枝がエッセイを寄せ、七月号では合同歌集『戦線の夫を想ふ歌』、『歌集・朝鮮女流六人集』を阿部静枝、板垣喜久子が紹介している。また、二月号には、福田栄一を中心とする若手・中堅の同人たちによる「青芽会」の発足が報じられている。この年の六月号まで、表紙の女性像を描いた荒谷直之介は一九九四年亡くなるまでの二四年間、私の住まいのある佐倉市に住んでいた画家で、二〇一二年には、市立美術館で彼の水彩画展が開催される。

一九四〇年、一九四一年を対象とする『昭和萬葉集』「第五巻・昭和十五年・十六年」には、『ポトナム』誌以外の雑誌や歌集などから二一首、森岡貞香、片山貞美（未刊歌集『手鉤と鉛筆』）、小泉穂村（『相模野』）、落合実子、松山国義、（『ポトナム歌文集』）、石黒清介（『樹根』）、福田栄一（『時間』）、小泉苳三（『くさふぢ以後』）、湯川良武（『紙の椅子』）らの作品が採録されていた。

昭和一七年（一九四二）（選歌七三、採録三、ほか一首）

①冬のうちに盛りたる壕の稜線ははや限りなき草けぶるいろ　（夏木孝明・中支〇〇部隊・五月）⑥133頁
②夕茜淡く残れる濠の面水雛は岸にかたよりて見ゆ　（瀧菁子・東京・八月）⑥274頁
③ジョホール水道の岸に憩へる住民等すでに釣糸などを垂せる　（熊沢義太郎・一〇月）⑥31頁

前年一二月の真珠湾攻撃による開戦を踏まえて、一月号の巻頭の「誓」では「十二月八日、畏くも米英に対する宣戦の大詔が渙発せられた。……短歌行動の一切は聖戦目的の貫徹にあることを更に深く決意するものである。ポトナム短歌会」と述べられ、「職域挺身隊　歌と感想」と題して、各所の行政現場、各種の教育現場、工芸家など同人からの「現況と覚悟」が語られていた。二月号の「職域宣言」へと続く。三月号には「萬歳、シンガポール陥落」の特集として四六人の同人が一〜二首寄稿している。巻頭には小泉苳三「シンガポール今ぞ陥ちたり日本のゆく手さへぎる一つとてなし」がある。四月号は、創刊二〇周年を記念した「夕潮賞」と「ポトナム賞」の受賞発表がなされている。夕潮賞には〝支那事変短歌〞歌集『大黄河・酒井俊治篇』（弟、酒井充実との合同歌集）が、ポトナム賞には増田文子作品が選ばれた。『大黄河』研究号と表題紙に刷り込まれ、同人九名の批評がある。

・船艙に佇ちあぐみたる軍馬の背一つひとつがあはれにおもふ　（酒井俊治）
・花ならばくづれをれしまま咲きてをり秋風より勁からむとす　（増田文子）

五月号には、「戦線の友に送る手紙」の特集が組まれ、国崎望久太郎（吉田英夫へ）、片山貞美（佐藤謙へ）、下條寛一（酒井充実へ）、堂山京子（夏木孝明へ）、井関君枝（原五男へ）、矢部潔（井上常吉へ）、田辺善雄（白井通へ）、東田喜隆（池之上哲志へ）、栗林繁行（中俣潮へ）が登場している。また、ポトナム人初めての戦死者ということで「陸軍軍曹水田晶昭和一六年一二月一二日　〇〇戦線にて戦死されました」の訃報が掲載され、七月号を追悼号とし、未刊歌集『「素材」抄』が一挙収録されている。以降も翌年まで毎月遺作の掲載が続いた。五月号には、入会されて間もない唐津ふじさん（釜山）が国崎選歌で「ひたぶるに斜面を駆ける兵ありてやがて大きく信号旗振りぬ」を発表している。

この年になると、『ポトナム』誌上の余白には「戦ひ抜かう大東亜戦」「国を護つた傷兵守れ」「貯蓄は兵器だ　浪費は敵だ」などの標語が掲載されるようになり、六月号には、頴田島一二郎が「短歌部会の構想」と題して、大日本歌人会が発展的解消をして「大日本文学報国会短歌部会」となった経緯を記している。

二〇一一年七月に亡くなられた中村寛子さん（一九二三年生）が、旧姓の美浦寛子の名で入会された旨が、この年の九月号の社告に報じられている。紹介者は「（君島）」と記され、未成年の若さであったことがわかる。以降、京城支部歌会には毎回、名を連ね、作品も小島、国崎、田辺らを選者として発表されている。その当時の作品をここに留め哀悼の意を表したいと思う。当時の京城支部には、百瀬千尋、掛場すゑ、君島夜詩がいらして、政原峻が事務方を担当していたようで、十数人の名前が見える。中村さんには、一九六〇年代、私の学生時代から東京を離れるまでの十数年、東京ポトナム、『閃』で文字通りお世話になった。理知的で、行動力のある大先輩として親しくさせていただいておりながら、私が東京の歌会に出ることがなくなって、最近では、電話や手紙のやり取りだけになってしまっていた。

・かげりゆく夕映の空仰ぎつつ坂のぼるとき街灯つきぬ　（九月・小島清選六首）
・秋の真昼白々と広き道の上を揺れ来るバスは影ひきにけり　（一一月・国崎望久太郎選五首）
・まろやかにすみ声合せ子らの歌ふけふの君が代十二月八日　（昭和一九年三月・田辺杜詩花選四首）

昭和一八年（一九四三）（選歌七三、採録三、ほか一首）

①死のきはの兵が微笑に光りたちやさしき母の声よばはりぬ　（渡辺直吉・三月）⑥152頁
②八月の荒き光り耀ひつつ風野の中を砲車進みぬ　（花岡辰男・九月）⑥137頁

③兵我れが別るるまでの三日間は少女にやさしき想よせけり　（佐藤謙・一〇月）⑥148頁

私の選歌では以下のような作品が採録されていなかった。

・ふつと馬が耳をふるはせてそばだてぬあやふく弾は過ぎにけらしも　（吉田英夫・中支〇部隊・一月）
・野面吹く夜の風いたし背負ふ子の咳続くるをききたへてをり　（田中元治・二月）
・片時もとどまらぬ意欲に育つ子の言葉とならぬ声を立てをり　（松田加代・二月）
・一椀を軽くよそひし黍の飯こよなき味をかみしめて食ふ　（陳幸男・朝鮮・二月）
・モンペはける児もまぢりをる教室にフリージヤの香のただよひてをり　（畑間イヨ子・小倉・三月）
・あかあかと宿舎どよめくは今宵又少年工の兵となるらし　（大平三次・一〇月）
・征旅なる夫を思へば心清く木炭バスに吾がゆられをり　（小口稔子・一〇月）
・軍列の草踏みゆける道にまだ兵のにほひがほのかにただよふ　（唐津ふじ・一〇月）

福田栄一の編輯便では、「決戦の年である」「短歌は武器である」といった「檄」が飛ばされるが、八月号などは、紙質が悪いのか、コピーでは判読しがたい頁が続く。九月号の消息欄には、大井次家、由藤清戦死の報が載る。そして、一一月号は、全体で八頁、作品は小泉苳三、福田栄一、頴田島一二郎三人一頁のみ。編輯便は「待望の国内決戦態勢が確立された。一億すべてが決戦配置につく秋が来た」で始まり、最後には、本号の体裁は「紙の都合、印刷の都合、その他の都合による」とあり、風雲急を告げる編集ぶりが伝わってくる。

一二月号の編輯便には国崎望久太郎、松山国義、片山貞美、林翠が「光栄ある任務に就いた」とも記されていた。

昭和一九年（一九四四）（選歌一八、採録無し）

「昭和萬葉集」へ一首の採録もなかったが、私の選歌からその一部を記しておきたい。

・ほのぼのと胸に沁みゐる夕つ陽よわれも戦ひの中にある身で（大井文代・一月）
・学園もすでに兵舎ときほいつつ今朝学生の起居さやけし（奥村三舟・一月）
・風中に痛みすがしくのこるとき海に近づく街昏るるなり（三宅あき子・一月）
・そら色は嘆きをもたず反転の機翼光りて雨に飛翔す（水谷富美子・東京・二月）
・戦ひの中にめとられ嫁くわれか胸熱くして縫ひつづけたり（堂山京子・東京・二月）
・民われを生かすと賜はる配給の肉も喰い得ぬわれの衰へぬ（叶多重雄・奉天・二月）
・折々にくづれし壕をいたはりて厳しきくにの護りに答ふ（島田融吉・大垣・二月）
・木づれ音身近くあれば再び職につかせし妻おもひ居り（只野幸雄・東京傷療・三月）
・未帰還機の轟きこえくるがに映えゆるぎなしもみじくれなゐ（高橋鈴之助・東京・三月）
・弾痕にくぼみし大地のそのままに草萌えにつつ季移ろひぬ（内藤淑之・濠北派遣・三月）
・いづ方の戦野に振らるる日の旗か名を記しつつまみ熱くす（内山喜三郎・新潟・三月）
・張りかへし明り障子に月影のしづけき夜を国は戦かふ（吉川紀美枝・大阪・三月）
・忙しき嫁の務に熱高き子をみとりせず逝かせけるはや（鈴木治子・千葉・三月）

一月号は全体で五〇頁という薄さである。四九頁には「大東亜戦争完遂を祈る」と九九人の同人が居住地とともに名を連ねる。所属部隊の所在が明記できない成迫今朝男、南部繁三、夏木孝明、片山貞美の四人、外地では、朝鮮・京城・釜山、大邱などの一〇人、北支、哈爾濱、中支、新京などから五人、樺太・工藤誠、台北・台南・樋詰正治、池之上哲志、長嶋實と各地に散らばる。三月号をもって『ポトナム』は予告もなく休刊、『アララギ』と合併する。消息欄には「苳三先生長男清君が一月上旬朝鮮の部隊に元気に入隊」とあるが、小泉清は翌一九四五年二月八日戦死したことは後に知らされる。

・再びはあるひはふまぬ百里のこれが土かもふみて歩むも　（小泉清・二月）
・甥一人すでに征かしめし戦列に今日亦吾が子をたちて征かしむ　（小泉苳三・二月）
・明らかにすすむ軍のさきがけとひそかに海を渡りおほしぬ　（森岡貞香・二月）
・街空の上のこごしき雲透し唄ふ軍列雪とどまらず　（唐津ふじ・二月）

『昭和萬葉集』「第六巻（昭和一六年〜二十年）」の対象範囲では、小林勝子、篠原杜子城（『兎の道』）、片山貞美（未刊歌集『手鉤と鉛筆』）、小泉苳三（『くさふぢ以後』）、石黒清介（『湘潭にて』）、新津亨（『涓流』）、福田栄一（『この花に及かず』）らの作品が一三首採録されていた。石黒清介さん（一九一六年生）は、一九五三年短歌新聞社を興し『短歌新聞』を創刊、後には『短歌現代』も創刊、戦後短歌ジャーナリズムの推進役となった。『ポトナム』には一九三四年に入会、本名石黒清作の名で活躍、一九三八年に出征されている。昨年末、短歌新聞社解散の報は、実に衝撃的であった。当時の作品は、青年期のみずみずしさと沈着さを併せ持つ作品に思えた（本書「コラム6」を参照）。

・光りつつ河を渡りてくる雨の雨脚やさしつかれたる眼に
（石黒清作・栃尾・一九四〇年一月）
・続けざまに撃ちたりしかば砲身は手もふれがたく焼けにけるかも
（石黒清介・『湘潭にて』一九六七年）⑥128頁

今回の検索調査は、私が選歌を担当した一九四五年以前と一九六〇〜一九七五年までの長い昭和期のうちの一九四〇〜四五年までのわずか六年間にすぎない。『昭和萬葉集』編集方針として、結社誌の選歌が複数の選歌者によるというのはむしろ例外で、個人歌集や合同歌集からの選歌、本人の応募などにより補完はされるものの、選歌者の責任は重大であった。一九四五年以前の昭和前期についていえば『アララギ』からの採録が圧倒的に多く、他結社の作品が添えられているといった印象すらあった。

今から思えば、私の選歌の姿勢が、『昭和萬葉集』の編集方針にもう少し寄り添ったものであったら、少しは採録率も違ったものになったかもしれない。しかし、当時の私は、太平洋戦争下の指導的歌人たちが、熱に浮かされるように戦意高揚の短歌に傾いていく中で、多くの短歌作者や短歌愛好者が詠んだ短歌、日常生活や自然の営みに根ざした作品、人間の感情や機微に突き動かされた作品に、着目したかった。「機会詩」としての要素がやや後退したような作品を選ぶ傾向にあったことは否めなかった。痛ましいものからは目をそらしたかったのではなかったか、忸怩たる思いも残る。

この時代の短歌を読んで思うのは、天皇や軍部、政治家やメディアの戦争責任は重大なものであり、一握りの指導的歌人たちの責めも同様に重かったということだった。しかし、多くの短歌作者たちが一様に誰もが一生懸命だったし、善意の国民の一人に過ぎなかったというだけで、ただちに責を免れるとも考えられない。

福島の原発事故を考えてみても、多くの国民が無関心であったことが、これまでのエネルギー政策、原子力発電行政を支えてきたに違いない。私自身も心は深く苛まれる。今からでは遅い。遅いかもしれないが、その悔しさをバネに、今の自分ができることを果たしていきたいと思う。

（『ポトナム』二〇一二年四月）

あとがき

本書は、一九八八年『短歌と天皇制』、二〇〇一年『現代短歌と天皇制』に続く、テーマを同じくする単著の評論集です。前著二冊は、昭和晩期から平成の時代に、さまざまな人々のご支援で、多くの読者に恵まれたことに感謝しています。『短歌と天皇制』は、新聞や週刊誌の書評欄で、歌人ではない評者からも紹介をいただいたことが、大きな励ましとなりました。また、短歌総合誌はじめ結社誌などでは、丁寧な論評をいただき、励みになりました。続いて『現代短歌と天皇制』にも、多くの書評をいただきました。私は、所属の結社誌・同人誌での批評特集や出版記念会のようなものはいたしませんでしたが、時を経てから、思いがけず、いろいろなジャンルの研究書において、批判の対象となったり、参考文献、引用文献として掲げてくださったりしていたことを知るのは、大きな喜びでもありました。

歌壇とはほとんど縁がないまま、五〇余年を過ごしてきました。一九六〇年入会以来の『ポトナム』と二〇〇五年終刊となった『風景』に発表した主要な論稿は、今回、収録したつもりです。また、『短歌往来』をはじめ『短歌』『短歌研究』などに発表したエッセイも一部再録させていただきました。本書に収めるにあたって、表題を一部変更したり、各種の表には、できる限り最新までのデータを補ったり、若干の加除をした稿もあります。また、注や文献の扱いが異なる稿もありますが、そのまま収録することにしました。また、今回初めて索引作成を体験しましたが、その不備がなかったか心配です。多くの時評や書評を省かざるを得なかったのが心残りです。手元には、斎藤史と阿部静枝に関する長文の論稿なども残っています。今後も、実証にもとづいた発信を続けることができるよう、検索や調査を大切にしていきたいと思っています。

あらためて、拙稿を読み返して、なんと同じことを言い続けてきたことか、忸怩たる思いです。同じことながらそれを証する事実が次から次と現れることにも心が突き動かされるのです。それが歴史に学ぶということなのだろうかと、自問する昨今です。

このたび、出版を快く引き受けてくださり、お励ましくださった御茶の水書房の橋本盛作氏には、心からお礼申し上げます。また、装幀をしてくださった若生のり子氏にも深くお礼申し上げます。ありがとうございました。

また、夫、醍醐聰は、研究、執筆、講演などの活動で多忙の中、私の嘆きに耳を傾け、助言を惜しまなかったことに感謝しています。仕事や勉学に忙しい長女からは、何気ない気遣いのことばが届き、身に沁みています。

最後になりましたが、読み通してくださった読者の方々、拾い読みをしてくださった方々にも、心からお礼申し上げます。お気づきのことなどお知らせいただけましたらうれしく存じます。

二〇一三年六月一五日

内野光子

著者紹介

内野光子（うちの・みつこ）

1940年、東京、池袋に生まれる。1963年、東京教育大学文学部（法律政治学専攻）卒業。学習院大学勤務を経て、1965年から国立国会図書館に11年間勤務。1976年、名古屋市に転居、1988年まで東海学園女子短期大学図書館勤務、この間、愛知学院大学司書講習会講師（参考業務）を務める。1988年、千葉県に転居、1994年まで八千代国際大学図書館勤務。退職後、立教大学社会学部修士課程（マス・メディア論専攻）入学、1998年修了。2001年〜　地域ミニコミ誌「すてきなあなたへ」編集発行。2006年〜「内野光子のブログ」を開く。

1960年、ポトナム短歌会に入会し、1982〜2005年、風景短歌会に参加する。

著書に、歌集『冬の手紙』（1971年）『野の記憶』（2004年）『一樹の声』（2012年）。合同歌集に『グループ貌五人』（1966年）『首都圏』（1968年）『出版人の萬葉集』（1996年）『青葉の森へ』（1）（2）（2006年、2011年）などがある。評論集に『短歌と天皇制』（風媒社1988年）『短歌に出会った女たち』（三一書房1996年）『現代短歌と天皇制』（風媒社2001年）があり、共著に『知識の組織化と図書館』（日外アソシエーツ1983年）『扉を開く女たち』（砂子屋書房2001年）『女たちの戦争責任』（東京堂出版2004年）『象徴天皇の現在』（世織書房2008年）『〈3・11 フクシマ〉以後のフェミニズム』（御茶の水書房2012年）などがある。千葉県佐倉市在住。

天皇《てんのう》の短歌《たんか》は何《なに》を語《かた》るのか——現代短歌《げんだいたんか》と天皇制《てんのうせい》

2013年8月15日　第1版第1刷発行

著　者——内　野　光　子

発行者——橋　本　盛　作

発行所——株式会社 御茶の水書房

〒113-0033 東京都文京区本郷5-30-20

電話 03-5684-0751

装　幀——若　生　の　り　子

Printed in Japan

組版・印刷／製本——株式会社タスプ

ISBN978-4-275-01044-5 C3095

人名索引

（本文中の人名はなるべく採録したが表Ⅳ−1、Ⅳ−4の年表の中の人名は省略した）

あ行

か行

さ行

た行

な行

は行

ま行

や行

ら行

わ行